天蝎幻想三部曲

SCORPI TOME 2

U1013049

天蝎Ⅱ：奇隐迷踪

CEUX QUI VIVENT CACHÉS

Roxane Dambre

[法]罗克珊·当布尔 著　万姗 译

西南師範大學出版社
国家一级出版社 全国百佳图书出版单位

万墨轩图书
WIPUB BOOKS

天蝎家族成员行为准则

第一条：没有报酬，我们绝不行刺。

第二条：我们不杀害妇女和儿童。

第三条：在任务完成前，即使猎物支付更高的报酬，我们也不会杀害委托人。

第四条：如果对我们的家族构成威胁，上述准则皆不适用。

前情提要

夏洛特·拉罗什是一位刚入职大公司的年轻会计。一个风雨交加的夜晚，她在家门口遇见了一个小男孩儿。她听从自己的内心，把孩子领回家，让他在干净暖和的环境里等待自己的父母。这个名叫艾利亚斯·莱萨特的男孩儿，是一个拥有神奇力量的影子生物。影子生物可以在阴影里自由行走，也可以凭他人的心跳锁定其位置。艾利亚斯将成为杀手组织——“天蝎”里最小的成员，彼时正在经历加入该组织的启蒙训练。小男孩儿被夏洛特的善良所触动，想让自己的哥哥亚当——未来天蝎家族的继承人，迎娶她。亚当居然二话不说就答应了这门婚事。

接着，夏洛特历经曲折——亚当对她的波折求婚，对抗罪犯，艰难的离职，被绑架，以及在天蝎的死对头天龙的庄园逡巡，最终，她被那位非比寻常的未婚夫聘用为会计。这究竟是好是坏呢？在莱萨特家族的庇护下，天蝎庄园成了世界上最后几个庇护着神奇生物的家园之一。作为普通人类的夏洛特，与这群非同寻常的生物生活在一起，她需要一个适应过程……

1

预谋杀人

这次，我下定了决心：一定要宰了亚当。

他究竟是怎样让我沦落到这般田地的？上海郊区的夜总会里气氛火热，音乐在我耳边咆哮着。我坐在吧台的椅子上，拨开挡在前额的红色假发。我身边的人伴随着我不熟悉的节奏摇摆着。在炫目的灯光照射下，人影闪烁，斑驳迷离。我一口闷了面前的酒。此时，我仍想不明白我怎么会来到这儿！而且还穿着一条超短的牛仔裤，一件秒惊全场的深 V 款上衣！

我想起了我的未婚夫，他那双总是充满期待的海蓝色眼睛。

他曾经哀求过我："夏洛特，你就帮帮我吧！你要是有一头红发，一定漂亮极了。"

“我是不会当帮凶的。”我毫不客气地回答他。

“这可不是当帮凶！我只需要一个诱饵，一个能够把目标引到隐秘角落的诱饵！”

“我说了，我是不会帮你的！”

“要是等目标找到了要袭击的女孩儿，并把她带离人群，那我就只能眼睁睁地看着她被杀害。而如果我自己介入，就会被人看见。”

我愤怒地看向他。他的言外之意是，如果我不帮他，一个女孩儿将因此丧命，而我的良心也会受到谴责。

“那，好吧。”他举起手假装放弃，“还是算了吧，我去问问艾利亚斯。”

我当即火冒三丈。我绝对不能让一个10岁的孩子参与进来。

最终，我不得不妥协。我的脑海中还浮现着亚当的微笑。我叹了口气。难道我为了他的微笑需要出卖自己的灵魂吗？他越来越令我害怕了！以上就是我出现在这家夜总会的原因——引诱一个专门性侵红发女孩儿的色狼上钩，一个非常讨人厌的色狼。这次雇主可是出了大价钱！

亚当的大多数客户都会满足于基本的服务套餐：干净利落地干掉一个人。只有一部分口味儿特殊的（或者最有钱的）会玩些高级别的小花样。我们今天的目标会在打烊后袭击醉酒的妙龄女郎。她们当中有的将被强奸，被殴打，如果有人胆敢反抗，还会被杀害。这种男人让我不寒而栗。但如今他倒了霉，因为他最近一次作案的对象是一位黑帮头目的侄女。那个黑帮头目找到天蝎组织请他们出马，希望以惊心动魄的方式终结这个麻烦。亚当只须手握受害女孩儿的衣服，就可以知道袭击者的身份。现在，他需要把袭击者带离人群。而我则需要努力成为下一个潜在受害者。为什么我要接受这种安排？再说了，今晚很可能什么都不会发生！

“嗨，”一个离我很近的声音响起，“你是游客吗？”

我一时语塞。一位男士刚刚挤到我身旁。我眨了眨眼，尽力保持平静。他脸上的确有一个容易辨认的棱角分明的大鼻子，但是他与照片上的变态狂在形象上相去甚远。

“是的。”我应了声。

我尽量保持自然。那位男士看上去并不惊讶，他用精致修长的手招呼了下服务生。两杯酒落在了我们面前。

“一个人吗？”他端起自己的酒杯，含糊不清地问道。

“不是。”我边回答边耸了耸肩，“我和一个朋友一起来的，他在那里……”

我胡乱指着身边熙熙攘攘的人群。他唇角扯出一丝理解的微笑。我对他还保持着警惕。他的样子看上去太正常了。为什么变态长得都不像变态？不然就方便识别了！

我们用蹩脚的英语交谈着，每次说话都需要用喊话的方式才能被听见。一杯酒过后，接着第二杯、第三杯。时间每过一分钟，我就多一分紧张。如果我真的喝下了同等数量的酒，估计现在可以爬上吧台，伴着《亲爱的，给我做古斯古斯》的音乐跳舞了。幸运的是，亚当收买了这里的吧台服务生，他给我提供的是跟男士杯中酒酷似的鸡尾酒软饮。非常好。我总算是稍微原谅了我的未婚夫。

“我们出去吧？”那位男士突然向我提议。

“好的。”我答道,努力使自己看起来醉醺醺的,“我爱这夜色。”

他抓住我的手臂，一边拖着我走出夜总会，一边四处张望，应该是在确定我的那位朋友不会坏了他的好事。我任其拖着，心脏怦怦直跳。亚当应该不会在这个时候掉链子吧！

我们来到街上，虽然天色已晚，但街上还很热闹。我感觉周围潮湿温热的空气重重地压在我的肩膀上。我实在不适应中国的天气,或者是因为我太紧张了。说实话,我并不替自己的安危担忧。只要这个人敢动我一根手指头，我能立刻就地解决了他。我之前已经在天蝎庄园接受了为期四周的近距离格斗训练，我因此胸有成竹。但是我害怕看到这个男人在我眼前死去。我不知道在天蝎的词汇里，什么样的死亡才称得上“惊心动魄”？如果亚当突然出现把他杀了，鲜血飞溅，我晚上还能睡得着觉吗？虽然我之前也曾亲眼见过我的未婚夫执行任务，但当时的情形非比今日，我那时也不是诱饵。

我脸上依旧保持着微笑。那男人把我领进了一条更安静的小弄堂里，他好像很清楚要把我带到什么地方。真是令人恐惧！

我们来到一幢正在建造的大楼前，这个正在全面开发的小区里有不少建造中的大楼。夜空中映出起重机的轮廓。他把我带到这个四处停放着混凝土搅拌机的建筑工地上干什么？这个地方荒无人烟。尽管空气潮热，但我在发抖。亚当在搞什么鬼？从我和那个男人单独出来后，他有多次介入的机会。

那个男人打开一扇栅栏门。我紧随其后，双腿变得越来越软。我们一同进入了一片空地。我真的一点儿都不喜欢现在这样！那男人突然回头，一脸坏笑地看着我。我立刻就认出了他就是照片上的那个变态。

“那么现在……”他对我说。

一声口哨打断了他。我刚转过头，就看到一个巨型的起重机吊钩全速朝我们飞过来，直接打在了那个男人身上。在惯性的作用下，吊钩连同那个男人一起嵌入了一堵崭新的墙体。我惊诧不已，张大了嘴巴，双臂发抖。顷刻间，眼前空无一人。

亚当在我旁边出现，他精神饱满，天蝎的制服——无袖皮大衣配着洁白的衬衣让他整个人看上去非常帅气。

“大功告成！”亚当自豪地宣布，“你肯定什么都没看到，我特别留意的。”

我震惊地看着深嵌在墙体里的吊钩。

“亚当……”我无力地呼喊着。

“什么事？”

“那个家伙呢？”

“啊……就在里面。”

亚当指了指嵌在墙体里的吊钩。也就是说，那个男人被吊钩捶进了墙体。我的天，难以想象的画面。

“我想这是我最成功的一次。”亚当骄傲地说，“不管怎么说，这是我最具创意的一次。简直就是个艺术品！所有的媒体都会争相报道。客户一定会很满意。你也被震撼到了吧？”

我望着亚当，目瞪口呆。震撼？他突然哈哈大笑起来，把我揽入怀中。

“我喜欢和你一起工作，甜心，你简直太完美了。”

“可是……我……我……”

亚当不等我说完就热烈地亲吻着我，我的身体在他的激吻下慢慢放松，这样我就有时间重新整理一下思绪。仔细想来，亚当现在应该是很开心的，任务完成了。他没让这个人逃脱。而我，除了离我头上方一米处的巨大阴影之外，什么都没看到。如果运气好些，我晚上不会做噩梦。

街上开始躁动起来，刚才起重机巨大的声响惊动了周围的居民。亚当毫不费力地把我举起来，就像我没有重量一样。他刚刚把比我重五倍的吊钩举起来都没有流汗，影子生物的巨大力量不是普通人可以相比的。

“我们走，抓紧我。”他轻声说。

我的双臂环绕在他的腰间，接着，黑暗吞噬了我们。

“你在一堵新墙上凿了一个洞。”我靠着他的胸膛咕哝着。

“啊，是吗？”他漫不经心地笑着，“我没想到你会怪我这个。”

“但你有想过那些可怜的工人明早看到了会怎么样吗？”

“啊……他们看了后应该会感到高兴，因为这样他们就有了迟到的好借口。”

我吹开一绺垂下来的红色假发丝，不然它一直在我鼻子上挠痒。在我们周围，心形的红色光源像流星一样在空中跳舞。我们回家了。

黑暗渐渐散去。亚当把我放在天蝎庄园铁栅栏门前的空地上。阳光依旧猛烈地照射在弗朗什－孔泰地区。9月的午后，庄园石砌围墙上的常青藤和路上的野草都沐浴在温暖的阳光下。铁门自动打开了，它是通过心灵感应由庄园看守生物远程控制的。随后，庄园的内景在我们眼前呈现。整个庄园就像颗绿色的宝石，几条白色的鹅卵石小道蜿蜒其间，还有几片波光粼粼的水域，一座洁白的宏伟建筑坐落在庄园中心位置，这便是天蝎家族的城堡。

我们走在主道上，庄园中最年轻的园艺工人路易从远处摇晃着手里的枝剪向我们打招呼。我羞怯地回应了他一个手势。他转过身继续工作，显然，他今天的主要工作是把灌木修剪成动物形状。我只停留了一秒，欣赏了一下眼前由他精心修剪出的兔子。他精湛的园艺技艺让人着迷，使人忽略了这个森林巨魔的真实面貌——

3米多高，粗壮如百年橡树。但即便是在庄园内，他也会用魅术掩盖自己的外形。魅术是20世纪的仙女发明的，用来使自身幻化成人形。几乎所有庄园的仆人都掌握了这门法术，除非有时他们自认为没必要变成人形。因此，偶尔在走廊拐角便会无意间看到他们的真实面目。

"我去向父亲汇报工作。"来到房前的草坪上，亚当对我说，"我肯定他会喜欢的。把你一个人留在这里，没问题吧？"

"没事。"我安慰他道，"我一会儿还要去办公室更新档案，然后把头上这顶让我头皮发痒的假发摘下来。"

亚当对我露出灿烂的微笑，亲吻了一下我的额头，之后就随着一阵寒风消失了。我觉得内心像一片羽毛般轻盈，这个男孩儿，真是的……

5分钟后，重新变回金色卷发的我长长地松了口气。我回到办公室，那是一间非常现代化的小型办公室，和外面宽大的老旧走廊形成鲜明对比。我关上了身后的门。呼！总算一个人了。

留给客人坐的旋转椅独自转着圈。啊，还不是一个人。

"艾利亚斯？"我惊讶地认出蜷缩在黑色皮椅上的小男孩儿，"你一个人在这里干什么？"

他只是淡淡地看着我，双臂环膝，散乱的棕色头发下满眼泪水。我的心都碎了。他究竟发生了什么？

"怎么了，我的小宝贝？"我把旋转椅拉到身边低声问道，"有人欺负你吗？"

他难过地抽了抽鼻子。

“夏洛特……”小男孩儿呻吟着对我展开双臂。

他蜷缩在我怀里，我紧紧地抱着他以示安慰。

“告诉我发生了什么。”我拍着他的后背鼓励他。

“我也想和亚当一起去执行任务。”

我的手瞬间僵住。他想干什么？

“这不公平，”他低声说，“为什么他要带上并不情愿的你去，而把我一个人留在这里？”

他号啕大哭，我手足无措，只好把他放远点儿，好仔细打量他。

“我想……我也想去！”他嗝了一声，把他那布满泪水和鼻涕的脸靠在我的脖子上，“我想帮助亚当。而且……而且我也希望我能让他骄傲……还有……还有我也想和你在一起……夏洛特……因为……我很喜欢你……”

一股寒风袭来，吹乱了我办公桌上的纸。亚当出现在我们身边，一脸紧张。

“艾利亚斯？发生什么了？”

我叹了口气。显然，亚当无时无刻不在监视着他弟弟的心跳，当然还有我的。此外，很可能还有许许多多我不知道的心跳。

小男孩儿不回答，他趴在我脖子上哭得更凶了。亚当困惑地看着我。我无奈地看了他一眼。这是一个多么奇怪的家庭！

突然，一阵刺骨的寒风令我汗毛耸立。见鬼！我怎么会想到家庭。

“艾利亚斯？”背后传来拉扎尔低沉的询问声。

一直以来，我都竭尽所能避免和这位恐怖的未来公公接触，我悄悄地瞟了一眼身后，是他！他身上的肌肉高耸如山，脸像是被砍柴刀削过一样，冷冽的蓝色眼睛上方，浓密的眉毛因为担心而皱成一团。

“爸爸……”小男孩儿微微抬起头结结巴巴地说道。

“你怎么了，儿子？”

“我……我……”艾利亚斯用袖子的卷边擦了擦鼻涕，然后又抽了几下鼻子，“我想和亚当一起去完成任务。”

“啊……”

拉扎尔转身看向正皱着眉头、一脸茫然的亚当。

“这次情况比较复杂，艾利亚斯。”亚当解释道。

“是的，但是……”小男孩儿绝望地喘着粗气，“我不会吵闹，我会安静地待在一边……”

他又开始大哭起来。亚当挠着头，很显然他正为此感到烦恼。

“这样啊，”拉扎尔咕哝了一声，“亚当，你还有合同要处理吗？”

“没有，”亚当答道，“我打算今晚安慰安慰夏洛特。”

啥?

“艾利亚斯，跟我来，”拉扎尔说道，“我今晚安排了一些项目。此外，我还要教你几个天蝎家族真正的独门绝活儿。”

艾利亚斯立刻起身。

“真的吗？”他欢呼雀跃，满怀希望。

“真的。”

我本想抗议，但小男孩儿快乐的尖叫声阻止了我。我放开手让他投入天蝎国王拉扎尔·莱萨特的怀抱。拉扎尔·莱萨特是天蝎家族无可争议的头领。

“我们去准备吧。”他把艾利亚斯抱起来，让他趴在自己的胸膛，“我们去海边野餐，你觉得怎么样？”

“好！”

海边？这座庄园在贝尔福地区的正中央，离最近的海边也有好几百千米。

我看着他们交谈着离去，双臂环抱在胸前，心情很低落。公司老板需要付出多大努力和牺牲才能让自己的孩子继承家族企业？

亚当把一只手搭在我肩上以示安慰。

“我想你需要去冲个澡。”亚当注视着我那满是艾利亚斯泪水和其他浓稠液体的脖子对我说。

“我想我需要给自己放个假。”我转身嘟囔道。

亚当露出笑容：“看看，甜心……干这份工作每天都在度假，不是吗？”

我噘着嘴不吭声。亚当把我搂紧。

“我建议我们先一起洗泡泡浴，然后再在西面的小塔顶上共进晚餐，就我们两个人，一起看夕阳西下。”他一脸天真地说。

泡泡浴吗？我肯定乐意啊！

天空被染成了粉红色和橘黄色。孚日山脉的轮廓在阳光的照耀下反射着炽热的红色光芒。我倚靠着亚当的胸膛，平稳地呼吸。置身于整个庄园最高的小塔顶，从这里望下去，世界仿佛就在我们脚下展开。微风轻轻拂过那些被阳光照射得滚烫的石头，给它们带来一丝凉爽。亚当刚从野餐篮子里取出蘸上蜂蜜和百里香的巨型烤火鸡腿时，我以为我们肯定吃不完。但是我错了。我们认真地享用了味道鲜美的鸡肉，仅剩下盘底的黄瓜薄荷汤汁，就连李子蛋糕的碎渣都被一扫而光。

我从口袋里取出一本跟随了我好几个星期的记事本。我给它取了个响亮的名字"神奇生物记事本"。它记录着我在这个庄园里遇到的每一个仆人，他们的属性，一小段介绍，还有我偶尔的评价。这么做是为了避免我干蠢事。我翻到上次记录的那一页。

"又到了一周一问的时刻？"亚当打趣道。

"如果你愿意回答我的问题。"

我最初开始问他问题的时候，他取笑了我，他认为与身边的人比起来，他是最正常的，而且他也不明白我为什么要记录这些。我尽量缩减我的问题，尽管他很配合我玩这个游戏。

"你问吧。"亚当鼓励我说。

"这世上有狼人吗？"

"没有。"

"没有吗？"

"没有。"

“好吧……”

我有点儿失望，拿起笔草草地在记事本里记录这条信息。我最近才了解到吸血鬼原来是从漫长睡梦中醒来的食尸鬼，所以才会饥肠辘辘又头发蓬乱。我还了解到鬼从来不去鬼屋（矮妖有时候会去鬼屋），独角兽在14世纪末就已经被人类赶尽杀绝了，而且一共有3头尼斯湖水怪。现在告诉我没有狼人，真是令人沮丧。

“所以你希望这世上有狼人？！”亚当惊呼道。

“不完全是，可毕竟神话传说有提到过狼人，所以我想……”

“神话提到过？”

“我想是的。不一定都叫狼人，但他们会变成嗜血的怪兽。”

“噢，这个啊。这个就是魅术失败后变成了半人半兽的怪物。有时候，一些小巨怪在庄园里学习如何掌握魅术时我也能看到。有点儿恐怖。”

我的眼睛睁得大大的。

“我都不知道魅术还会失败……这么说来，这和月亮没什么关系？”

“没有。不过，也要看是谁。月光会影响一些生物的能力，所以满月的时候怪事会相对多一些。”

“噢。”

我在新的一页上仔细地将这条信息记下来。我就知道这应该挺有趣。

亚当的手臂越过我的肩膀，用头抵着我的头，往下翻看我的笔记内容。我把记录本重新放回口袋里，任凭自己靠着他，内心平静。在我们眼前，太阳一点点儿消失在地平线上。真的好美。我能感觉到随着日光逐渐消失，亚当的身体慢慢放松下来。太阳消失了，留下一片柔和的粉橙色天空。周围一片寂静，时不时传来一两声虫鸣和微风吹拂的声音。如果真有世外桃源的话，应该就是这里。

我抓着亚当的手腕，想让他的胳膊抱紧我一点儿。

“亚当？”我轻声呢喃。

“什么？”

“我们以后人生里的每一个夜晚都会像现在这样，是不是？”

我感觉他动了一下。

“啊，这个有点儿困难。”他有些不耐烦地说，“天气预报说下周会有暴雨。”

我抬头望向天空，诗情画意就这样结束了！这些影子生物！

“但是，如果你想，这些都不成问题。我可以让人在这里建造一个避雨的地方，那样就可以……”

“亚当？”

“嗯哼？”

“我刚才的意思是我和你在一起觉得很幸福，我希望我们可以一直这样下去。”

“啊？真的吗？”

他想了想。

“也就是说刚才你在对我表白。”他分析道。

“是的，就是这样。”

又是一片寂静。

然后，他开口说道 :“是的，我们今后的每一个夜晚都会像现在这样。”

我情不自禁地笑了。他为了我真的做了很多。

我转向他，双臂环绕着他的脖子，让他的头抵着我的头。

“我爱你。”我低声说道。

亚当露出了幸福的笑容。我就爱他这样，我的亚当。

“每一天都这样，直到我们老到爬不动楼梯。”他添了这么一句。

嗯……我想我再也不会这样说了。

2

天蝎庄园一个近乎平凡的清晨

我小心翼翼地探头望向走廊，墙上的挂饰在阳光的照耀下闪闪发光。没人，太好了。我奔跑着快速穿过这条走廊，然后又偷瞟了一眼下一条走廊。有一个深色皮肤的生物正在一幅幅油画之间飞舞清扫。我立刻向后退了几步。他应该还没有注意到我。我确定从没遇到过相同的生物。我赶紧从包里取出记事本在上面迅速地记下了其外形，边写边踮起脚尖退后。只要我无法确定眼前这个生物是否会扎人、咬人、穿墙或是把人变成石头，我都不敢从其眼皮底下经过。

另一条走廊是相反方向，空无一人。很好。从这里走的话，我需要穿过厨房。现在这个点，遇见人的概率很低。我悄悄地溜进了那条空无一人的走廊。

我每天都要重复这些小动作，才能穿过庄园来到位于北塔一楼的办公室。为了让我熟悉这里的环境，很长一段时间里一直是我最喜欢的仙女铁线莲陪伴着我穿过庄园内无尽的走廊。我来这里的第一个星期，仆人们还努力地施展魅术把自己扮成人形，但他们现在已经不这么做了。严格地说，以前就算他们扮成超凡脱俗的仙女，我也不会惊羡他们柔软光滑的长发、晶莹洁白的肌肤和绿色的杏眼，我只是觉得自己太矮小，太普通了。现在他们不再施展魅术，而我还没做好一大早出门就碰到眼球突出、绿色皮肤、牙齿如野猪般的生物的心理准备。

我闻到一股咖啡、巧克力还有柑橘的味道，我已经走到了厨房。好的。我放慢步子让脚步更加轻盈，这样就没人会注意到我了。完美！我深吸了一口气，然后尽量保持平日最正常的状态。巨大的厨房门后传来金属的声音。突然，门打开了。

“夏洛特小姐。”一个响亮的声音。

我的头发根根立起，我的心怦怦乱跳。妮科莱特·皮韦尔，胖胖的厨师长突然出现，就像魔鬼从盒子里钻了出来。她至少有我两倍高，她那两根金黄色的辫子可以把我勒死。她用可怕的绿色眼睛仔细地打量我。

“您在害怕什么？”她打着哈欠问道。

“没……”我被吓坏了，紧贴在墙上，吞吞吐吐道，“没什么。”

“那就好。您要吃脑子还是肠子？”

她把一个拳头伸到我鼻子底下，从拳头里荡下来几条鲜血淋淋的肠子，另一只手捏爆了一个看上去还新鲜的动物脑子。我几乎晕厥。妮科莱特重新直起身子低声说："我就知道会这样。"

"小学徒！"她咬牙切齿道，"要是让我知道下次还有谁听信朱莉娅夫人的建议给夏洛特小姐提供肠子和脑子的，我就把他的内脏都挖出来！"

我背靠墙平息着呼吸，心依然颤抖着。我现在必须马上离开这里。况且据铁线莲说，妮科莱特使用了魅术。真想知道她不使用的样子！

下一个走廊看上去很安静。两个看上去极像人类的女人穿着深色的长裙正站在梯子上挂窗帘。我松了口气。我能从这里过去，如果她们在我面前不做出让我紧张的事，我还能向她们问好。这样想着，我朝她们迈开了坚定的步伐，脚踏在厚厚的地毯上，面色平静。

我还没走几步，就被一阵发动机的轰鸣吓到了。我立刻警觉地望向走廊的另一头，两个仆人也同我一起望去。只见两个吸尘器从墙角冲出来，正飞速朝我们奔来。两个苹果一样高的小男孩儿坐在吸尘器上欢呼。我像被钉在了地上，看着他们冲向梯子，随之是可怕的碰撞，两个女仆发出惊吓的呼啸声。突然，她们用从裙子里钻出的蛇尾勾住了窗帘杆。我晕！我就知道会这样！

我现在脑子里一片混乱，能做的就只有紧紧靠着墙壁，任凭疯狂的吸尘器吹起的风弄乱我的头发。突然，一个声音盖过了骚动。

"莫甘！戈薇塔斯！"

吸尘器发出最后的哀鸣后就彻底平静下来了。那两个小男孩儿面色苍白地转过身。我随他们望去，在走廊尽头有一个驼着背的个头矮小的女人。她缩在一条宽大的黑裙里，外面系着一条白色的围裙，灰白的头发上是一顶18世纪的英国保姆帽。她双手搭在一根干枯的拐杖上，用黑如炭灰的眼睛凛冽地看着那两个小男孩儿。显然，现在情况变得更糟糕了。我认识那个女人，她叫娜塔莎，是天蝎家族的保姆。在弗洛伦斯·莱萨特，也就是亚当和艾利亚斯的母亲去世后，她抚养着还是婴儿的艾利亚斯。艾利亚斯每次谈到她总是带着敬畏。当艾利亚斯不再需要她照顾时，她便协助菲尔曼管理庄园。庄园里的所有人都努力避免让她尖叫，因为娜塔莎的真实身份是报丧女妖。

我曾经在神话网站上看到报丧女妖的尖叫会让人感到非常不适。像平常一样，我分不清传说和事实，但为了避免她的尖叫杀死半径两千米内的所有生物，我还是保持安静为好。

显然，那两个小男孩儿和我想的一样。他们正瞪大着双眼恐惧地看着娜塔莎。

“早上好，娜塔莎。”最小的男孩儿结结巴巴地开口。

“我能知道你们在这里干什么吗？”老婆婆冷冰冰地问道。

“我们，我们在吸尘，菲尔曼先生让我们……”

“让你们这样吸尘吗？”

“我们只是想快点，这样就能……”

“你们撞到了天蝎王妃。”

他们脸色瞬间苍白，而我在一旁就很尴尬了。“王妃”这个标签让我内心非常不安。我并不是什么王妃。每次有人这样称呼我，我都觉得我在骗人。如果他人执意给我贴这个标签，我就会有种自己是本世纪最大篡位者的罪恶感。

“对不起，夏洛特小姐。”他们面朝我嘟哝着。

“没关系的。”我轻声答道，和他们一样不安。

“你们听到了没有，淘气鬼。”娜塔莎对他们说道，“你们运气好，夏洛特小姐心地善良。换成是夫人的话，事情就没那么简单了。”

他们同时点了点头，双手颤抖着。

“快向夏洛特小姐道谢。”

“谢谢，夏洛特小姐。”

“现在回去，从最开始的地方重新吸尘，到处都还是脏兮兮的。”

两个男孩儿从临时坐骑上下来，在还挂在窗帘杆上的两个女仆满意的眼神中羞愧地拽着吸尘器离开了，直到消失在走廊尽头。娜塔莎随之把注意力转向我。我立刻感觉自己变高大了。实际上我并不算高，但报丧女妖也才刚刚到我肩膀。

“您不应该宽恕这样的行为。”她冷漠地说道。

“可他们只是孩子啊。”我害羞地吞吞吐吐道。

她叹了口气：“虽说如此，夏洛特小姐，但您也不应该允许这样。他们已经300多岁了，我希望这些淘气的矮妖能够成熟一点儿。”

那两个小毛孩儿居然已经有300多岁了！我的天啊！

“夏洛特！”身后有人喊我。

我转过身去，艾利亚斯正拄着拐杖站在那里，一脸灿烂的笑容。看到他，我马上把矮妖、美女蛇和娜塔莎抛到脑后。

“艾利亚斯，你怎么了？”

我就知道我不应该让他和他父亲在一起。

“艾利亚斯先生，”我身边的报丧女妖用苍白的声音低声说，“您难受吗？”

“不用担心我，我挺好的。”

挺好的？他看上去完全不是这样的啊。他甚至都空不出手来拨开挡在眼前的棕色头发。

艾利亚斯转过身，望向身后。

“可以了，亚当，”他平静地说，“我们的计划成功了。夏洛特和娜塔莎相信了。”

什么叫“夏洛特和娜塔莎相信了”？

亚当满意地从艾利亚斯身后出现。

“再加上路易和妮科莱特，”亚当掰着手指数着，“就是四个人上当受骗了。普通人类应该什么都不会发现。”

我内心低声抱怨，但在一旁的报丧女妖着实松了口气。这兄弟俩肯定正在策划新的任务。

“你们这次又发明了什么？”我询问道。

艾利亚斯挥舞着他左手的拐杖。

“我们正在调整亚当下一个合同的细节，”他开心地说道，“而这会是我们袭击下一个目标的工具。”

我转过身望着我的未婚夫。他应该是看到了我脸上不愉快的表情，立刻就收敛了满足的笑容。

“我会时刻留意艾利亚斯的安全，”亚当立刻解释道，“不会让你担心的。”

“所以你们准备用这根拐杖去结果一个人？”我打断他，有点儿难以置信。

“什么？当然不是！那样就太野蛮了！你在想什么啊，夏洛特！”

我恶狠狠地瞪了他一眼。他绕过我们，扶起梯子。那两个女仆踏上梯子，红着脸，好像在说：“噢，亚当先生，您不需要这么做。”我皱着眉头。我讨厌庄园里稍有姿色的女人在我未婚夫面前搔首弄姿。

“武器在拐杖里面，”亚当解释道，“你不记得上次那个档案了吗？那个男的一定要用杀了他父母的步枪对付目标人物。”

我环抱双臂，一旁的艾利亚斯取下拐杖顶端的螺丝，把拐杖内部展示给我看。我确实对那起案件记忆犹新。暗杀必须在公共场合进行，以便我们的目标人物，一位正在势头上的政治家能够清楚地知道是谁要他命的。

天蝎家族在执行任务的时候通常都是神出鬼没的，而且一般不使用枪支弹药，因为这样有可能会伤及无辜。

我本想反对那笔交易，但最后还是同意了。以亚当的能力，不太可能会伤及无辜。艾利亚斯以前告诉我亚当曾经连续六次推迟行动，就是为了避免伤害到行人。如果是天龙家族签了这份合同，不用想也知道死伤人数两只手都不够数。

但是今早兄弟俩的计划让我很困惑。

“为什么你们就不能在他发言的时候靠近他呢？”我问道，“这样你们就不需要进行夸张的表演了。”

“到处都是摄像头，”亚当回答，“如果我们随意出现，那全人类就知道还有影子生物的存在。要正常地进去！但是要过安检的话，需要先把步枪藏起来。”

我噘着嘴，板着脸，还是表示怀疑。亚当的脸色暗了下来。

“你真的觉得我很奇怪吗？”艾利亚斯失望地低声问道。

我的心都要融化了。

“不是的啊，亲爱的。我只是觉得让你这样带着枪出现在摄像头前不太理智。这样所有警察都会拍下你的照片，贴在他们的办公室里。大家都不会再把你当作一个可爱的10岁小男孩儿了。”

我瞪着亚当，亚当对我的顾虑满不在乎。

“你不用担心，夏洛特，我们会戴鸭舌帽的。”

鸭舌帽？

艾利亚斯严肃地点了点头。我耸了耸肩。

“万事小心，”我嘱咐道，“要不然，我会宰了你们。”

兄弟俩脸上露出了灿烂的笑容。

“知道了，” 亚当宣布，“走吧，艾利亚斯，我们还要做最后的准备。”

“好吧。”

他们兴致高昂地离开了走廊，“我爱你，夏洛特” 的童声从远处飘来。我抬头仰望天空，这兄弟俩真是……

“小姐，您还需要我服务吗？” 娜塔莎平静下来后问道。

“啊，不用了，谢谢你。”

“好的，那祝您度过愉快的一天，小姐。”天蝎家族保姆的嘴角扯出一丝笑容。

我看着她拄着拐杖走远。她看上去虚弱极了。在路过梯子的时候，她严厉地看了一眼那两个拉弥亚，蛇尾就像被施了魔法一般突然从长裙底下消失不见了。好吧，她并没有那么虚弱。

“再用力，小姐。”

再用力？好的，我绷紧肌肉，先来了记左勾拳，紧接着一记右直拳。我正前方穿着道服的刀疤男毫不费力地就挡住了我的拳。

“还要用力。”

我喘着粗气，接着使出了组合拳，出拳速度之快会让四周前的我大吃一惊。所有的拳都被我的教练挡住了。我朝着教练的下巴就是一个上击，教练用手臂保护，但在最后一秒我偏斜了拳头，酝酿着就朝教练的胸口踢去，但教练以惊人的速度避开了这一脚。

“这招声东击西真是漂亮，小姐！”他欢呼道，“如果我是人类的话，您刚才那一击直接就撞断我一根肋骨了。现在您尽全力打我，记住，我是食尸鬼。”

我暗自发牢骚，用道服的一端擦擦额上的汗水。训练加上下午的高温使我精疲力竭。我很想像马库斯说的那样揍他，但他那庞大的身躯却像一只好动的狨猴一样灵活。我该如何才能触碰到他呢？

“小姐，您不会是爱上我了吧？”

“什么？”我一口气卡在喉咙。

“您都不敢用力打我，这应该是个信号。”

我用谴责的眼神注视着他，双拳挡在胸前。他应该有 40 多岁，皮肤基本白化了。他的眼睛颜色很淡，双颊凹陷。他的身躯在白色的衣袍里显得消瘦，但他拥有超强的体力。马库斯给我的感觉像一只人形蜘蛛。在他身后，有一群食尸鬼在傻笑。他们看上去苍白又巨大，有那么一丁点像马库斯。谁会爱上这种生物？

“想都不要想。”我咕哝着。

“那就认真点儿揍我。您要朝你们人类称之为生殖器的地方狠狠地来一脚。”

我立刻羞得满脸通红，这是在瞎说什么呢！

“我不会觉得疼的。”他解释说。

非常好。

我喘着粗气靠近他。他说踢一脚，好吧。

我冲向他并试图踩他的脚，然后他迅速转移到我身后，我根本来不及反应。

“漂亮！”他很开心地大声说道，“我想我们现在可以开始练习我昨天夜里想出来的新技巧了。”

“新技巧吗？”我略带不安地问道。

“我们来尝试一下在群殴的状况下，您如何自我保护。”

“什么？”

“朋友们，各就各位！”

“可是……可是你还没教我啊！”

食尸鬼很快在我周围围成一圈。我大叫了一声，被自己的脚绊了一下，整个人趴在了地上。有那么一秒钟，周围好像静止了。我抬起头，只见我的教练们起跳的身体都悬在空中，一动不动。

“你们在干什么？”我嘟哝道。

“恐怕他们什么都没干，”我的背后响起一个细微的声音，“是我让他们变成这样的。”

我循声望去，只见一身黑衣的精灵管家菲尔曼笔直地站在道馆的垫子一端。他一脸不悦地盯着悬挂在空中的食尸鬼。

“他们的兴致还和以前一样高涨啊。”他淡淡地评论了一句。

“你对他们做了什么？”我的声音因为害怕而有些颤抖。

“我把食尸鬼关在了时间气泡里。请不要害怕，小姐。对他们来说，时间是静止的。”

“但是……但是他们不会掉下来吗？”

“地心引力是加速度，小姐一定也很清楚。既然对于他们来说时间是零，那自然地心引力也不适用于他们。”

我睁大眼睛看着他，他在说什么呢？

“不，”他继续解释刚刚说的话，“他们不会掉下来，他们甚至都没意识到自己被静止在空中。等我打碎了气泡，他们会惊讶地发现您不见了，他们就会困惑您跑得那么快。”

我好像有点儿明白了。

“所以说我们需要你的时候，”我胆怯地问，“你也是这样把我们锁在时间气泡里，然后就这样来了又走？”

“实际上，我把自己关进时间气泡，然后加快了时间。”

“噢。”

坏了，我的记事本忘在了衣柜的裙子口袋里。

“我来是为了通知小姐，艾利亚斯先生和亚当先生正准备出发。”管家平静地说道。

我立刻对时间气泡失去了兴趣。兄弟俩现在就要走了啊，那么快。我是无论如何都要去送他们的。我起身看了眼被定在空中的食尸鬼，很好，他们应该掉不到我头上。

“谢谢你，菲尔曼。”

“乐意为您效劳，小姐。”

我离开道馆的同时，管家站在了我刚才站的位置上，上空围着一圈食尸鬼。我看到包围着他们的气泡渐渐融化，我看着他们尖叫着挣扎着努力改变下坠方向，但是太迟了，瞬间都趴在了垫子上。

虽然我不想表现出来，但还是忍不住在心里默默称赞，干得漂亮！

兄弟俩双手握拳叉腰，站在宽广的平台上等我。我看着他们沿着主干道一路向前，白色鹅卵石在他们脚下嘎吱作响。一人背着包，另一个倚着拐杖跛行。这搭配让我感到很奇怪。园丁从花丛中探出脑袋，挥舞着手里的草帽向他们问好。

我看着他们穿过庄园尽头的铁门，消失在黑暗之中。当莱萨特家族的成员离开或者回到庄园的时候，他们都不会在平台上直接消失，而是会穿过铁门。菲尔曼曾经告诉我，影子生物离家或者回家都会举行这种象征性的仪式。

我叹了口气，他们终于还是飞走了，我奇特的小鸟们。

我听见踩在瓷砖上轻盈的脚步声，回头一看，铁线莲正站在巨大的实木门边。她看上去和平日一样漂亮：陶瓷般的肌肤、绿宝石眼睛、棕色齐腰卷发和散发着柔滑光泽的仙女裙。她是我在整个庄园里唯一称得上朋友的仆人，她有点儿像我在巴黎的前同事，苏菲。我们经常互通电话，她跟我讲游泳课上同学们的趣事，而我尽量避开谈论我日常经历的奇奇怪怪的事。我本打算请她来这里参观，后来我打消了这个念头，这么做太危险了。

“到点了，您是否也应该离开了呢？小姐，您打算就穿着这一身进城吗？”她用动听的声音问道。

我瞟了一眼身上的道服 :“不换了吧！”

“我还是帮您准备一些更得体的衣服吧。”

她往铺着红色天鹅绒毯的大厅楼梯奔去。

“铁线莲。”我赶忙叫住她。

她停在半路 :“小姐，有什么事吗？”

“不要裙子，简单的衣服就可以了。”

“噢。”

她抿着嘴，看上去很失望。亚当喜欢看我打扮成公主的样子，铁线莲也是如此。两周前，我加入了儿童保护组织，如果让我第一次去值班就穿成这样的话，我看还是不要了。

“好的，小姐，”她心口不一地说道，“我去准备合适的衣服。”

说完，她继续爬楼梯，明显没刚才那么激动了。我叹了口气。自从我住在这里，什么事都不需要自己做了。打扫卫生不需要动手，做饭不需要动手，就连准备穿着都不需要自己来。不用自己打扫这点我能接受，但我还是希望能够时不时地打扮自己。有一天早上我自己涂了指甲油，被铁线莲发现后，她哭了整整两天。而我的另一个侍女，勿忘我仙女在听到这件事后便垂头丧气地看着我。我现在也只能随她们去了。后来我加入儿童保护组织，才总算找到了点儿事情干。

3

城市中一个近乎普通的下午

我正站在一座破旧的房子前。我看了看手表，16点30分，还好没迟到。我按了下门铃。在等开门的间隙，我随意瞟了眼门铃上方的金黄色门牌，上面刻着“AAEM，四楼右侧”。我目前在这个困难儿童援助协会做宣传工作。我是在住进庄园的两周后才加入该组织的。在庄园每天都会遇到各种奇怪的事，让我心力交瘁。我需要一个正常普通的职业，能让我和真实生活不脱轨。AAEM就是我现在需要的。积极的志愿者们定期组织各种活动，提供热线咨询，它能平衡亚当的“生意”所带来的罪恶感。亚当甚至在我加入后的第二天还提出要赞助这个资金不足的组织。我坚决地拒绝了这个提议。让他用暗杀赚来的钱去救助儿童，绝对不可能！

我几乎每天都会来这里处理协会的财务事宜，也会和我的新朋友们一起组织各种活动。一周半之前，我还参加了一个叫“大家都到街上去”的大型活动。我们这些志愿者走到大街上向行人募集捐款。庄园里的很多仆人觉得这个想法很好，纷纷上街募捐，或者用他们的话说——去乞讨。巫术、魅术和其他施咒术在周末两天时间内像雨点一样落在了贝尔福市。周一活动结束后我算了一下账，周末获得的捐款足够我们租下整个奥林匹亚。十天后，每每想到这件事，我还是会羞愧得满脸通红。

一个个头矮小的女人奔跑着穿过大厅给我开门。她有着一头红褐色头发，裙摆随着脚步摆动着，瘦小的脸蛋上戴着一副挂着金链子的圆形眼镜。

“夏洛特！”她热情地和我打招呼，呼吸因为奔跑而变得急促，“你来得正好！我们刚刚正在跟热拉尔和弗朗索瓦丝商讨一个新项目。我们迫不及待要和你谈谈这事儿！”

我微笑着。玛德莱娜，从第一天她迎接我的那一刻起，我就喜欢上了她。除了因为她是少数个子比我还矮的人之外，她身上还散发着一种神奇的能量！她、热拉尔和弗朗索瓦丝组成了AAEM的铁三角。他们一起呵护着协会里的志愿者，同时也严格地要求着他们。

“是什么新项目？”我站在40年前流行的瓷砖楼梯上问道。这栋大楼本来是所音乐学院，后来市长把大楼分给了AAEM。“我们是不是终于要从十天前活动的盈利中提取一部分聘请门铃对讲机修理工了？”

“不,”她咯咯地笑,“比这更好!”

“比这更好?我们要搬进新大楼吗?”

“哦,夏洛特!”

门铃对讲机六个月前就坏了,但是协会当时没钱请人来修。现在协会成员已经习惯了等人来开门,尽管这可能需要别人从只有楼梯没有电梯的四楼走下来。因此,修理门铃对讲机不再提上议程。

我们爬了一半就停下来,让玛德莱娜喘口气。我们站在楼梯口,我打量着留有岁月侵蚀痕迹的墙面。所以我们不搬走了?可惜,太可惜了。玛德莱娜告诉我他们过去曾经考虑将四楼的协会前台搬到二楼的教室,但是二楼的所有教室都已经变成了紧急接待室,为寻求帮助的情况危急的家庭提供服务,他们几乎每周都会遇到这类家庭。此外,热拉尔的心脏病医生建议他定期进行锻炼,所以……

AAEM 的办公室门完美地融入背景里,门上的油漆剥落了,门把手也摇摇欲坠。办公室内,热拉尔和弗朗索瓦丝喝着茶等着我们。这两人是我见过的最热心的退休夫妇,也是我认识的少数能坚持在 37 度高温的热浪里喝热茶的人。

“我们的幸运星来了!”弗朗索瓦丝惊呼道,从她的椅子上跳下来迎接我。

“我们的吉祥物。”热拉尔深情地补充道,“夏洛特,要喝茶吗?”

“不了,谢谢,”我亲吻弗朗索瓦丝的脸颊,“我去倒杯水喝。”

“去吧，我的小姑娘，去吧。”

我没有生气。我 1 米 5 的身高显然只能属于“小”姑娘，而热拉尔他 70 岁的年纪更多的是上一代对下一代的关心，没有任何藐视的意思。

他们仨看着我走进小厨房，等我拿着杯子回到座位上。他们兴奋地不禁颤抖。他们又在搞什么？

“所以说是什么项目？”我问道，和他们一起坐在一张大桌子旁。

他们互相瞥了一眼。

“我们想组织比赛。”热拉尔开始发话。

“为城市里所有的孩子，也为他们的父母。”弗朗索瓦丝笑着说。

他们的点子成功地激起了我的好奇心。

“什么比赛？”

他们再次开心地交换了眼神。

“化装比赛！”玛德莱娜骄傲地宣布，“他们都必须将自己化装成神奇的生物！”

我的大脑停顿了一秒。

“化装成什么？”

“化装成神奇的生物，”热拉尔重复道，“例如，女巫。”

我眨了眨眼，我的大脑恢复正常：神奇的生物，例如，女巫。好吧。一切都很好。

“你怎么看？”玛德莱娜狂热地问道。

“啊……那真是太好了。”我带着害羞的微笑说，“我确信孩子们会喜欢的。”

我非常确定最后一句话。哪个孩子不喜欢化装？连艾利亚斯都喜欢！

“这会很棒的，”弗朗索瓦丝轻声拍打着她的手，“小巫婆和小吸血鬼将在这座城市聚集！”

是。这是肯定的。而且，我之所以会选择这份工作就是为了转换思维。

我们在专业和业余的服装制作网站上花了大量的时间，同时细化了活动规则。为了能够让参与者更好地竞赛，大部分的服装都必须由参与者亲手制作。然而，为了公平起见，考虑到不是每个家庭为了活动都买得起一台缝纫机，我的朋友们想要在二楼的旧音乐厅里提供一些缝纫机，还有一些样版衣和旧物。玛德莱娜还计划教那些从没见过纱线卷筒的人如何使用缝纫机。这样即使没能赢得比赛，参与者至少可以知道如何缝制纽扣并打造下摆！

我立刻开始计算如果我们得在活动期间租下几台缝纫机，购买针线、骰子、剪刀，组织缝纫车间，租用颁发奖品的房间并购买一个可以让孩子满意的奖杯需要把报名费定多高才能开始赢利。

弗朗索瓦丝和热拉尔则开始起草市政拨款申请文件。他们一边打字一边讨论说服市长的最佳方法。至于玛德莱娜，她在打印装扮造型图片。不到10分钟，她的热情就感染了我。小仙女图片真可爱，这让我想到了掌管着天蝎庄园厨房的胖胖的维京人，我真想知道什么时候事情开始走偏了……我还需要说服铁线莲教我基本的缝纫知识。如果她也决定参加活动的话，我想我不会拒绝她。

不知不觉中我的两小时值班就结束了。我不情愿地让我的朋友把我送了出来。我们在门口道别，彼此都很开心。太阳还悬挂在高高的建筑物上，我犹豫了一下，想迫不及待地把我们的项目告诉亚当，但他还要好几个小时才能回庄园。我可以在贝尔福的城墙上来一次小小的旅行！我的凉鞋跟不算太高，我已经准备好去转一圈了！

9 月初，街道上到处都是嬉戏的人群。学生三五成群地在街上四处走动，身上穿着酒红色工作服，上面沾满了油漆。我不知道他们是如何在这个依然炎热的傍晚继续闹腾下去的。亚当跟我解释说，这些只比我年轻一点儿的男孩儿和女孩儿是工程学校的学生，入学才三周就已经活跃在城市街道上了，工作服是他们的标志。我微笑地想着，学校还给他们三周的适应期，换成是我以前的会计学院，怕是最多只有两天。

市中心的旧石路散发出令人窒息的热气。我奔向俯瞰贝尔福市的狮子雕像。1870 年，当地人为了纪念抵抗普鲁士的侵略，在山坡上雕刻了一头咆哮的巨大石狮子。走在狮子脚下蜿蜒的小路上，我感受到了一丝凉意。我爬上狮子雕像下的台阶，享受着隧道里的阴凉。我才用了几个星期就已经摸透了这座城市，对这座城市的了解比我待了五个月才习惯的巴黎更多。当然，我也很高兴能够在这里体验到中小城市才有的舒适氛围。

我穿过隧道，穿过城堡，来到了一块被太阳光照得泛黄的草地上。从那里我可以看到整座城市。我高兴地舒了口气。零星几个人在草地上安静地散步。太阳高悬在空中，我背对着城市，看着地平线。亚当声称在这儿可以望到天蝎庄园。影子生物肯定比普通人的视力好，因为我现在连一块屋顶都没看到。

一群人突然出现在我身后，由两位身穿酒红色工作服的学生领头,有些人在喘气。他们大概是第一次来这里。学生们倒在地上，相互递着瓶装水。我沉浸在对城市的沉思中。这座城市不是特别漂亮，因为贝尔福市里既有战后重建的老式建筑，又有现代建筑，但这儿让我很有安全感。在亚当家，一切都在变。自从我来到天蝎庄园，尽管我一直避着仆人，躲着朱莉娅，但这个庄园让我真的好开心……

“大家起立，准备出发。”一个学生高兴地说着，把我从思绪中拉了出来,“我们来唱歌！”

队伍站了起来，扯着嗓子嘶吼着一首歌谣。我的脸颊不满地鼓起来。现在的年轻人真让人无语！

这首歌的回声最终消失了。在这儿散步的人已经不知去向，他们肯定是被刚才学生的动静烦走的。我半闭着双眼，感受着这一刻的寂静和吹拂在脸上的风。

我听见台阶上传来了飞快的脚步声，一个学生落单了？

从隧道里跑上来的年轻人一定是刚才那个团体的成员。他个子高挑，黑色的头发乱蓬蓬的，运动短裤上布满泥土，后面还背着鼓鼓囊囊的背包。他的样子平平无奇，但眼睛深处藏着深深的恐惧。

“危险，快逃！”当他向我冲过来时对我大叫道，“危险，快逃！快！”

我立刻紧张起来。

“什么？”我结结巴巴地问。

他抓住我的前臂：“快！他们马上到了！”

“他们是谁？”

“猎灵人和他的人类！”

当他试图拽着我跑时，我的膝盖软了。“他的人类”？这家伙不是人？

“快！”

“什么？”

他停下来，转过头对我说：“你不知道猎灵人是什么！你是仙女吗？”

我愣住了，嘴唇有点儿干燥。他竟然以为我是仙女。难道铁线莲给我挑的衣服有那么高的辨识度？

这个年轻人好像被烫伤了似的突然放开我。

“你是人类？可是……”

他黑色的眼睛落在我的吊坠上。一个漂亮的银质吊坠，上面刻有代表莱萨特家族的蝎子图案。那是在我抵达庄园后，亚当的父亲拉扎尔给我的。

“有了这个，”他解释说，“这个世界上所有的非人类生物都知道你是谁，没有人会攻击你。”

这个有趣的男孩儿知道这个吊坠的象征吗？

从我们身后的台阶上传来刺耳的噪声。

“快点！”一个深沉的声音喊着，“他不可能跑得太远！”

这位朋友的脸瞬间煞白。

“天蝎。”他抬头看着我喃喃道，“请保护我！”

我吓了一跳，呆立在现场：“什么？”

“哦，是的，对不起。”他的声音恢复了平静，取代了之前的恐慌。

“我发誓效忠莱萨特家族，”他跪下，语速急促地说，“请保护我。”

我瞠目结舌。他在干什么？

“拜托。”他坚持说，瞥了一眼身后。

“但是，”我嘟哝着，“你在说什么？”

他炭黑色的眼眸中掠过一丝怀疑的光芒。

“你是天蝎家族的人吗？”

我的肌肉僵硬。如果我说是的话，他会叫我干什么？我学自卫并不是为了这个！

“啊……不。”我试着说清楚，但我的喉咙紧绷着。

当我正要加上“还不是”的时候，叫喊声再次打破了寂静。

“他在这儿！抓住他！”

我抬起头来。十几个人刚刚冲上来，一个个子矮小、肩膀宽阔的人跑在最前面。所有人都朝我们看。我条件反射地向后退，而这个年轻人从原地跳了起来。

“我很抱歉，”他嘟哝道，“忘记我刚才说过的话。那没有任何意义。”

说完，他就飞奔而去。我紧张地用手扯下吊坠，把吊坠握在拳头里，看着那些追逐这个年轻人而去的人。领头的让手下去追，而他留下来盯着我看。我低着头，紧拽着掌心中的天蝎吊坠。他审视我的方式让我很不安。他慢慢走近我，小心翼翼地生怕我逃走。我也紧张地看着他，生怕他突然冲过来。他眉弓突出，眼睛深陷，留着平头，露出了宽阔而厚实的前额。他走得越近，我越发现他还没我高。我的身高对女人来说都不算高，那他作为男人的话，就更令人遗憾了。但他健硕的肩膀应该能劝阻任何人打趣他的小身材。看他和他的脸是如此奇怪，如果不是艾利亚斯曾经向我保证过世上不存在小矮人，我发誓在我面前就有一个！

他突然一下子离我很近，吓了我一跳。

“小姐？”他用柔和的声音问道，“一切都好吗？”

“啊……是的，是的。”我结结巴巴地回复，同时也警惕了起来。

“别害怕。我是索格中尉，在警局工作。”

他挥舞着名片，快到我看不清上面的字。警察？他为什么找我？真是太倒霉了！

“啊……”我咕哝着，不知道该说些什么。

“跟你在一起的那个人说了什么？”

我又紧张起来。我没办法告诉他真相，就连我的名字也不能让他知道。更重要的是，不能让他看到我的吊坠。

“啊……”我装作犹豫了一下，“他让我告诉你，他往那个方向去了。”

我用手指了指年轻人逃离的方向。

“非常好，”警官赞许地点头，“还有什么？”

“啊……就是这样……”

“真的吗？他为什么跪下？”

我的胃一阵痉挛。

“我不知道，”我喃喃道，“他扑倒在地，而且……那个……顺便问一下，那人是谁？”

警官凑近我：“你还是不知道为好。他告诉你他的名字了吗？”

我眨了眨眼。他的名字？说到这个，那人本可以在宣誓效忠前先告诉我他的名字！

“啊……没有……”

他略显烦躁。

“给，”他从衬衫口袋里掏出一张小卡片，“如果你又想到些什么，或者如果你再次看到这个人，立即给我打电话。这名罪犯会毫不犹豫地伤害你，所以请保持警惕。”

“啊……”

我清楚地意识到我在谈话上并没天分，但至少我没有暴露我的身份。银质的天蝎吊坠还握在我的掌心里。我拿了名片，上面写着“威廉·索格，EFI 队中尉”。这个 EFI 队是什么？

我抬头问他这个问题，但他已经看向其他人离去的方向。

“注意安全，小姐。”

他大步走了。他没问我名字，也没问任何有关我的问题。他正在追逐一个年轻人，或者说是一个神奇生物，那个年轻人把我当成仙女，他认识天蝎家族，但他并不认识我。这个警察看上去一点儿都不像警察。那他是谁？我有些担心，我快速跑回地道，我的精神高度紧张，嘴巴也干了。我只能希望刚才的“警察”能很快忘记我的存在，希望我没有犯下可怕的错误。

我经过狭窄陡峭的台阶，行走在路边房屋的阴影中。

“夏洛特？”一个熟悉的声音响起。

我转过身来。亚当出现在拐弯处。

我的心在胸膛里更加猛烈地跳动着。他穿着他的杀手服装，眼睛在黑暗中闪闪发光，而且他呼吸急促。他是否察觉到了我的焦虑？我心爱的亚当！

他把我举了起来，在空中转了好几圈。

“太棒了！”他高兴地大声说道，“艾利亚斯真棒，他像发条一样工作。你见过那个人就知道了！相信我，他根本没机会意识到发生了什么，也不知道是谁派我们来的。”

我惊呆了。事实上，他完全无视我的心情。他只是迫不及待地想告诉我他下午的经历。真是郁闷！

他笑着把我放到地上。

“保安人员什么都没看到！我们设法避开了所有的相机，人群甚至没有恐慌。你可以为我们感到骄傲！”

尽管我心神未定，但我还是努力撇了撇嘴。他好像过得不赖。亚当突然大笑起来，把我抱在胸前。我放松下来。如何抵抗爱人的喜悦？最后，也许我的问题并不那么糟糕……

“你呢？”他终于问了，“放松一点儿。一切进展顺利吗？我感觉你的心脏一直在激烈地跳动，但你看起来并不害怕，所以我就没担心。”

“一个奇怪的家伙试图宣誓效忠我。”我低声说。

亚当的眼睛瞪圆了：“什么？”

“一个在上面的狮子小路上跑的家伙。他认出了我的吊坠，所以他试图向我宣誓效忠。这事儿离现在还不到 5 分钟。”

我的未婚夫捧腹大笑。

“这是今天最棒的故事！”他大声说道，擦了擦眼泪，“我可以想象你的反应！你有没有请他来庄园？”

“不，我没有时间。追他的那个人到了，他就跑了。”

“追他的那个人？”

“是的，他叫……”

他是怎么说的来着？

“好像叫……猎人……什么猎人……”

亚当的笑容突然凝固。

“猎灵人？”他不再笑了。

“就是这个。‘猎灵人和他的人类’，那家伙这样叫他们。他以为我是个仙女，而且……”

“停。”

我一惊，沉默下来。他眼睛深处发出一道黑暗的光芒。恐惧让我的胃又痉挛了。亚当扫了一眼我们上方的道路。

“他们去了哪里？”

“另一边，他们正离开市中心。”

“有很多人？”

“啊……至少……至少……”

我试图拼凑我模糊的记忆。

“至少十个？”

亚当的脸色越来越暗。

“太多了，”他喃喃道，“我们必须离开这里。”

他抓住我的手，拖着我走下台阶。

“发生了什么事？”我结结巴巴地说，“你认识那个人吗？”

亚当没有回答。他变得严肃起来。他走得很快，对我来说太快了，我不得不跳下台阶。我们钻入了一条典型的贝尔福小弄堂，古老又矮小的建筑物鳞次栉比。

“巴士站在哪里？”亚当问。

“巴士？”我惊愕道,“你想坐公车吗？”

“当心！”

他粗暴地将我拉进了一扇门后，让我像盾牌一样挡在他前面。

我愣住了，一动不动。几秒钟后，两名男子跑过我们。亚当没有动，但双手紧握着我的手臂。

脚步声远了，我的未婚夫放松了下来。

“还好，”他咕哝着,“夏洛特，我从来没有这么高兴过你是人类。”

“但是为什么……”我嘟哝着,“为什么我们不躲在阴影里？”

他低头看着我 :“因为那里对我来说最不安全。”

4

返回庄园

阴影是对影子生物而言最不安全的地方?

我一边在脑海里整理他刚刚说的话，一边领着亚当回巴士站。这并不容易。我未婚夫坚决不经过某些街道，而且我们多次进入商店，躲避那些把手机放在耳边，手里拿着纸或者刚好从口袋里掏出一张纸的人。

“幸运的是，我告诉艾利亚斯直接回庄园。”他不顾金发售货员吃惊的眼神，藏在了一个女士内衣模特身后。

“他们想对你干什么？”我对着蕾丝内裤紧张地轻声问道。

“杀了我们。”

我的心跳漏了一个节拍。

“别担心，”他放心地补充道，“他们不追捕你，你是人类。”

“但你不能……反击他们吗？”

“不能，我可以杀死一两个人，甚至更多，但这样就暴露了自己，猎灵人就会知道我的存在。他们会追踪我，找到庄园，然后……”

他话还没说完，售货员走了过来：“您需要帮忙吗？”

“您已经帮到我了，”亚当说道，“谢谢。”

他把我拖到了外面。

“你如何识别他们？”我在十字路口放慢脚步时低声问。

“他们心脏的颜色。”

“他们心脏的颜色都一样吗？”

“不，杀过人的人其心脏和从没杀过人的不一样。”

我吓呆了。

“但是……那个家伙……他们正在追逐的那个……在狮子小路上的那个……他是……他们知道了……”

亚当直视着我：“现在不要想那些，亲爱的。”

“但是……”

极度的不安让我站不稳。他曾请求我的保护，而我没能做到。现在，现在……

“夏洛特，现在不是停下的时候！”

“但为什么呢？”我结结巴巴地问，“他们为什么这样做？”

“猎灵人追踪一切看起来像非人类的生物。”亚当咬牙切齿地解释说，“他能感觉到我们的力量，知道我们的优势和弱点。这就是为什么我在阴影中不安全。如果我在他周围的一两千米半径内使用阴影，只要他在那个时刻全神贯注，就能察觉到我，知道这儿有一个影子生物。通常情况下，他的手下没有这种感应，但他们的文件上印有照片。我看不出谁是他的手下。如果你看到了可疑的人，最好不要来找我。你明白吗？”

我慢慢地点了点头。亚当觉得他们认识他的脸，而他却一直能逃脱人类警察的追捕！既然如此，那群人到底是谁？

“好吧，就这样，我的棕发大男孩儿。那么，现在我们乘巴士？”

我一般乘巴士上班。亚当和拉扎尔从不乘汽车，他们只使用阴影。艾利亚斯当然也是。我也从未见过仆人使用过车辆。大多数生物住在庄园里的树上或水上。据我所知，庄园里唯一的一辆车属于朱莉娅，她不会把车子借给我。但不管怎样，即使她会借，我也不确定我是否想要乘着闪闪发光的劳斯莱斯去贝尔福市中心，况且司机还是菲尔曼。

今天也不例外，只是亚当不能再使用阴影。我不知道他是否坐过巴士。我在汽车站对面的小烟草店买票，而他在一旁恶狠狠地扫视着周围的一切。灯光板上显示的 7 分钟等待时间对我们来说变得特别漫长。

巴士离开贝尔福，穿过大片绿地和小村庄。亚当脸上的阴霾逐渐散去。我们在一个有迷人小木屋的车站下车，周围的小房子屈指可数。我学着亚当反复检查这里还有没有其他人，除了树枝和路上随风摇曳的花茎之外，我的视野里没有其他生物了。我深吸一口气，一丝宁静回到身体里。我离开了我长大的那个熟悉的世界，来到了亚当的世界。在这里，我不会有危险，对此我十分自信。我们走在通向天蝎庄园的小路上。

在绿树成荫的小径上，我们走了不到15分钟就到了庄园的大铁门前。

像往常一样，菲尔曼在庄园的台阶上等着我们，他穿着笔挺得无可挑剔的西装。

“欢迎回到庄园，小姐，先生。”

“菲尔曼，我父亲回家了吗？”亚当打断菲尔曼的话。

管家扬起眉毛。

“恐怕先生不在，”他说，“有什么我可以为您效劳的吗？”

亚当脸色不悦，我咬着嘴唇。拉扎尔当然在外面。我只负责管理亚当的日程安排，我不知道他父亲白天的行踪，但我可不认为他白天就留在庄园无所事事。天蝎家族从不缺少客户和合同。他每天能完成多少？我没有确切的数字，因为我只是亚当的会计，但我不确定我真的想知道答案。

“他到家后，告诉他我想见他。”我的未婚夫说。

“当然，先生。但是，先生不直接跟他联系吗？”

“不需要。从现在开始，除非另有通知，任何仆人不得离开庄园。所有人都必须遵守。最重要的是，除非绝对必要，否则任何人不得使用特殊能力，麻烦通知大家。”

菲尔曼眯起了眼睛："先生？"

"我们市里有猎灵人。"

精灵布满皱纹的脸上闪现出一丝惊愕，然后他的棕色眼睛里透出一道警觉的光芒。

"好的，先生，我会尽全力警告每个人。"

我皱起了眉头。"有猎灵人"，而不是"这一个"猎灵人！我的胃一阵抽搐。所以有不止一个猎灵人？

直到下午结束，亚当都紧绷着下巴。他的沮丧使我陷入困境。我不断想起我当初无法保护的那个年轻人。如果他们抓到他了呢？或者更糟？不知过了多久，一个有着一双紫色大眼睛的男孩儿终于宣布拉扎尔回到庄园了，亚当立刻跳了起来。

"来吧，夏洛特。"他说。

"你需要我一起过去吗？"我憔悴地喃喃低语。

"是的。你需要向我父亲描述那个年轻人。"

我跟着他的脚步，从铺着温暖地毯的走廊走到大客厅。亚当毫不费力地推开了橡木门。我跟着他走，头脑空空如也。

拉扎尔仍然穿戴着天蝎杀手的装备，而朱莉娅则坐在巨大的米色天鹅绒沙发上，面对褪色的大理石壁炉，跟拉扎尔低声聊天。他们看到我们进来后，就停止了交谈。像往常一样，朱莉娅傲慢地看着我们，她穿着一件和傍晚时分不太应景的红色晚礼服。从我们见面的那天起，我就已经清楚地让她知道她的衣服来自上个世纪。自那以后，她衣橱里的行头变得现代化了一些。总有一天，我会向她解释什么时候适合穿什么样的衣服——可能会是我不想活了的那天吧！

拉扎尔起身，张开双臂迎接我们。

“所以，我的儿子，”他高兴地说道，“菲尔曼说你想见我。我那个拄着像拐杖一样的步枪的儿子有什么消息？”

“对不起，爸爸，”亚当用低沉的声音说道，“有更重要的事。夏洛特遇到了一个猎灵人。他们的人埋伏在贝尔福市，我也发现了。”

拉扎尔蓝色的眸光突然变暗了。

“具体怎么回事？”他的声音沉了下来。

“告诉他们你知道的一切，夏洛特，从头开始说。”

他把我推到前面，他父母的目光转向了我。我神经紧绷。我以为只需要描述受害者就行了！

拉扎尔在朱莉娅旁边坐下，示意我坐下。我坐在一张与沙发相配的米色扶手椅上。亚当坐在扶手上，双臂交叉，脸色凝重。

“啊……”我咕囔着，“我刚刚在狮子山散步，就是刚才……”

我仔细地向他们描述了那个奇怪的年轻人的外貌，他对我身份的困惑，他和我提及的猎灵人，他在识别我的吊坠时眼里的光，他火热的宣言以及其他人出现时他脸上的恐惧。

“他很小？”当我讲到奇怪的对话者时，拉扎尔打断了我，“猎灵人！我的意思是矮小，四方形肩膀，小眼睛和大眉弓？”

“确切地说是的。”我惊讶地回答，“您认识他吗？”

“不，但是所有猎灵人都长得很像。至少那些真正的是这样的。自称的那些更难辨认出来。”

猎灵人还分真正的和自称的？

“啊……那不只是一个称谓？”我结结巴巴地问，“他们有很多？”

“在我来看，太多了。”拉扎尔叹道，“你做得很好，告诉那个奇怪的男孩儿你不属于天蝎，要不然猎灵人会把你俩都灭了。”

口水卡在我的喉咙里。

“但是为什么？”我差点儿被呛死，“猎灵人为什么那么恨你们？”

“因为他忘记了自己是从哪里来的。”亚当坐在椅子扶手上皱着眉头抱怨道。

拉扎尔和朱莉娅点头表示同意。我见过拉扎尔着急的样子，但这是第一次看到他妻子脸上的慌乱。

“这是什么意思？”我迫切地想知道答案。

亚当叹了口气：“你一定记得，亲爱的，我向你解释过。当我们有了孩子时，黑暗血液会取代了他们身体中人类的血液，他们将会像我一样成为影子生物。”

我点点头。我怎么可能会忘记这些？

“但并不是所有物种都这样，”他继续说道，“有些孩子是父母双方的混合体。比如，森林女仙、某些精灵以及半人半兽的农牧神。

由于跟人类结合，这些好斗的野兽已经消失了，但是一些特质在他们的后代中重新出现，比如某些外型特征、感受其他魔法生物的能力以及战斗的本能。”

他停下脚步。他嘶哑的声音和表情让我想躲起来。

“猎灵人是农牧神的后代。‘猎灵人’是他们给自己取的名字。几个世纪前，第一个猎灵人开始追捕并杀害我们。他们的内心被不能完全属于我们世界的愤怒所吞噬。我不知道他们这一代人是否还记得他们的祖先看起来和我们一样。我也不确定他们是否在对所有非人类生物的仇恨中长大。但有一点是肯定的，他们是危险的，我们必须不惜一切代价避开。”

我沉默下来。哦，我的上帝……幸亏我遇到那个“索格中尉”时还不知道这些，不然我会先被吓死！

“然后呢？”拉扎尔和蔼地打破了我的不适。

“啊……他说他是一个警察，他想知道逃走的男孩儿告诉了我什么。”

亚当做了个鬼脸：“你回答了什么？”

“胡乱说了一通，蒙混过关了。他甚至没有问我的名字。他看起来非常着急要去抓那个人。后来我往回走，就遇见你了，亚当。”

我的未婚夫点点头。

“我们上了巴士，”他接着说，“为了避开埋伏在城市里的猎灵人。这并不容易。”

拉扎尔扬起眉毛：“你为什么要避开他们？你从他们身边走过

的时候不看着他们，他们也不会注意你的。你看起来像人类。”

“他们在找人。他们手里拿着一张肖像，但我不确定那是谁。可能是我们中的任何一个。”

庄园的主人皱着眉头，靠在沙发上。

“我们现在身处困境，”他喃喃自语，“好吧……无论如何，我很欣赏被猎灵人追捕的年轻人。即使知道你什么都帮不了他，他还是和你说了那么多。夏洛特，我认为他在试着保护天蝎家族，我希望他能顺利逃脱。如果是这样，我会欢迎他来这里，因为他应该待在这庄园里。”

我的心里燃起了希望。

“您认为他能逃脱吗？”我惊呼。

“不排除这个可能。如果猎灵人在你离开贝尔福的时候仍然在搜索，可能是他们的猎物逃脱了。谁知道我们的新朋友是否使用了我们的伎俩在他们面前消失了呢？”

我听后如释重负。

“或者，这意味着，他们知道他并不是唯一一个住在附近的非人类生物。”朱莉娅说。

我瞥了她一眼，发现她并无恶意。她双手环抱着胸，好像很冷，她的眼睛空洞地盯着壁炉。

拉扎尔点头表示同意：“对。”

敲门声响起，菲尔曼走进房间。

“先生，您找我？”他用平静的语气问道。

“关于猎灵人，菲尔曼，每个人都知道了吗？”

“是的，先生。仆人之间已经相互传递了消息。我们正在进行必要的安排。”

“好。除了亚当的指示之外，我希望巨魔们加强庄园周围的监视。请叫厄塞布过来，我想和他谈谈。如果猎灵人能继续忽略我们的存在，就再好不过了。”

我扬起眉毛。厄塞布？天蝎酒窖的侍酒师？他是不是想通过酗酒忘却这些烦恼？

“好的，先生。”

“亚当和我会在他找到我们之前先找到他，并让他无法再威胁到我们。亚当，首先需要知道他的名字以及如何找到他。”

“啊，这个！”我惊呼，“他的名字叫威廉·索格。如果您想要，我还有他的电话号码。”

客厅里一片沉默。拉扎尔用惊恐的目光看着我。

“你有他的电话号码？”拉扎尔仔细地重复每个字。

“是的，是的，在他的名片上。”

“他的名片？”

我拔出长方形的小卡片，给他们看上面的名字。朱莉娅把手放在她的额头上。

“好吧，”她低声说，“和这个小女孩儿一起，真是什么体验都有了。”

我皱起了眉头。小女孩儿？也许是时候给她上一堂服装课了，这个泼妇！

亚当难以抑制地笑出声。他的父母抬起头看着他，愣住了。

“夏洛特，”他喘着气说，“简直难以置信！你是如何设法得到这样东西的？”

“他盘问我时把它留给了我。”我抱怨道，对他的快乐有点儿恼怒。

亚当平静下来。

拉扎尔若有所思地摸着下巴：“他没有认出你的吊坠？”

“没有，我把它藏起来了。我一直把它握在手心里，好像我特别紧张。我的意思是……当然，我确实特别紧张。但是……这并不重要。不过，他似乎没有注意到我的服装。”

“嗯……”

“服装？”

“哦，不！是孩子们的服装！”

“哪些孩子？”亚当担心地问道。

“全部！我们协会的新项目是让孩子们打扮成神奇生物！如果猎灵人碰到他们——”

“慢慢说，夏洛特，”拉扎尔举起双手，示意我平静下来，“怎么回事？”

我用几句话总结了我今天的值班任务。亚当交叉双臂，一脸怀疑地坐在扶手上。

“你埋怨我让你的生活变得怪异，但事实上，没有我，你的生活也很怪异。”他高声宣布。

“啊？”我抗议道。

“我非常赞同亚当说的。”拉扎尔看到我窒息的表情后说道，“从某种意义上说，我认为情况并不糟糕。你是不是说你的朋友会申请市政拨款？”

“是的。有什么问题吗？”

“猎灵人能区分人类和非人类，孩子们对他来说不是问题。他的侍从和普通人相差无几，没有特殊能力。这对我们来说是一个机会，特别是如果这个活动得到了市政府的支持，并且四处张贴活动宣传海报。如果我们被认出来了，还可以通过参加化装比赛混入人群中，这样也能保护那些不住在庄园里的其他生物。只要猎灵人不在那里亲自确认每一个生物的属性，他就像身处迷雾中。”

我仍然无言以对。市区有很多非人类生物吗？

拉扎尔转向朱莉娅：“今天有点儿晚了，但你可以明天早上给你的市长朋友打个电话，你说呢？”

“为了支持我可爱的未来媳妇的慷慨项目？”女人嘟哝着。

“嗯，是的。”

朱莉娅眯着她黑色的眼睛，紧抿着嘴，面无表情。拉扎尔没有逼她。

“我会做的，”她靠在米色沙发上说道，“但是，我警告你，拉扎尔，如果我有机会在你面前杀死那个猎灵人，我不会让机会白白溜走。”

“那就这样吧，”拉扎尔笑着回答，“只要你不同时杀死夏洛特，我就没意见。”

什么？

这时候艾利亚斯冲了进来。

“爸爸！”他大喊一声，挥舞着平板电脑，“看！人们在谈论我们！”

当他看到我时，停了下来。

“哦……夏洛特……”他结结巴巴地说，“你好吗？”

他笨拙地将平板电脑藏在背后。我皱起了眉头。

“艾利亚斯，”他的父亲平静地跟他打招呼，“我开始怀疑你之前去哪里了。”

小男孩儿惊慌失措地站在那里。亚当在我身边好奇地盯着平板电脑。

“我必须把它给夏洛特看吗？”

“我想是的。”拉扎尔兴奋地回答，“如果你爱她，你绝对不能向她隐瞒任何事情。”

艾利亚斯做了个烦恼的表情，拖着脚步走近我。哦，很好。现在矛头突然指向我了。

艾利亚斯像一只被带去洗澡的猫那样激动。他递给我平板电脑，我把它转过来看，亚当倚在我的肩膀上阅读。屏幕上出现了一个文章标题：“一位瑞典代表在会议中遇难！但那个孩子是谁？”标题下方的一张照片上是一个穿着皮夹克的男人的背影，一顶棒球帽紧紧地扣在头上，他身子微微朝向一个头戴帽子的小孩儿。我清楚地看见小孩儿用手里握着的枪瞄准了议员。

亚当僵在我身边。

“亚当！”我吼道。

“啊……是的？”他结结巴巴道。

“你让艾利亚斯开火！”

“但他必须学习……”他试图抗议。

“你也被拍到了！”

“从后面！没人能认出我们……”

“你甚至没有检查在不在记者的拍摄范围内！”

“哦，是的！看，在文章中他们说这是一张手机照片，并不清晰……”

“不要为自己辩护，你太不负责任了！如果艾利亚斯错失了目标呢？”

“不可能！我把别人都赶跑了，我一直都是这么做的！”

“如果他击中了保安呢？”

“不，他不会，我之前把他们都敲晕了……”

“你的弟弟才10岁！”

“但他很厉害！”

“10岁的小孩儿不能执行任务！”

亚当皱起眉头，一脸固执，棕色的头发挡在他的眼睛上。他将双臂交叠在胸前，保持缄默。他让我觉得自己好像在跟一个6岁的孩子说话，这让我火冒三丈。艾利亚斯盯着我们，下唇颤抖。

“我能看看吗？”拉扎尔伸出手询问道。

我递给他平板电脑，就差没砸在他脸上。如果他还要我向他们表示祝贺，我发誓会揍他！

他看了一会儿屏幕。

“不可原谅。”他说。

胜利的愉悦洋溢在我的胸膛。就应该这样！

“但是，爸爸，”艾利亚斯嘟哝道，“我已经尽力了。”

空气突然降了几度。孩子在他父亲冷冷的眼神中闭上了嘴。

“你是天蝎，”他用刚硬的声音说道，“黑暗世界的精英。这种报道绝不应该出现在人类的媒体上。我们很幸运，从照片上看，你无法被辨认，但你大意了。”

亚当惊愕地点点头。拉扎尔靠在沙发后面，空气恢复了原先的温度。

“但是呢，”他说，“任务还是完成了。这是第一次，而且干得不错。我为你感到骄傲，艾利亚斯。”

什么？居然还这样说！我要宰了他们！

男孩儿的脸上露出了幸福的微笑，他尽可能地直起身子。

“打扰了，先生？”

我们同时转向门口，看到了厄塞布。他是庄园里长着尖耳朵、身材高大的侍酒师。根据我的记录，精灵的寿命比妖精还要长，这无须多言。厄塞布的年龄应该按照世纪来计算！他穿着讲究，态度亲切，给了我极大的勇气问他是否见过高卢人。

“小姐，”他严肃地回答，“我还没有这个荣幸，但是古罗马的宫殿和巴黎地铁的车厢一样脏兮兮的。”

朱莉娅嘲笑了我。我真该问他是否见过耶稣！我想我有一天还是会问他这个问题，但不是今天。严肃的表情让他本来就不大的眼睛看上去更加扁平了。

“菲尔曼先生告诉我您有事找我，先生。他把我带到这里，告诉了我城里发生的事。我想您不是找我来谈酿酒的吧？”

拉扎尔点点头，示意他进入客厅。

艾利亚斯小心翼翼地走近我，把他的小手放进我的手中。

“夏洛特。”他低声说。

“什么？”

“你还爱我吗？”他叹了一口气，蓝眼睛里充满焦虑。

“亲爱的，我当然爱你。这就是我担心你的原因。”

他笑了：“我也是，我爱你。别担心，我很坚强。”

厄塞布用尊敬的眼神向我示意。我更加用力地捏了捏艾利亚斯的手。我们的低语逃不过他过度发达的精灵感官，但我好像没有说过不妥的话。

“厄塞布，我希望你能领导庄园的精灵。”拉扎尔用和亚当一样平静的声音说道，“你将守卫庄园边境，并向我们汇报任何接近庄园的可疑者的行踪。”

我咬了下嘴唇。亚当曾经告诉我，厄塞布和他的同类有着高度的敏感性，他们能够检测周围每个人的情绪。精灵可以被用作庄园周围的“恶意探测器”吗？如果不是在现在这种紧急时刻，我会觉得这非常酷，还会记下来。

当侍酒师鞠躬时，他尖尖的耳朵颤抖了几下：“那么，先生，我们马上就位。”

他的声音有点儿颤抖。他在愤怒还是害怕？我无法确定。他悄无声息地来，又悄无声息地离开了。奇怪……

艾利亚斯拽着我的手臂，试图引起我的注意。他的蓝色大眼睛里充满爱意。

“你说，夏洛特，”他喃喃自语，“为了让你原谅我，那个摄影师，你要我干掉他吗？”

我差点儿被噎死：“艾利亚斯！”

“哦，很好。”

小男孩儿搂着我的腰，把鼻子埋在腰带上。我把手放在他头上，抚摸着他棕色的头发。

“接着说我们的事。让我感到为难的是，猎灵人是警察。我们不能杀死一个警察，然后让他的尸体凭空消失。他的同事们一定会搜索这片地区，审讯大家，做报告，而且还会有媒体的报道。如果其他猎灵人在这里了解到他失踪的情况，那么即使把尸体带到世界尽头埋起来也无济于事。他们并不愚蠢。三天后，猎灵人将蜂拥至贝尔福，届时，他们将会知道我们的存在。”亚当插话道。

艾利亚斯转向亚当，瞪大了眼睛 :“猎灵人？什么猎灵人？”

“夏洛特早些时候见过，但别担心。她设法骗了他，还知道了他的名字、职位，甚至他的电话号码。”

我垂下肩膀。我对他只记得这事一点儿也不感到惊讶。

艾利亚斯瞪大了眼睛，然后抬头看着我，看起来很惊讶。

“我就知道。”他低声说。

“你知道什么？”我很奇怪。

“你假装无能和胆小，但事实上，你甚至比我们更厉害。”

大大的微笑在亚当的脸上绽放开。天啊，我的心都要融化了……

5

猎灵人的影子

我在艾利亚斯的额头上吻了一下："晚安，亲爱的。"

"晚安，夏洛特。"

艾利亚斯向我索要了爱的抱抱之后就消失了。可爱的小宝贝，我每次睡觉前都会亲吻他。但今晚，即使我对他如此温柔，也不能掩盖我的担忧。尽管现代家具和柔软的薄纱围绕着四柱床，但我这个米色和灰褐色的房间却显得很冷清。我坐在窗前铺满柔软红色天鹅绒软垫的长凳上，注视着夜色下的园子。就在我们交谈之后，拉扎尔去了市里。为了避开猎灵人的注意，不在贝尔福城墙周围使用影子的问题已经解决。所幸，天蝎家族一般不去那里。但是如果拯救那个男孩儿为时已晚怎么办？如果拉扎尔看到他被谋杀而没有机会介入，或者他没找到那个男孩儿又该怎么办？

五下轻击使我从沉思中抽离。这是铁线莲敲门的方式。

“请进。”我说。

门打开了，仙女站在门口。她手里拿着一个托盘，上面盛着金色饼干、两个杯子和一个冒着气的大茶壶。她把托盘放在我的床头柜上，因手在颤抖，托盘上的杯子发生了碰撞。

“你还好吗？”我不安地问道。

我的朋友直起身，睁大眼睛盯着我。她那双绿色的大眼睛好像有火焰猛烈地燃烧着。

“是真的吗，小姐？”她一口气问道，“您真的对抗过猎灵人吗？”

我困惑了一秒钟。对抗？谁造了这样的谣？

“不是，”我试图纠正，“我只是跟他说过话，甚至没有持续一分钟……”

她优雅地点了点头，长长的睫毛遮住了她明亮的眼睛。

“您真的对抗他了，然后，”她低声说，“您赢了。”

咦？但是，我刚才的回答那么清楚，她有什么不明白的吗？

“我们没有打架，你知道吗？他甚至还很有礼貌。”

铁线莲爆发出爽朗的笑声：“夏洛特小姐！您与猎灵人交谈过，您有很多关于他的信息，并且您活了下来！您就应该成为下一位天蝎女王。在这庄园里没有人能比您做得更好！”

我不知不觉地退缩了，感觉浑身不自在。这根本就不值得炫耀！当然，没有其他人会做得这么好，因为这座庄园里没有其他人类啊！而且，据我所知，猎灵人没有理由攻击人类。

她热切地握住我的双手："您必须明白，小姐，由于猎灵人，几乎所有人都失去了亲人。您不仅幸存了下来，而且还没有让他注意到我们。您已经收集到了天蝎解决掉他们所需的信息。您无法想象所有这些对于我们代表着什么。"

"啊……"我有些烦闷，试图抽出我的手，"那很好啊……如果我能帮助你们，我很高兴……"

仙女再次笑了起来，然后放开了我。一声敲门声转移了她的注意力，亚当没等回应就走了进来。

"铁线莲，"亚当点头向她致意，"一切都还好吗？"

"我要离开了，先生，"铁线莲拿起空托盘，"祝您有个愉快的夜晚。"

踏着轻盈的脚步，她逐渐消失。

"我父亲刚刚回来，"亚当说，"他什么也没找到，猎灵人不在街上。如果那个生物逃脱了，至少在明天之前他是安全的。"

我感觉有一个球在挤压着我的胃。那个曾经寻求我帮助的年轻人，他真的逃脱了吗？我希望我有帮到他！

"那你认为他还好吗？"我低声问道。

"亲爱的，我没法百分百确定，但我认为是的。如果他遇害了，我父亲会发现蛛丝马迹的。请相信我们，无论你看到的生物是什么，他们都有不止一个魔法能帮自己逃生。"

我默默点头，他当然是对的。正如他所言，在庄园的仆人中，即使是我认为身体虚弱的也可以毫无困难地从追逐中逃脱，比如娜塔莎。

我一想到这点，肩膀就放松了下来。

“我洗个澡，然后来找你。”我的未婚夫指着浴室对我说。

关上门，我沉浸在花园的美景中。夜晚的黑暗覆盖了整个花园，星光如同钻石般倒映在水塘里。然而，尽管亚当的话让人安心，但我依然无法全身心地沉浸在美景中，有太多的思绪堆积在脑子里。糟糕的是，反复思索也无济于事。我什么都做不了，那个人现在可能藏在流经贝尔福的萨武勒斯河里已经安全入睡了。

我只想转换思绪，但说起来容易，做起来难。我努力把思绪转向我的家人，他们住在蒙彼利埃，然后我又想到已经在床上的艾利亚斯。我叹了口气。在浴室里，水停止流动。我犹豫了一秒钟。亚当肯定会同意帮助我分散注意力，他……

一想到这儿，我的脸颊就不由自主地开始发烫。啊，有了！

我跳到浴室门口，把门轻轻推开：“亚当？”

我的未婚夫赤裸地站在镜子前，用毛巾擦着头发。

“夏洛特？”他感到惊讶，“你需要什么吗？”

我整张脸都起火了！我什么时候变成了能够在浴室里给我的未婚夫惊喜的人了？

“啊……不，”我结结巴巴说，“那么，如果……啊……我……”

哇哦，这肌肉！最重要的是，不要往下看。啊！太晚了！我已经看到了！

他皱起了眉头。

“你还好吗，夏洛特？”

“是的，是的……我……”

我深吸了一口气。

“其实，我正在寻找一种转移注意力的方式，”我快速地说，“你想帮我吗？”

他的唇角露出了一丝坏笑，把毛巾扔在了架子上。

“如果是为了帮助你，亲爱的，我会做你想做的任何事情。”

当他走近我时，我的脸变成了深红色。

他的目光滑向我的裙子，淡蓝色的眼睛里闪烁着光芒。

“特别是对于这样的事。”他说。

还没来得及回应，我的嘴就已经被他堵住了。他赤裸的身体紧贴我的身体，我起了一身美妙的鸡皮疙瘩。我也拥抱他，并用十倍的热情迎接他每次的亲吻。

“你真是太甜蜜了……”他喃喃自语。

我笑着靠在他身上。我在前几周试图让他给我换个昵称，“我的甜心”这个绰号过时了，但我从来就没有办法改变他。亚当说，我很甜蜜，这没得商量。

“我的爱人。”我低声说着亲吻他。他微笑着将额头靠在我的头上：“我希望你还不困。”

接下来的一周过得飞快，快到我察觉不到时间的流逝。亚当和拉扎尔轮流监视猎灵人的活动。在他平常的警察工作掩护下，猎灵人还在追踪那个年轻人吗？或许他放弃追踪了？又或许他现在在找别的生物？他已经怀疑庄园了吗？

棘手的问题妨碍了天蝎搜索信息。他们无时无刻不在提防着猎灵人的手下对贝尔福扫荡，而且他们也不敢凑近搜索。菲尔曼曾经对我说，世界就像是大型游泳池。像拉扎尔这样的巨人会创造巨大的旋涡，而像艾利亚斯这样的小身板儿则只会产生少许的浪花。我现在能够更清楚地知道为什么这个小男孩儿的“低调接近”训练方法总让我感觉像一股穿堂风，而如果他父亲从黑暗中出现，暴风雪就会降临在这房间里。

因此天蝎查探时得保持距离，以免猎灵人发现潜藏在影子中的生物。也正因如此，他们无法弄清楚猎灵人是否准备离开。他们没有找到曾经向我求助的那个人。对他们来说，这是一个好兆头。如果猎灵人抓到他，他的尸体就会成为当地报纸的头条。

协会那边，他们正兴高采烈地筹备着。市政厅给了我们补贴金，玛德莱娜高兴极了，我不得不把所有的纸巾都给她擦眼泪。事实上，我也没有料到会给那么多的补贴金。朱莉娅这次真的是使足了劲儿！市长甚至同意把宴客厅在10月中旬借给我们表演和颁奖。据他说，这是唯一的可用日期。从我的角度来看，朱莉娅倒是希望这个项目能越快落实越好。她是对的。如果项目不能够在近期完成，它将无法保护没能躲藏在庄园的生物。

因此，协会的所有成员都处于战斗状态。倒计时牌挂在会议室——还有一个月。我设计了一套天蝎杀手装扮和海盗装混搭的行头：白衬衫、无袖皮夹克、黑色裤子和宽腰带。为了美观，我又添加了一个带头骨的手镯、独眼罩和一把塑料剑。我的同事们都惊呼并大加赞赏。如果他们知道我的灵感是从何而来，呵呵……

一旦我们把印着奖励比赛获奖家庭巴塞罗那周末游的海报贴满城市，参赛者就会像雨点一样前来报名。我们不得不把秘书处的开放时间增加一倍。我唯一的防护措施就是把我的天蝎吊坠留在庄园，其他行动并未受限制，这足以让猎灵人发现不了我。日子就在一片和睦中过去了。

只有一个值得注意的事件扰乱了我们的计划。一天下午，两个工人前来更换门铃对讲机。他们十分紧张，想马上帮我们修好，并解释说他们这次修理我们不用支付任何费用，帮我们付钱的人希望保持匿名。我们花了整整一天的时间猜测赞助人的身份。是市长吗？是反对派的成员吗？是一位赞赏我们工作的富人吗？还是协会曾经救助过的家庭已经变得富有了？当天晚上，我就有了答案。当我回到庄园时，艾利亚斯正一路高呼跑下大厅的阶梯。他头上绑着头巾，手中拿着一把真剑。亚当趁我不在的时候去了协会，肯定是他把海盗服带回来的。

我敢打赌。

除了他，还有谁能够那么快请来两名技工？

那天早上，玛德莱娜和我在登记前一天的报名。活动报名已经开始了将近三周，报名的人络绎不绝！明天赶紧到来吧，就从缝纫车间开始,我急于实践我的新知识。玛德莱娜正努力推动项目，她眼镜上的金链叮叮当当作响。我坐在敞开的窗户旁边，享受着外面的新鲜空气。在Excel表格中输入新的名字时，我不经意间用眼角扫到她穿着一件华丽的吊带连衣裙，看起来比平时更年轻。我不认识我的祖母，但如果她活得够长，我希望她看起来像玛德莱娜。

铃声响起，玛德莱娜跳到我们全新的对讲机前。

“您好，困难儿童援助协会！”她骄傲地喊道。

“您好，女士，”一个男士的声音回答，“我来报名。”

“我给您开门。四楼右侧。一会儿见！”

我微微一笑,继续输入数据。报名人数每小时都在增长！果然，巴塞罗那之旅的魅力不可抗拒。我发现自己梦见了长长的红裙子和火热的西班牙斗牛舞。真可惜我作为协会会员不能参加比赛！让亚当带我去那里过生日怎么样？我有些蠢蠢欲动。我确定他会接受！

门开了，玛德莱娜热情地欢迎报名者。

“欢迎！您要喝点什么吗？”

“啊……是的，”男人不安地回答说，“请给我一杯水。”

“一杯水！”

她冲向厨房，小步踩在地板上。我们的客人走进房间，进入我的视野。我的下巴都快被惊掉了。这深邃的轮廓，乱糟糟的黑色头发，甚至背包，他走起路来的样子像狮子一样！他就是猎灵人追逐的目标生物！

当他看到我时，他的黑眼睛瞪大了。

“是你！”他用低沉的声音大声说道。

“你成功了？”我用同样的口吻回应，“你逃脱了！”

一秒钟过去了他才恍然大悟。

“我全都明白了，”他低声说，“你专门组织这次比赛来保护我，天蝎王妃……”

啊……其实并没有。不过，和这个也差不多。

玛德莱娜迈着坚定的步子回来了。

“给您，水！”她说，“那么是谁要报名？您的孩子，还是侄子侄女？”

“啊……不，是我，”年轻人结结巴巴道，“我也想扮装。”

“您叫什么名字？”我边问边将手指伸向键盘。

“杜桑。瑞吉斯·杜桑。”

我认真地记下这个名字，杜桑。我现在都可以想象我把这个年轻男子带回庄园时朱莉娅的表情。

门猛地被踢开。

“他在这儿！”一个男人喊道。

瑞吉斯的脸变得苍白。我的胃抽了一下。猎灵人来了吗？这不可能！

“别让他逃了！”

年轻人跳到窗户边上，而那些体格健壮的人如公牛般冲进房间。玛德莱娜发出一声尖叫。其中两人拿出了武器。我僵坐在椅子上，有人推我我也顾不上避让，心里充满恐惧。

“不要惊慌，女士们。”一个轻柔的声音在我耳边回荡，“我们只是想抓住这个暴徒。你们不会有任何危险。”

我脑子里一片空白，只是盯着他看。就是他——威廉·索格中尉。

瑞吉斯依靠在敞开的窗户上，怀里紧抱着水杯，好像这么做他就可以得救似的。

“我很抱歉，真的抱歉。”然后他跨过窗户跳了下去。

我惊恐地尖叫起来。我想玛德莱娜一定也在尖叫，但我的耳朵一直嗡嗡响个不停，我无法准确判断。他……自杀了吗？

猎灵人匆匆赶到窗前。我重新整理了一下思路。瑞吉斯是一个神奇生物。也许他刚刚……飞走了？反应过来，我立即冲向窗户，玛德莱娜也跟过来。我的心跳漏了一拍，胃里泛起一阵恶心。瑞吉斯不会飞。他支离破碎的身体横卧在人行道上。我大惊失色，虽然想说话，但嘴里发不出声音。他不能死。哦，我的上帝。他死了。瑞吉斯已经死了。多么恐怖！就死在我眼前！向我求助！我什么都做不了！我要呕吐了。

“愿他的灵魂得到安息，”猎灵人淡淡地说道，“这对社会来说是一件好事……”

他的话戛然而止。我随着他的目光看向外面，又发出一声惊叫。在下面的街道上，瑞吉斯的身体突然着火，火焰只持续了几秒就瞬间消失。然后，我们就目瞪口呆地看着这个年轻人生龙活虎地跳起来飞奔离开，他的背包还冒着烟。不到三秒，他人已经不见了。阳光下，人行道上的玻璃碎片证明了我们刚刚亲眼所见的并不是梦境。

房间里沉默了片刻。我简直不敢相信。所以这次我又撞见鬼了吗？玛德莱娜的尖叫把我拉回现实。

“你看到了吗？你看到了吗？他复活了！他……他……他死了！他起火了！他跑开了！你看到了吗？”

猎灵人转向她，略显无奈。

“冷静点儿，夫人，”他用尖锐的声音说，“您说的这些毫无意义。”

“什么？但我看到了！我看到了啊！”

“请先冷静下来。您应该知道这些都是不可能发生的。”

我瞥了他一眼。他真的希望安抚她吗？我们眼皮底下刚刚发生了什么？在我们身后，这些男人交换眼神，觉得有些难办。这一事件没有让他们感到震惊，那就说明他们经历过。不妙啊，非常不妙……

在玛德莱娜歇斯底里的哭泣面前，猎灵人一脸无奈地转向我。

我挺起身。他记得我吗？他皱起了眉头。

“你呢？”他抱怨道。

他还记得！

“我看到了！”玛德莱娜尖叫起来，“我看到他死了！”

我恢复了理智。玛德莱娜是对的。这才是人类该有的反应！

“他真的死了！”我接着喊道，“他烧起来了！他跑在街上！我看到了一切！这究竟是怎么回事！”

半小时后，警察局里，我放下包，摘下腰带和首饰，处于绝望的边缘。猎灵人带走了我们两个，我们像犯罪分子一样被戴上手铐。最糟糕的是，在离开大楼时，我注意到我们新换上对讲机的大门已被警方撞破。保险理赔员知道后会怎么想啊？

我听到墙的另一边传来玛德莱娜的啜泣声，这让我心碎。怎么能如此对待这样一位好老太太呢？我们两个人被分开关押，“直到她们平静下来”，用他们的话说。通过牢门，我只看到一个空荡荡的走廊和一个带护栏的窗户。衡量了当前事态的严重性，我气馁了。亚当不可能不知道我在哪儿。自从我第一次遇到危险心跳异常后，他就会跟踪我的心跳以及我所有的不幸遭遇。但除非我真的处于危险之中，否则他不会干涉。如果他让我在警局神秘蒸发了，我们会有非常非常大的麻烦。猎灵人毫无顾忌地搜了我的包。我被关押的这段时间，他应该已经知晓了我在过去十年里的一切习惯，但知道我住在哪里又是另一回事。我的驾驶执照和身份证上登记的都是我父母的地址。至于我给协会的地址，则是天蝎家族在贝尔福市中心经营了几代的一个酒店的房间。表面上是我在租这间房，租金确实是从我的银行账户转给酒店老板菲尔曼·雅荷杜丝的。然后，天蝎管家再把这笔钱打到我在影子银行的账户上。这些隐秘的银行秘密进行着天文数字的交易。这家酒店是莱萨特家族委托一个人类家族经营的。这个人类家族把莱萨特家族当作黑手党成员，况且他们的收益丰厚，任何情况下都不会出卖我。从理论上说，这一切规划都是为了让其他人无法通过研究我的档案追踪到庄园。但也只是理论上！这个安排可以瞒过猎灵人吗？我希望如此，但目前还不确定。

我咬紧牙，忍着泪，蜷缩在不舒服的木凳上。现在是多种恐怖的情况凑到了一起！我能逃脱吗？怎么做才能逃脱？我感到非常无力！

突如其来的自尊感迫使我抬起头来。我即将成为天蝎家族的一员，我只要骗过这个所谓的中尉就行了！毕竟，我是人类，不是吗？他知道这一点，所以我不会有事。我现在要做的就是保护我爱的人。为了他们的安全，我要确保他们不介入其中。

做出这个决定后，我靠在墙上平静了下来。

“玛德莱娜？”我低声说，“你听得到我说话吗？”

墙壁另一侧的啜泣声消失了。

“夏洛特？”我的朋友停下了哭泣，“你没事吧，我的小猫？”

“是的。”我用我最令人安心的口吻说道，“我认为这个警察是一个讨厌的家伙，他只是想惹恼我们！他非常清楚我们没有做任何事情，他追捕的人以非常奇怪的方式逃了，他只能发泄在我们身上。”

“哦……”一声叹气，然后，“多么可怕的人！”

好吧。至少她不再哭泣了。

6

中尉和警探

下午，当穿着制服的男子来找我的时候，穿过走廊窗户角落的光线变得越发刺眼。我正在挨饿。如果妮科莱特乐意用她那把像冲击锯的菜刀帮我把他们宰了，我现在可以吞下整个猎灵人军队。

我被重新戴上手铐，带到了一个小而肃穆的办公室，里面只有一张铁皮桌和两把椅子。我努力不让自己看上去太过惊讶。当我在巴黎被警察带走的时候，审讯室只是警察的办公室！贝尔福警察似乎拥有更多资源。我通过墙上和地板上的痕迹来判断，这个房间不久之前就已经安排好了。索格中尉来这里的时候，是否要求安排一个货真价实的审讯室？可能吧。他压倒性的气场会迫使我不得不给他想要的一切。

带我进来的那人让我坐下来后就离开了。我叹了口气，把玩着手铐。这个人会试图恐吓我以便获得信息。我一定不会让他得逞！我肯定不会被他吓倒！

审讯室的门打开了，威廉·索格中尉出现在门口。他夹在手臂下的文件厚得像黄页。那些资料恐怕都是关于我的。

我咬紧牙关。虽然我没有任何超自然的能力，但我能辨认出这个人邪恶的一面，仿佛他在向我挥动触手。

“夏洛特·拉罗什，”他说着坐在我面前，“多么意想不到的见面……”

我蜷缩在椅子上。我个子矮小，所以这对我来说很容易。我用落水狗的眼神可怜巴巴地盯着他。多么奇怪的人，细看两遍后，就会觉得他看起来像美国连续剧里凶神恶煞的反面人物，宽大的身子上长着一张邪恶的脸。我从这个形象中得到些许安慰。我不会有事的。毕竟，几周前我还曾从哥布林的塔楼中逃脱。

“这是我在追逐罪犯时第二次遇到你。”他看我迟迟不语，开口道。

“那家伙是谁？他在追我还是在干吗？”

在我看来，这是正确的防线。他眼中闪过一丝光芒。

“也许是，”他喃喃说道，“也可能不是。你认识他吗？你知道他的名字吗？”

说谎已经无济于事了，我知道他拿走了我的电脑。

“他告诉我他的名字是瑞吉斯·杜桑，”我说，好像我决心要合作,“但他是谁呢？为什么他……”

“你了解他吗？”

“啊……那个……他……他想参加比赛,然后……他跳出窗户，这太疯狂了！你看到了，嗯？他是什么？他为什么会着火？”

他直接忽视了我的问题,眯着眼,好像这样能把我看得更透彻。我的肌肉紧绷！他是在思忖我陈述的真实性，还是在衡量我是否会魔法？他是否具有动物般的敏锐直觉？

“是谁想出这个扮装比赛的？”

“啊……协会的领导,”我不知道我是否需要提及玛德莱娜，“我不知道是谁先提出的，我只是被要求做活动预算并画出一些……”

“为什么是神奇生物？”

我咽了口口水：“这个……你看……所有的孩子都喜欢打扮成巫师，对吧？”

“巫师？”他重复着，扬起浓浓的眉毛。

“是的，是的。有尖尖的帽子、扫帚和……”

他重新坐回椅子里,双手捂着脸,仍然用蒙眬的眼睛审视着我。我没有试图掩饰我的尴尬。任何有良知的公民经历这种事儿都会心有余悸，我不需要刻意放松。我的手铐在我的手腕上嘎嘎作响。

“这个人是谁？”我弱弱地问，暗自假设玛德莱娜也在一边坚持着,“你刚刚告诉我他是犯罪分子。你认为他想杀了我们，还是想伤害孩子？或……或者……或者他想赢得比赛，获得奖品，为了离开法国，逃往巴塞罗那？”

说得越不着边际，越能蒙混过关，对吧！

猎灵人耸耸肩。

“为什么他……为什么他没死？”我继续高声说，“这不正常，是吧？根本不正常！而这件事，这火，他……”

“你做梦了，”他干脆地打断了我，“想想看。这些东西根本不可能存在。”

“但我看到了！”我坚持着，“玛德莱娜也是！我确定……”

“我告诉过你——”他恼火道，“现在——闭嘴！”

我的呼吸徒然变得困难，就好像有什么在碾压我的胸口。我惊恐地睁大了双眼。还能这样？这种压迫感很快停止了，我蜷缩起来，呼吸短促。他袭击了我。完美。现在我可以扮演受创伤的女孩儿了。

“我感觉不舒服。”我呻吟道。

“够了，”他咆哮道，“你说的那些只存在于你的想象中。”

我有些怀疑，他有在控制自己吗？

“告诉我为什么你不给我打电话，拉罗什小姐！我之前给你名片就是让你在遇到他的时候给我打电话！”

“我没有时间！”我尖叫，“我担心他会伤害我，我不敢当着他的面打电话。我想等他离开！”

我猜测得没错。那个男人皱起眉头，他紧绷着下巴注视了我几秒钟。我不敢再发声。我非常担心他会用他令人不安的力量伤害我。我哭一下试试？不行，这很可能会把亚当卷进来。

“我们看事情的角度很不一样，”中尉说道，“你最终会告诉我我想知道的。”

“你想让我告诉你什么？”我结结巴巴地说，“我们看到的都一样！”

“也许是，也许不是。很明显，你的同事没有参与此事，我们已经把她释放了，但你不一样，拉罗什小姐。我对你已经够有耐心了。我会决定怎么处置你，我不在乎我们是否要在这里过夜。”

“但是……但我没有做错什么，你是知道的！你不能把我关在这里！”

他站起来，双手放在桌子上，上身向我靠过来。我把头埋在胸前。

“可以，”他用狡猾的声音保证，“我可以。我还可以做很多其他事。”

我本能地退缩了。

“你之前在巴黎被辞退了。”他说，“你知道我可以打个电话，然后噩梦会重新开始。”

我惊呆了。他威胁要解雇我？那真是太好了！我试图用惊恐的眼神看着他。

“但……为什么？”我呻吟着。

“你知道的比你说的要多，拉罗什小姐。所以回答我，瑞吉斯·杜桑是谁？”

“我不知道！”

“拉罗什小姐，这个答案看起来不太好。你真的想让我拿起我的手机吗？”

哈哈哈！就让他试试看让天蝎解雇我！

他靠近我。好吧，我不再笑了。

“瑞吉斯·杜桑是谁？”

“一个跳窗的怪人！我发誓！我已经把我所有知道的都告诉你了！”

“别骗我！”

他的大声叫喊让我猛然跳了起来。他会打我吗？我的心脏怦怦直跳。该死！亚当马上会赶过来！猎灵人本来就不善的脸现在紧皱着，露出一张可怕的鬼脸。

“你最后还是会承认的……”

门突然开了。

“很好，很好，”一个严肃的语气说道，“我们在走廊上就听到你的声音了。一位绅士不应该对一名女士吼叫。”

我的天，这个声音……

我立刻转过身来。对啊，就是他。尽管天气炎热，但他还是在大得像冰箱一样的身上套着黑色西装和领带——巴拉尔警探正站在房间的入口处。巴拉尔警探是天蝎杀手的永恒追踪者。但他在这里干什么？我真是倒霉透顶！如果他把话题转移到亚当身上，我的沉默就没用了。

“你好，夏洛特，”他轻轻点头说道，“你的律师怎么不在？”

“我的律师？”我哆嗦着，颤抖着，“说得好像我请得起律师一样！”

他皱起了眉头。我转向猎灵人，紧张地搓着手。

“请问阁下是？”他怀疑地问。

“丹尼尔·巴拉尔警探，负责重大犯罪案件。我很抱歉打断你，但你正在拷问我的眼线。我不得不介入。”

“你的眼线？”

“是的。这位拉罗什小姐为我工作。”

索格中尉转向我。他深陷在眼眶中的眼眸对着我闪现火光。

“你为什么不告诉我，白痴？”他啐了一口，“我就知道你没把实情告诉我！”

“我没有权利。”我刻意轻声说。

“你浪费了我的时间！”

他大步走向出口，在巴拉尔身旁停了一会儿。他的个子只到巴拉尔手臂的中间。

“别想着侵犯我的地盘。”他嘶嘶地说。

“手铐的钥匙？”

猎灵人在他的口袋里翻找了一下，离开了房间，没有再说一句话。突然轻松了，我又可以呼吸了。我安心地叹了口气。巴拉尔没做其他动作就干净利落地摘下了我的手铐。

“你还好吗，夏洛特？”他以一种同情的声音问道。

“是的，我想我还好，”我揉揉手腕，“谢谢。但是……你在这里干什么？”

“先告诉我为什么亚当没来救你。你们之间发生了什么？你们分手了？”

分手？我差点儿不受控制地大笑起来，但不是现在。

“这里没有摄像头或者什么其他的设备在拍我们吧？”我低声问道。

“没有，这里是法国。不是美国。”

“啊……”

“所以你仍然和亚当在一起。”他背靠在椅背上沉思，“他为什么让索格中尉那样对你大吼？几个星期前，他还想杀死一个对你略有侵犯的男人，但现在他就让你一个人面对这个滑稽的人……”

我犹豫了一秒钟，然后一个非常棒的计划在我脑中萌生。至少我认为很棒。

我靠向他，低声说：“亚当害怕他。”

警探皱起了眉：“这一点，我恐怕无法与你苟同，夏洛特。”

“因为你认为索格是警局的。事实上，他是一个比亚当和亚当全家都要可怕的杀手。你也许知道他在犯罪圈里的名字，他被称为……”

如果我让我的声音更有表现力，应该可以让他印象深刻，对吧？

“猎灵人。”巴拉尔的嘴巴张成圆形。

是的！我成功了！

“猎灵人？”他嘶哑地重复着。

“是的。”

“你确定你不是在开玩笑？”

好了！效果比我希望的更好！

“不然为什么亚当没有杀死他，反而任由他让我整天蹲在牢房里？”

警探神情紧绷，挺直了身体。

“你应该知道，猎灵人只是一个传说吧？”从他的齿缝中蹦出一个接一个的字，“虽然没有人能够证明他们的存在，但传说中在其存活的几百年间，这种生物杀了成千上万的人。这个目标对我来说比起亚当·莱萨特还要重要三十倍。”

不过，如果这样能让他忘记亚当，那也不算糟！

“成千上万人死亡，我不知道，”我抱怨道，“但我发誓猎灵人是真实存在的。猎灵人是一个子承父业的头衔。如果这个人只有40多岁，这也不足为奇。”

他的嘴角露出一个愉悦的微笑：“你还是这么棒，夏洛特！”

是的，拉扎尔也这么想。我很确定，如果他看到我试图让一个警察对付另一个警察，他肯定会为我鼓掌。我什么时候变得这么偷偷摸摸和精于算计了？一定是朱莉娅影响了我！并且，猎灵人在我面前逼得一个人自杀。嗯，自杀……

“你还没有告诉我，你为什么在这里？”我略带焦虑地问。

他露出一个狡猾的微笑。

“你一夜之间就在巴黎消失了，没有留下任何地址。”他解释道，“我的结论是，亚当把你带走了，所以我把你的名字放在网络上以便监视，等着你再次出现。今天早上，索格中尉对你进行了调查，我的警报开始狂响。所以我跳进了重案组的直升机，希望在你消失之前能够和你会合。我刚到就听到他的喊叫声。我觉得他这么做欠妥，所以我推门而入。”

这简直就是一场灾难。我在天蝎的地盘上把追捕他们的人吸引了过来！

“他想要你干什么？”他问，对我的焦虑漠不关心，“那个瑞吉斯·杜桑是谁？我听到了一个神奇的故事，一个死去的男人开始自燃……”

哦，是的。瑞吉斯。我只告诉他一部分事实怎么样？

“瑞吉斯是猎灵人的下一个目标，”我用低沉的声音向他述说，“他寻求我的保护。当然，那是亚当的事。当猎灵人早些时候赶来抓他时……”

“哦，我明白了。”

他若有所思地揉了揉下巴。

“我仍然很难相信索格中尉是猎灵人。”他嘟哝道。

“为什么？”我嘀咕着，“你觉得他不像吗？”

他笑了。

“我们能离开这里吗？亚当会担心我的，我怕他会独自一人袭击警察局……”

他大笑起来：“这是一个令我感兴趣的想法！但你是对的，不要冒险。”

一股温暖的空气吹拂着我的金色卷发，让我觉得不可思议。我长长地呼了一口气。

“你住在哪里？”巴拉尔问道，“需要我开车送你去酒店吗？”

啊，他读过我的档案。

“啊……就不用了……”

他笑了。我明白为什么亚当把这个人当作他的朋友，他让人感到安全可靠。

“虽然亚当很想见你，”我带着害羞的微笑说道，“但如果你必须逮捕他，我会责怪你的。”

“我明白，我明白。”他心情良好地保证道，“算了，我自己一个人可以找到他。我不会害你，不会去查看你留在警局的地址。我怀疑他不会在那儿。你们两个人在这里是为了一起执行任务吗？”

所以他从没怀疑过我们可能住在这个地区？太好了！

“在某种程度上是的，”我谨慎地回答，“目前我们试图保护瑞吉斯而不泄露亚当的身份，因为害怕他变成下一个目标。猎灵人以杀死任何可疑的神奇生物而闻名。”

而且，这是真的！

巴拉尔凝视着我们前面的旧城中心街道。

“如果你不告诉我你住的酒店，”他继续说道，“你可以介绍给我一家不错的酒店吗？”

“哦，是的！我非常乐意。”

至少这不会有危险！

7

黑暗和光明的协议

在找到一家符合他口味的酒店后，巴拉尔提出让我带他参观这个城市。我知道他会试图从我这儿挖掘亚当的一些信息，但毕竟，这个人专程从巴黎来救我，我欠他一个人情，况且亚当把他当朋友。我带他穿过市中心，那里有深粉色的石头大教堂和丑陋的旧建筑，然后我把他带到由沃邦修建的旧堡垒下。

“真棒。”他说。

“对吧？”我自豪地说，就像是我建造的一样，“这一带经受了时间和战争的洗礼。”

“我们可以去参观吗？”

“当然！”

所以我们沿着城墙走。石头散发出柔和的凉意，路边的树木在微风中沙沙作响。我们闲聊着，就像认识了很长时间。我被囚禁的记忆逐渐消散，好像这事已经过去很久了。

“告诉我，夏洛特，”他在谈话结束时问道，“天蝎与长手指联盟有什么关系？”

“长手指？”我想了想，“我对这个名字毫无印象……有什么事吗？”

“一直与他们是竞争对手的太阳联盟的领导人两周前被斩首。好像是亚当干的，所以……”

“啊！太阳联盟！我记得。是的，我记得这个。但出钱的人不是你所说的长手指，而是太阳联盟领导人的孙子，他想坐上他爷爷的位置。他自认为是一个武士，认为斩首很酷……如果你想问我的看法，我认为他是一个真正的疯子。”

我突然停下了脚步。巴拉尔无辜地笑了起来。

“你在套我的话！”

“你是最好的眼线，夏洛特！”

“现在，我只会跟你讲孔代王子的故事，我保证你会很无聊。”

“我可不确定和你在一起会觉得无聊。”

我被这恭维羞红了脸。不过这算恭维吗？好吧，就当是吧。

我们逐渐远离旅游区，走在更蜿蜒的小路上。一只小狗突然从树后出现，吠着朝我们跑过来。一只可爱的约克夏犬，累得不停地吐着舌头。我抬头寻找它的主人。

“这只狗不算胖。”巴拉尔说道。

“它好可爱，”我温柔地说，“看看那满是毛的狗鼻子，还有嘴巴！”

我俯身抚摸狗，但它逃跑了，朝相反的方向离去。好吧，不让我摸。小狗停下来转向我们，眼神变得悲伤。它回到我们脚边，然后又跑开了。我皱起了眉头。

“看起来它希望我们跟它走。”警探说。

“奇怪。你认为除了在电影里，狗在现实生活中也这样吗？”

他的嘴角露出一丝笑意：“感谢上帝，夏洛特，很多狗会在必要时主动寻求人类的帮助。我在阿尔卑斯山搜救部门工作时，就通过这个方法拯救了许多人的生命。”

巴拉尔警探曾经是阿尔卑斯山的救生员？我还有很多需要向他学习的！

“走吧，”他说着朝摇着尾巴的小狗走去，“最糟糕也不过是一场冒险。”

权当是场冒险，真有他的。

约克夏犬带领我们穿过树林，来到了一个完全荒废的地方，残余的城墙从崎岖的地面上露出。那只狗叫了几声就冲向一片被草和常春藤缠绕的石墙。我们匆匆忙忙绕过一个坟冢去追它。

“它去了哪里？”我惊呼。

“我不知道。”巴拉尔环顾四周说道。

我仍然能听到它。

我们还依稀能听见奄奄一息的呻吟声传来。我俯身检查墙壁。

它会藏在洞里吗？

“小狗！”我轻声地说，“我们看不到你了！”

这只动物突然出现在我旁边，看着我，把头向一边倾斜，它的尾巴还在摇摆。

“又看到你了！”我开心地说，“你想去哪儿呀？”

它转过身来，在古城墙上凭空消失了。我穿过古城墙，无言以对。在碰到自杀自燃还能复活的人后，现在我又碰到了一条鬼狗？今天不会是鬼节吧？

我抬头看着皱着眉头的巴拉尔。

“这很奇怪……”他喃喃自语。

哦，是的，我敢肯定！

“让我们来看看……”

他走近石块儿并仔细地触摸。我随他过去，相信他什么也不会发现。

“那里！”警探的喊声使我无法思考。他的前臂指向膝盖高的洞里。

“当心，不要被鼹鼠咬伤。”我担心地说道。

他对我露出一个假笑，然后使劲儿往外拉。整个墙面升起了几厘米。我的眼睛瞪圆了。这里真的有一个通道？

巴拉尔松手，墙面坠落在地，扬起一片尘土。

“现在好了，”他说着，站了起来，拍拍西装，弹掉上面的污垢，“狗在那里。”

“这看起来像一个秘密通道！”我兴奋起来，“你有没有觉得我们正在考古？”

“也许吧。你开心吗？”

“哦，是的！”

“在这种情况下……”他脱下外套递给我，“请帮我拿一下。”

“当然！”

当我看到他再次弯腰把手伸进洞里时，我感到有点儿内疚。对亚当来说，把这隐藏的门举起来会很轻松！

警官吃力地闷哼了一声就把它举起来了，同时把它放在一边，留下足够的空间以便我们能够潜入通道。一阵刺鼻的气味儿像潮汐一般淹没了我。

“你闻到了吗？”我的胃开始翻腾。

“我感觉到了。”他气喘吁吁地回答，“这个洞穴已经封闭了很长时间，这没什么大不了的。我们不知道以前的主人在里面放了什么东西……”

我捂住鼻子，对这个解释我半信半疑。如果约克夏犬找到了一种进入洞里的方法，说明这个洞是通风的，对吧？

“你认为我们可以安全地呼吸吗？”我嘀咕着，“我们不会死于中毒吧？”

“不知道。也许我们需要在这里等一会儿，等洞穴里的空气流通。”

这个想法合情合理。洞里传来一声犬吠。

“事实上，这里的空气肯定能呼吸的，”巴拉尔说，“狗比我们的嗅觉更灵敏。”

该死。

我不情愿地点点头。像他一样，我把头靠近洞口，用嘴巴呼吸，减轻闻到的气味儿。气味儿太重了！这么做虽然并没有太大的效果，但至少可以减轻我的痛苦。首先，我只看到一片黑暗。直到我的眼睛逐渐习惯了黑暗，我才慢慢看得清楚些。洞里的轮廓逐渐显现，这儿看起来像一个巨大的房间，粗壮的树根从墙中间穿过，垂在地上。有趣的是，一些根部形成了看起来像头骨的结。我脑中闪过了一个疑问：头骨？我眯着眼睛。

“好恐怖！”

我走了三步，心脏怦怦直跳。巴拉尔不再前进。

“警探！”我呻吟着，“挂在旁边的都是尸体吗？”

他搜索了入口。我从未见过他的面色如此苍白。我没说错，那些都是尸体，有数十具尸体，用巨大的链条挂在洞的两侧。一个可怕的疑问出现在我脑海中。

“他们已经在这里很长时间了，不是吗？”我结结巴巴地说，“自第二次世界大战以来？”

警探缓缓地摇头。

“不，”他嘶哑地说，“根据气味儿来判断，这些是刚死去不久的生物的尸体。”

我深感不安，胃里翻江倒海。这不是一个山洞，而是一个万人坑！我的目光落在地上的一个标记上，就在巴拉尔脚下。我的血液冻结了。这个标记，我一目了然。在训练期间，马库斯和他的朋友在庄园的榻榻米垫子上活动时会留下类似的东西。几乎有一米长的爪形标记，其末端形成一个逗号。一个食尸鬼曾经出现在这里。考虑到天蝎家族告诉我的关于猎灵人的信息，我立刻就猜到了杀害这个食尸鬼的凶手。狗吠声再次响起，因为距离的原因，所以显得有点儿闷。

“我过去，”巴拉尔喃喃道，“你留在这里，夏洛特。”

“啊！”我吓了一跳。

“我不知道什么东西在那里腐烂，但你最好……”

“当然不行！我得和你一起去！”

我虽然不知道在这个可怕的地方有什么等着我们，但如果那里有任何关于神奇生物的信息，巴拉尔都不应该一个人去。不管了，哪怕我膝盖的颤抖出卖了我的恐惧。

“但是，夏洛特……”

“你听到狗叫了吗？”我补充说，“我确定他的主人在那里，你需要我的帮助。”

他用眯缝小眼打量我一番，然后点了点头 :“好的。”

我痛苦地咽了咽口水，然后跟着他进入洞穴，试图尽可能减少呼吸。寒冷和潮湿围绕着我，仿佛一只巨大冰冷的手正在接近我。有什么东西嘎吱嘎吱地粘在我的脚下。我甚至不想去思考那是什么。我们走得越远，光线越弱。我们向前进，不经意擦过两旁的尸体。

我的眼睛对周围的黑暗逐渐适应，我感到心脏都快跳到嗓子眼儿了。我努力不去看。我的脚突然撞到了一个障碍物，我发出一声尖叫。我立刻调整了身体，以免摔倒。我头顶上方悬着一个头颅。我的血液冻结了。上面飞舞的蝇和蠕动的蛆虫足以让我做上八个星期的噩梦。但更糟的是，头骨两侧都是尖尖的耳朵。哦不……

“没关系，夏洛特，”警探安慰我道，“死者不会伤害你。”

我无法将眼睛从腐烂的小精灵耳朵上移开，我退后了一步。巴拉尔没有注意到尸体的特征。不能随便说话，我得紧跟他的脚步。

“他们受到了虐待。”他闷闷不乐道。

“哦？”

“有些人被肢解了。”

我宁愿只盯着我脚落地的地方，也不要亲自去查看。狗的吠声把我们带到了山洞的最深处。

“救命……”

我停了下来。一个微弱的声音传来，我很确定听到了呼喊声。巴拉尔在他周围搜索了一番。

“有没有人？”他呼喊道。

“救命……”

墙上，一个身影在移动，身上的链条嘎嘎作响。我后背感觉到一阵冷风吹过。巴拉尔冲上前去。

“别担心，”他用浑厚的声音说道，“我是警察，我们会带你离开这里。”

没有回答。

我强迫自己克服恶心，然后跟上巴拉尔。一个男人，或者至少看起来像男人的东西被挂在墙上，他的眼睛半闭着，脸部肿胀，身上都是伤。巴拉尔抱住他的腰部，这样他鲜血淋漓的手腕就不用承受体重了。

“快，夏洛特，帮帮我。”

“怎么帮？”

“我口袋里有把万能钥匙。来，你站在我的位置上。”

我紧贴着这个可怜人，几乎感觉不到他微弱的呼吸。

“您来了……天蝎王妃。”他用一种几乎不可闻的声音喃喃地说。

我更加紧张了。我没有戴我的吊坠，他却认出了我。这不仅意味着他不是人类，而且他住在该地区，足够接近庄园，还认识我的脸。此外，在这个可怕的地方除了巴拉尔和我，还有没有其他人？我的眼睛回到了那个不幸生物身上。我甚至不知道有那么多神奇生物在庄园外！

警探用一个硬币大小的工具钩住链条的锁。吱咯吱咯响了两声，铁链松开了。那可怜人倒在我怀里。我尽量防止他跌下去，尽量不去想他皮肤上的汗水、血液和其他液体黏在我的身上。他除了轻之外，还很小。巴拉尔过来帮我，我们放下了他。

“你受伤了吗？我的意思是，你身体有哪个地方比较痛？”

可怜人气喘吁吁地试图给出一个答案。巴拉尔和我一同靠向他。

“什么？”

“猎灵人……我们必须……逃离……”

警探嘀咕着。我抬头望着洞穴入口处的月光，惊恐万分。猎灵人即将回来？

巴拉尔从口袋里掏出手机。

“我打电话叫救护车。”他嘟哝道。

“不！”

我的呼喊在山洞中回荡。

“别害怕，夏洛特。即使索格中尉来了，我……”

“不是这个问题。”我紧绷的声音打断了他的话，“只是……你不能。”

我不知道这是什么生物，即使他看起来像人，我也确信医院会发现他不是人类。

“他会死的！”警探抗议道，“我必须求救！”

我跪坐在那个可怜人旁边，用颤抖的手握住我的订婚戒指。我没有其他选择。我们处于绝对紧迫的境地。

“亚当，”我喃喃地说，充满了痛苦，“快来吧。我们需要你。”

尽管黑暗，我还是看到了巴拉尔的眉毛皱起。

“你在做什么，夏洛特？你真的相信亚当可以……”

“夏洛特？”我们转过身来。亚当站在洞穴的中央，困惑地看着地上的那个人，脸上还有一丝恶心。

“这他妈是什么鬼地方？”

警探的下颌差点儿没掉下来。

“亚当？”

亚当的眼神落在了我们身上。

“丹尼尔？哇，你也在这里！”

“你也在吗？”警官叫道，“你从一开始就跟着我们？”

“什么一开始？”

没有等到答案，亚当就把注意力转向了我。我看起来不太好。他的表情严肃了起来，和我一起跪在伤员身边，把温暖的手放在我的脖子上。莫名地，我感到一丝安慰，好像摆脱了气味儿和寒冷对我的控制。

巴拉尔屏住呼吸，目不转睛地盯着他。我几乎可以听到他的大脑为了理清现状正全速运转。

“一切都很好，亲爱的。”亚当嘀咕道，“告诉我。这家伙是谁？”

“我不知道，”我结结巴巴地说，“我们跟着一只狗来到了这里。这个可怜的家伙说，这个地方属于猎灵人。我们必须尽快离开，然后……然后……我认为……”

我的声音动摇了。在我的膝盖上，这个生物已经闭上了眼睛。

“亚当，我怕他会死。”

亚当的目光迷失在迷雾中。我知道这意味着什么。他正在召唤菲尔曼。那个精灵会听得到吗？

巴拉尔挥动手机。

“这次，我打电话叫救护车。”

“没必要，”亚当打断他，“我来照顾他。”

“什么？”

“如果还有其他伤员呢？”我担心地咕哝着。

我的高个子棕发男人抬起头，用他奇特的蓝色眼睛慢慢地扫视洞穴。他在寻找心跳。

“除了我们五个之外，没有活口了。”他说。

五个？巴拉尔、可怜虫、亚当、我和……哦，是的，还有狗。

“那我们现在要做什么？”巴拉尔问，“我们没有时间了。”

“先生，您找我？”

我们再次转身。这次，轮到菲尔曼出现在洞口。

巴拉尔瞪大了眼睛。

“你是怎么到这里来的？你是谁？”

管家的目光像亚当一样，沿着洞穴壁转了一圈，最后落在了人类身上。

“警探先生，”他一脸平静地打招呼，“很高兴再次见到您。”

“但是……我认出你了！你是亚当的律师！”

“不单单是律师。”

“您在这里做什么？”菲尔曼把注意力转回亚当。

“如果你认为我们在猎灵人的巢穴中，”亚当嘟囔着，“那你就猜对了。夏洛特刚刚发现的。”

“哦……”管家转向我，平静地说，“小姐真是足智多谋。”

很久以前，我就怀疑传说是从误解开始的。今天，我对此确信无疑了。

“事实上，是警探发现的。”我结结巴巴道。

“当然。”精灵一脸不屑地点了点头。

“菲尔曼，我希望你能照顾这个男人，”我的高个儿棕发男人说，“他需要紧急治疗。”

“好的，先生。”

“喂！”巴拉尔提出抗议，“你打算把他带去哪里？他的证词是必不可少的！”

“他的证词？”亚当奇怪地问道。

巴拉尔的表情僵住了，他用下巴指向洞穴的方向：“你认为我会让索格就这么逃跑吗？”

亚当惊讶地瞪大了眼睛。

“你能阻止他吗？”亚当喊道，“他也是警察！”

“绝对，”警探愤怒地说，“看到这一切之后，对你，我都没啥兴趣了。”

“太好了！我一直梦想与你携手！”

亚当的热情似乎在动摇巴拉尔。

“好……好。不要把这个家伙带到我不知道的地方。”

“如果我们不立刻给他治疗，他会死的。”

“那你必须把他送到医院！”

“当然不。”

巴拉尔皱着眉头，显然正在犹豫是否要继续坚持。

“我认为亚当是对的，”我怯怯地说，“猎灵人是一名警察。如果我们把这个可怜人送到医院，即使他被置于保护之下，猎灵人也很容易找到并谋害他。”

“就是这样！”亚当补充道，“没错！”

“我想确定警探是否熟悉猎灵人这个词？”菲尔曼询问。

“当然，了解世界上最危险的杀手就是我的工作，即使人们相信这只是传说。你们可以把这个人带走。但是，一旦他醒了，我要审问他。”

在巴拉尔惊愕的目光下，菲尔曼走近举起了可怜人，好像他和羽毛一样轻。总有一天，我必须看看没有使用魅术的菲尔曼。

“我们应该出去，”他说，“这个地方不适合未来的王妃，而且我不忍王妃被这种腐烂的地方玷污。”

哦，是的，出去！但是，他为什么要在巴拉尔面前这么说？

“对，”亚当点头同意，他直起身，“夏洛特今天看够了。”

“未来的王妃？”巴拉尔摸着胡子，“那又是怎么回事……”

阳光和新鲜空气使人安心。

“我们应该打扫一下这个地方吗，先生？”菲尔曼仔细地开口询问道，“给这些不幸的人一个体面的埋葬？”

亚当再次凝视着洞穴，他的下巴紧绷着。

“不，”他终于无奈地说，“如果只有这个人消失，猎灵人会想到他是溜走了。但如果我们把所有的尸体都带走，他就会开始找背后的组织，我们将会处于危险之中。快走吧。”

他似乎下了很大决心才做了这个决定。我突然注意到他的双手奇怪地移动着。他是否同时在传送另一条消息？

精灵低下头：“好的，先生。”

我向亚当靠近，依偎着他。我不知道在这个时刻我还可以做什么来安慰他。

“但是……他去了哪里？”巴拉尔惊呼道。

“谁？”亚当咕哝着，仍然思索着。

“你的律师！”

我转过身来。事实上，菲尔曼已经消失了，并带走了虚弱的可怜人。

“我叫他离开，所以他离开了。夏洛特，这是你前几天遇见的男子吗？”

“不，”我肯定地回答，“他不会那样死的。”

“为什么？”

“啊……这很复杂。他不在这里。”

亚当端详了我一会儿，然后点了点头：“非常好。接下来怎么做？”

“也许我们应该关闭这个门，对吧？如果我们不想让猎灵人知道我们来过……”

“说得对。怎么做？”亚当问。

我向他说明一切。我的未婚夫轻松地把门锁回原处。巴拉尔仍在认真地审视我们。

“亚当，”他终于开口说话，“我以为你是一个杀手。”

“当然，”他答道，“怎么了？”

“你从什么时候开始保护人了？”

“哦……”

我的大个子棕发男人回了他一个微笑：“我一直保护人。比如说，你……”

“别嘲笑我。你为什么帮助那个刚刚被带走的家伙？你甚至不知道他是谁。他可能没钱付给你！”

亚当心烦意乱地挥手：“这不重要。我很有钱，我不需要别人付钱也可以保护我想保护的人。”

无法反驳的话。可怜的巴拉尔警探……

“你呢？”亚当眼中带着戏谑问道，“你在附近做什么？你也在追捕猎灵人？”

什么？他不知道他的未婚妻是怎么到这里的？可真是的……

“你没有关注着我？”我以尖锐的声音惊慌失措道，“而且猎灵人还绑架了我。”

他吃惊地看着我：“你说什么？”

“所以说这次你一直不知道发生了什么？我还想着什么都不会发生在我身上，因为你会保护我！”

“别急，亲爱的，”他抱怨道，“我也不可能每时每刻都在你身边啊！”

“但是……你怎么会什么都没感觉到……当我害怕和……”

“当然感觉到了！但是你知道我无法接近猎灵人。我怕我的存在感太强大了，会被发现，所以……”

“所以你就让我一个人待着！”我愤怒道。

“绝不可能！艾利亚斯从没离开过你！而且他会干掉任何会伤害你的人，即使有五十个证人在场！”

他将头转向已经恢复原状的洞穴。艾利亚斯立刻出现，海盗头巾绑在他头上。

“她没有感觉到我！”他声嘶力竭地叫道，“夏洛特一点儿都没察觉到我！我是最棒的！”

“那个小孩儿是从哪里冒出来的？”巴拉尔惊呼。

“丹尼尔，”亚当严肃地说，“我向你介绍我的弟弟，艾利亚斯。”

“但他藏在哪里？他……他……”

艾利亚斯对于他们的谈话漠不关心，几步跳到我面前，握着我的手，脸上满是幸福。

“当你害怕时，我就来了，就在那个协会。我看到猎灵人把你带走，我跟着你移动得很慢，这样阴影就不会暴露我。之后，我坐在牢房旁边，没有移动一根脚趾！”

“你为什么不出现？”我结结巴巴道，仍然对被亚当抛弃感到震惊。

“我觉得这是我的新训练！”

显然这是个愚蠢的问题。

“我说，夏洛特……”

“什么？”

“你那漂亮又怪异的同事，他说猎灵人是个可怕的先生……”

艾利亚斯是说玛德莱娜怪异吗？他可能没有好好审视过自己！

“是吗？”我叹了口气。

“她哭了，所以你很难过，是吗？”

“啊……是的，我承认。有一点儿难过。”

“你想让我干掉她吗？”

“艾利亚斯！”

“这样，你就不会再难过了！”

啊。原来是为了帮我。这样的话……

“不，谢谢，亲爱的。没关系。”

“好吧，好吧。”

巴拉尔以一种疑惑的神情转向我们：“这个孩子，他刚刚在说什么？”

“您，我喜欢您。”男孩儿边说着，边安静地解除武装，仍然牵着我的手，“当猎灵人质疑夏洛特时，我有点儿害怕，我以为得现身了，但是您进来了，您打断了他！哈！”

当然了。

“而且，您跟着我们的宠物。”他继续说道，“您是一名很好的警察。”

警探疑惑的表情变成了不可置信：“他在说什么？”

“不知道！艾利亚斯，哪个宠物？”

“就是那只把你们带到这个洞里来的！”

“艾利亚斯！”亚当叫了一声。艾利亚斯看着他突然脸红了。

“小狗！”他喊道，“我的意思是，把你们带到山洞里的小狗！”

我有点儿搞不清状况。

“但这是怎么回事？”巴拉尔和我一样摸不着头脑。

“据我所知，”我嘟哝道，“亚当，你说在山洞里有五个活人。受害人、警探、你、我和……”

“和艾利亚斯。”我的未婚夫把我的话说完。

“我不明白你们在说什么，”巴拉尔喃喃道，“如果你们想吓跑我，那根本不需要。”

“我永远不会做这样的事，”亚当反驳道，“但是你想抓住猎灵人，就必须接受一些你不熟悉的事情。有些圈子内的秘密，我们是不会透露的。”

警探的脸色变暗了一点儿。亚当露出了一个微笑。

“别担心，丹尼尔。我会跟你详细解释如何逮捕这个人。”

“太好了！”艾利亚斯狂喜道，“这将是光明和黑暗之间为了对抗猎灵人的一个协议。”

艾利亚斯那双蓝色的眼睛朝着我们两个人的阴影看去，仿佛他刚刚想到了什么。

“夏洛特，你说……”

“什么？”

“我们今晚会看恐怖电影吗？”

“恐怖电影？”我困扰地重复他的话，“为什么呢？这对你来说还不够？”

“啊……是你的双腿让我想到了这一点。”

“我的腿？”

我低下头，惊叫了一声。我的裙边、腿上和凉鞋上都覆盖着一层浓厚的红色液体，其中还有些黏稠的血块儿。

“非常好，艾利亚斯，你真是太聪明了。”亚当抱怨道。

“这是血！”我呻吟着。

“冷静，夏洛特。你没有受伤，这血是那些可怜人的。没必要恐慌。”

哎呀！

我的脚像被冰冻住了一样，突然间似乎重了一吨。我看着其他人，亚当和巴拉尔穿着黑色的裤子，血点在他们裤子上就像深色的斑点，和我的状态没法比。我之前一直跪在血泊中，这些可怜人都是流干了最后一滴血才死去的！

“对不起，丹尼尔，”亚当说，“我现在必须照顾夏洛特。我们可以稍后见面吗？你现在不打算逮捕我吧？”

“去吧，我还需要对索格中尉做一些小小的调查。我抓住他后再来抓你！”

我的未婚夫点了点头："我会与你汇合。"

他抓住我的手，把我拉近。

"亚当！"警探提醒他。

"什么事？"

"不许暗算我，知道不？"

亚当皱了皱眉头："暗算？我们是朋友，对吧？"

8

瑞吉斯·杜桑

我坐在萨武勒斯河岸边。在别人看不见的拐弯处，我把小腿浸泡在水中。除了我裙边的血迹，其他地方已经用河水洗干净了。极度的悲伤已经取代了我内心的震惊。亚当站在我旁边，看着周围的环境，而艾利亚斯则从一棵树爬到另一棵树。

“那是什么，亚当？”我很担心地问道。

“没什么。”

我扬起眉毛。当他紧张时，他的每块肌肉都能在白衬衫下突显出来。

“亚当？”

他叹了口气：“对不起，亲爱的。我想起了山洞里的尸体。男人、女人和孩子，无一幸免。我不知道猎灵人在这个地区待了多久，但他应该已经清除了这一区域内的生物。”

“除了庄园里的！”我试图安慰他。

“除了庄园里的。这意味着我们在地球上任何地方都不再安全了。”

我不忍心看到他如此悲伤。

“这不是你的错，亚当。”我低声说，伸出我的手。

他耸耸肩：“我知道，亲爱的。但我还是觉得难过。我们将不得不加倍警惕。”

“这就是你对菲尔曼所说的话吗？你让他照顾那个人时，你还告诉他别的事了，不是吗？”

他脸上略过的惊喜很快被温柔所取代。

“你注意到了？”他低声说，“是。我命令菲尔曼尽可能让尸体看上去像人类。丹尼尔会在这个地方搜寻线索，会有尸体解剖，所以这些不幸的人必须看起来像被折磨的人类。”

他的脸色变暗了：“考虑到他们的状态，恐怕不需要太多处理。”

我保持沉默，喉咙发紧。

“顺便说一下，你有关于那个被追捕的人的其他信息，对吗？你在丹尼尔面前转移了话题，只是……”

一声叫喊打断了我们。亚当迅速直起身，我也跳了起来。枪声响了起来，接着叫喊声四起。

“是从那里传来的，亚当……”艾利亚斯低声说道。

“完美。留在夏洛特身边保护她。”

“好的。”

我没有时间说出我的想法，亚当就离开了。

“我们也过去。”我决定了。

艾利亚斯睁大了眼睛：“啊？”

“快！”

他的脸上绽放出笑容。

“超强，夏洛特，”他喃喃自语，“最强大的妈妈。”

算是吧。

我开始朝着噪声的方向前进，小男孩儿紧跟着。我并不真的担心他的安全，子弹对他来说不是问题。我更关心被枪击的人。狩猎已经开放了近一个月，但我无法想象猎人在向兔子开枪的时候会有人发出尖叫声。

沉默再次降临。在艾利亚斯无声的指示下，我们沿着一条几乎伸手不见五指的林间道路走了过去，发现了一片空地。亚当站在三具尸体中间。我的心提了起来。哦，不！不要又是尸体！

他仿佛听到了我的想法——他可能感觉到了我心率的变化。

“我很抱歉，夏洛特，”亚当转向我们温柔地说，仿佛担心吓着我了，“我来得太晚了。”

我困难地吞咽着。艾利亚斯抱住我的胳膊。

“亚当，他们是谁？”艾利亚斯问。

他指着他右边的两具尸体说：“我不知道。他们近距离朝第三个人开枪。我打消了他们再次开枪的想法。但还是太迟了，我来不及拯救这些可怜人。我很确定袭击者是猎灵人的人。我会查清楚的。”

他靠着尸体翻看衣服的口袋。我的心脏骤缩。又有人死了，真是残酷的一天……

艾利亚斯去他哥哥身边。接着，轮到我靠近了。我不想独自一人待在远处，即使这意味着要接触尸体。

“哦！焦糖！”艾利亚斯叫道，把他的战利品从不幸的受害者牛仔裤口袋里拉出来，“太好了！你想要一块吗，夏洛特？”

“啊……不，谢谢。”我结结巴巴说。

“你呢，亚当？”

“嗯，谢谢。”

然后，两兄弟就趴在尸体附近分享糖果。我把手放在额头上，想努力找回一些理智。这两个人怕是对死亡有些误会。

一个细节突然引起了我的注意。受害者血肉模糊的脸无法辨认，但那头乌黑浓密的被浓稠的红色液体浸透的头发我曾经见到过，不是吗？

我没时间分享我的发现，受害者的身体开始燃烧起来。亚当和艾利亚斯退后了。我就知道！

“不！”尸体尖叫着站立起来，“我还没死！”

亚当的拳头毫不犹豫地落在了他的脑袋上，直接把脑袋打掉了。

“好吧，”我的未婚夫抱怨道，“这一次他应该死透了。”

“亚当！”我用尖锐的声音大声说道，“你干了什么？他不应该被杀死！”

“啊？”

“是他！他就是被猎灵人追杀来求我们保护的人！”

“啊……”

“这是他的错，”他嘀咕道，“他吓到我了，我那是本能。”

我翻了个白眼儿。本能？我必须记住永远不要吓到这个男人！

“你在埋怨我吗？”亚当不太确定地问。

“不，算了。”

亚当似乎吃了一惊。

“算了？”他重复，“你确定你没事吗？你……夏洛特，真的是你吗？”

“当然是我！下一次，你要注意，就这样。”

“下一次？”

他吓了一跳。

“下次瑞吉斯开始自燃，”我解释说，“就不要把他直接送上西天了。我不知道他还能自燃多少次。我希望他重生的机会是无限的。”

他转过身：“瑞吉斯？”

艾利亚斯悲伤地凝视着尸体的胸膛：“焦糖已经融化了，亚当，我们可以买别的吗？”

我的未婚夫装作听不见，回到我身边：“你知道他会燃烧？”

“是的，我在他自燃前就认出了他。”

“他的名字是瑞吉斯？”

“是的，瑞吉斯·杜桑。”

亚当发出了欢乐的感叹：“杜桑？太好了！我应该想到的。好的，在这种情况下，请等待他燃烧。应该不会花太长时间，我只是砸碎了他的头，那么……”

“你认识他吗？”我好奇地问，走近坐了下来。

“我从未见过瑞吉斯，但我知道他的兄弟巴西尔·杜桑。他们家在黑暗世界里是名门。”

“他们是什么？”

“你猜不到，即使你看到过瑞吉斯自燃！”

“对，猜不到。”

“所有圣徒都是凤凰。”

我咬着嘴唇思考，慢慢回忆起古老的神话故事。

“凤凰是鸟，对吗？”我嘀咕着。

“通常，在古老的传说中是一种死后化为灰烬又能重生的鸟，灰烬中升起的鸟。但实际上，他们可以选择适合他们的形态，他们经常选择人的形态。”

对，就是这样！瑞吉斯在跳出窗外的时候，非常清楚他在做什么。这不是出于绝望。只可惜我把我的笔记本留在庄园了！

火焰突然包围了他的身体。

“对，就像现在这样，”亚当说，“艾利亚斯，向后退一点儿。火会烧到你的眉毛。”

我无情的雇佣杀手保护他弟弟的方式总是令我惊讶。艾利亚斯正在观察焦糖在火中的变化。

火焰迅速熄灭，瑞吉斯小心翼翼地睁开一只眼睛。

“啊……我没死，”他结结巴巴道，“但不要杀我，拜托……”

“别担心，瑞吉斯，”亚当答道，“上帝啊，夏洛特向我解释了。现在没事了。”

这个年轻人伸直胳膊肘看着我们。

“天蝎王子！”他惊愕地愣住了，“原谅我……”

当他看到我们附近追击者的尸体时，他停顿了一下。

“这两个人不会再伤人了，”亚当向他保证，“除非你告诉我他们也是凤凰。”

“哦，不，我的王子！”

“很好。你能起来吗？”

“是的。”

“那么你要和我们一起去庄园。这样你会更安全。”

年轻的凤凰眼中燃烧着感激之情。

“那他们呢？”我喃喃地指着地上的尸体，“我们该如何处置？”

亚当脸色苍白：“这很麻烦。”

在阴影中行走总让我感叹。当阴影笼罩着我们时，黑暗的面纱掩盖了一切，只露出心脏的红色、金色和淡绿色。亚当走路时，那些颜色像龙卷风一样旋转。显然，瑞吉斯和我一样震惊，因为他在整个旅程中趴在亚当的背上张大了嘴巴。这额外的重量似乎并没有困扰我的爱人，他像往常一样把我抱在怀里。

我们很快赶到了庄园的大门，阴影消失了。高大的门在我们面前打开。

“欢迎来到天蝎庄园，”亚当严肃地说，“在这里你什么都不用怕。”

瑞吉斯睁大眼睛，目不转睛地注视着夕阳余晖中的庄园。

“非常漂亮，”他激动地说，“看起来就像一个梦……”

园丁们纷纷回头打量着我们。他们只是好奇地盯着新来的人，但他们看我的眼神好像要吞了我似的。好吧，这次菲尔曼又告诉了他们什么？

管家和往常一样在台阶顶端等着我们。

“小姐，亚当先生，艾利亚斯先生，欢迎回到庄园。”他鞠躬说道。

“谢谢，菲尔曼。我父亲在吗？”

“当然，先生。他在办公室。”

“完美。我要向他介绍瑞吉斯。瑞吉斯，这位是菲尔曼，天蝎家族的管家。菲尔曼，这位是瑞吉斯·杜桑。”

精灵的眼睛变得更亮了：“欢迎来到这座庄园，年轻的凤凰。”

“谢谢，”瑞吉斯结结巴巴道，显然受了惊吓，“您是……啊……您是菲尔曼·雅荷杜丝吗？”

“是的。”

“哇哦！”

啊……在黑暗世界里是不是有出售天蝎庄园所有成员周边的啊？

菲尔曼转向我恭敬地说：“先前受伤的您的人现在在罗马里克医生那儿。如果他能开口说话，需要我通知您吗？”

“是的。”我同意。但是我不知道为什么是“我的”人。

“菲尔曼！”艾利亚斯惊呼道，“你能叫妮科莱特给我们带些焦糖来吗？我们弄坏了瑞吉斯的焦糖，所以我们必须找些回来补偿他。”

“没关系的，不要紧。”

“不，有关系。因为我们吃不到焦糖。”

菲尔曼以最严肃的态度赞成。瑞吉斯似乎感到很困惑。但，他慢慢会习惯的……

我们进入办公室时，拉扎尔从文件堆中抬起头来，他似乎对我们的到来并不感到特别惊讶。

“嗨，爸爸，”亚当问候道，“我们打扰您了吗？”

“一点儿都没有，”拉扎尔说，向我们展示了他的文件，“你们看，我正在研究监狱布置图。这样就可以确定我下次要执行任务的目标了。我收到了批量订单，因此我们将安全地恢复生意。”

当然可以。

他做了一个调皮的表情："菲尔曼告诉了我们你的壮举，夏洛特。恭喜。"

"啊……他说了些什么？"我结结巴巴地问。

"你击败了警局的200名警察逃了出来，你举起了一整幢废墟，找到了猎灵人的藏身之处，并拯救出了最后的幸存者。"

我差点儿被呛死。

"这根本是一派胡言！根本没有200个警察！"

庄园主人的笑声越来越大："其余的是真的吗？这也足够成为传奇了。"

他把我弄得晕头转向后，转身看着他的儿子们。

"爸爸，我向你介绍瑞吉斯·杜桑。他碰到夏洛特时正在被猎灵人追杀。"

"瑞吉斯！"拉扎尔喊道，"太好了！你长大了！上次我见到你时还是个婴儿。"

凤凰左右摇摆着两条腿，双颊绯红。

"原来您还记得，天蝎国王。"他喃喃道。

"当然！亚瑟怎么样了？"

"我父亲很好，谢谢您……但是……我……终于……我很高兴见到您……我……"他热泪盈眶。

我的好奇心被激发了。我不敢相信他见到拉扎尔竟会如此激动。他想说什么？

他深吸了一口气，直视拉扎尔："求求您了！帮我找到我的兄弟！”

“你的兄弟？”

“我的兄弟，巴西尔。他……他在今年初夏，就像每年一样，来到这里参加欧洲的摇滚音乐节。但是他到达后两天，我就失去了他的消息，而他以前总会给我发很多照片。我尽力与他联系，但他……他……最后，所以我决定来看看。当我几天前抵达时，我就遇到了……遇到了……”

他哽咽了。我的心碎了。他不需要继续说下去，可怜的人儿。

“你遇到了猎灵人！”拉扎尔补充道，“你担心巴西尔被杀害了！”

“我敢肯定他还没死！”这个男孩儿因情绪激动而大叫道，转而声音又变得细碎，“请帮我找到他！我……我……我有钱，如果您想……”

他把手伸进口袋里，但亚当阻止了他。

“留着你的钱，”他低声说道，“如果巴西尔还活着，我们会找到他，我向你保证。你不必为此破费。”

“这是真的吗？”

“是的。”

我点点头。不管怎么说，他现在口袋里的钱应该和那块焦糖一个样儿。

“我们从哪里开始搜索？”瑞吉斯急切地询问。

“你有属于他的物品吗？或者他触摸过足够长时间保留了他心

脏印记的东西？”

年轻的凤凰摇摇头。亚当的脸色沉了下来：“我们必须找到猎灵人的其他隐藏点。在夏洛特发现的隐藏点……”

不是我发现的，该死！

“在我的印象里，那里只有死亡的人和将死之人。如果他是尸体之一，我一定可以认出来。”

真的吗？他有时间看所有尸体？影子生物总是让我感到惊讶。

“好吧。我们现在怎么做？”瑞吉斯问道。

“我们要去问一个专家，”亚当带着狡猾的笑容说，“我要去找丹尼尔。如果说我的专长是找到要杀害的对象并杀死他，那么他的专长就是找出这个人去过的地方。在这方面，他非常擅长。”

“我陪你！”

“哦，不。你不要再走出庄园了。猎灵人和他的手下已经可以识别你了。就算你戴着棒球帽，他们也能认出你。艾利亚斯和夏洛特会看着你。你什么都不用怕。”

瑞吉斯给了我一个意味深长的眼神。

“如果是这样，那好吧。”他高兴地点头。

不幸啊，太不幸了！

那天晚上，我去了几次“我的人”床边，但他并没有醒。庄园几代人的医生罗马里克在旁边守着，让人放心。

“别担心，小姐。如果这个山怪仍有足够的精力召唤他的宠物向您求助，那他肯定能活下来。毕竟，很多人只有一个肾脏、一块肝脏或没有脾脏都可以存活。”

我感到很恶心。猎灵人把他的器官一个接一个地割下来，直到他死在洞穴里。幸运的是，他们对他的大脑似乎并不感兴趣。我想起了洞穴里的尸体，有些人的四肢就这么活生生地被扯掉了。猎灵人这么做的目的是要看这些生物在摧残下还能支撑多久，还是单纯地享受他们被折磨的过程？话说我曾经和这个家伙一起待了几分钟……庄园居民对这个怪物的厌恶和恐惧不再让我感到惊讶。在今天之前，我还不清楚猎灵人会对这里的居民做什么。从现在开始，我想我知道了。

“什么是山怪？”我为了不去想可怕的事转移了话题。

“类似住家的小精灵，”医生回答，“几个世纪前，山怪非常受人类的喜欢。山怪们会对寄居房子的主人很好，他们会完成所有的小工作，比如缝制衣服、寻找丢失的物品、照顾生病的动物。”

我情不自禁地露出微笑。我想我母亲的朋友们都会愿意出卖自己的灵魂来拥有一两个山怪。苏菲和她的朋友们也需要！

“正如你所看到的，他们可以召唤宠物。”罗马里克医生补充说，“这些小动物是他们灵魂的投射。一般来说，山怪宠物的作用是驱赶那些把山怪当作老鼠或麻雀的猫。我之前都不知道一只宠物可以离开他的主人那么远。”

“山怪看起来像田鼠吗？”我想知道，但这个生物几乎和我一样高。

“是的，小姐。即使被肢解的时候，他仍然设法保持了自己的魅术，这一点足以显示其令人难以置信的精神力量。他一定有充分的理由为此竭尽全力。但原因会是什么呢？”

我抿紧嘴唇。是啊，为什么呢？在他清醒之前我们不会知道。可怜的生物。我希望能更好地帮助他……

与此同时，我还得先找到我的记事本。

亚当很晚回家。他发现我坐在灌木上，望着满天的星星发呆。

“你在这儿干什么，亲爱的？”他惊讶地问道。

“我逃离了铁线莲，勿忘我，还有你的母亲。总的来说，是所有人。”

“为什么？”

“你的母亲，她让我害怕。其他人，他们跟我说话的样子好像我是女神。妮科莱特和她的厨师学徒们大肆准备了一番，当我走进房间时，我感觉自己进入了姜饼屋。艾利亚斯现在仍在那里。”

亚当坐在我旁边，努力不笑出声 :“每个人都非常爱你。”

“你，还有你们这些奇怪的生物，当你们爱上别人的时候都太可怕了。”

他大笑起来。

“说正事，你和警探找到其他东西了吗？”

“找到了一些。当我到达时，他正准备前往城墙。我保持隐蔽状态，以免制造混乱。丹尼尔已经为调查这个山洞的事情打了几十个电话，不是打给索格，是给另一个单位。

“他看起来像一只老虎。我一到警察局就碰到了他。我们进行了一些调查。索格于 7 月初抵达贝尔福地区，就在欧洲摇滚音乐节开始之前。你现在清楚了吧，他都来这里三个月了，而我们一点儿风声都没听到。在我看来，他在节日期间找到了他所有的目标。这就是为什么我们没有注意到异常。他们来自遥远的地方，没有人告诉我们他们失踪的消息。”

我保持沉默，盯着星星，以免再次想起满是尸体的洞穴。我从来没有想过这些生物会喜欢音乐节，虽然我每天都看到铁线莲踩着碧昂斯的舞步，园丁路易只以安蒂拉[①]的名义发誓。我本来可以注意到的。

“没有人知道他的意图，”亚当继续说道，“每个试图问他的人都很快被干掉了。这家伙的存在就像瘟疫一样，人们见了他就跑。”

“我注意到了。”

“很显然，他有很多手下。警局档案中有详细记录，但是……”他犹豫了。

“怎么了？”

“我不知道。丹尼尔已经追踪到警察学校，他们第一次被分派任务，就这些。但 EFI 那帮人……”

“啊，怎么了？”

“我们有种不祥的预感。我们并不知道他们是如何被招募的，

① 安蒂拉（Indila），法国当红女歌手，2010 年出道。——译者注

但是当我们看着他们时，我们并不觉得自己面对的是警察。刚刚对瑞吉斯开枪的两个人就属于 EFI。你认为警察会对一个死人这样开枪吗？”

我颤抖着。

“那 EFI 是什么意思？”

我的爱人面色沉了下来。

“消除不明原因的力量。”他嘟哝道，“正式说来，这和反恐差不多。无论如何，丹尼尔都是这样看的。对我来说，这是专门消灭非人类生物的特警队。”

我艰难地咽了咽口水。因此，根据内政部的命令，整个警队正在努力摧毁我们世界上仅存的超自然力量？

“除此之外，有没有好消息？”我小声问道。

“EFI 似乎有非常重要的外部财政支持。我不认为这是猎灵人自己的资金。我从来没有听说过富有的猎灵人家族。丹尼尔明天将会追溯 EFI 的资金来源。他会支开猎灵人。乘此机会，我去检查猎灵人的公寓。他甚至还给了我……”

他从口袋里掏出一小块有机玻璃，内有一个针头大小的黑点。

“这是一块可插入手机的芯片。当他转过身时，我必须将其插入他的手机里。”

“你会小心的，对吧？” 我有点儿焦虑。

“当然，我的甜心。我会比以往更加小心。”

他玩了一会儿芯片，然后脸上露出大大的笑容：“你知道吗，夏洛特？事实上，我喜欢替警方工作。”

是啊。我只是希望巴拉尔不会为了知道他在哪里过夜而给他也安装了一块跟踪芯片。

9

新的担忧

第二天早上，我去协会上班，这样可以分散我的注意力。离比赛还有不到三个星期！缝纫车间开始工作了，我想帮忙。当然，玛德莱娜跟别人抱怨着她几个小时的监禁。

“那个警察完全疯了！”她重复了第五十次，“他似乎想要我承认谋杀，但那个年轻人跳出窗外完全是他自己的问题！”

我点了第五十次头，但看到她再一次精神抖擞地出现在我们面前，我安心了不少。那天早上，十几位父母陪着不同年龄的孩子来制作服饰。各种颜色和材质的面料填满了协会总部的每个角落，更不用说纽扣、彩带和配件卷轴了。一小时后，第一套服装就已经完成了，一个小男孩儿戴着头巾扮成海盗，看起来就像艾利亚斯。一种自豪感从我心底油然而生。他们喜欢我的服装！而且我的海盗服确实很漂亮！可爱的小仙女和精灵造型也非常受欢迎。孩子们后面跟着一群担惊受怕的妈妈，还有一声声刺耳的“不要弄坏你的服装”！一群青少年也来报名参加比赛。临近中午，一群“狼人”热闹地离开了大楼。如果一切按计划进行，“僵尸”“食人魔”和“女巫”们都会很快加入。这应该能让猎灵人的手下忙一阵子。

我在午餐时间去了警察局。来到前台，我的心怦怦直跳。有着樵夫一样身材的女警请我在一旁等她通知巴拉尔警探。我感谢她并尽可能靠着墙壁。有时我嫉妒亚当的力量。只要猎灵人不会出现……

巴拉尔在我预想可能会遭受的所有折磨之前出现了。

“夏洛特！”他在楼梯上喊我，“上来吧！”

女警带着较为友善的微笑，往旁边挪了一下让我通过。警探没和我打招呼就直接带我到他的办公室，表情凝重。

“没事吗？”我等门关上后担心地问道。

“是的，”他抱怨，“亚当正在检查索格的办公室。我不喜欢这样。我宁愿遵守规则，按程序要求获得搜查许可。”

“如果你申请批准，”我提醒道，“索格会知道你正在调查他，你就会有危险。”

巴拉尔耸耸肩：“我们处理重大犯罪案件时，这是例行公事。亚当告诉了我你朋友失踪的事，我很抱歉，夏洛特。我希望我们能尽快找到他。”

我没有回答。我哪个失踪的朋友？那个我从没见过面的巴西尔吗？

“无论如何，你未婚夫的效率不是一般的高。我不知道他今早是如何趁我把索格堵在咖啡机前的时候进入索格办公室的。而且他居然还有时间偷偷摸摸地拆开他的手机，并把监控芯片装了进去。我真佩服他。”

“真的是一块芯片啊！”我打趣地说。

“什么？”

“我以为你给他装了一块跟踪芯片。”

他做了个鬼脸承认道：“我也想过，但亚当昨天如此坦诚地说我们是朋友。我怕我要是这么做了，会一辈子良心不安的。”

我忍不住笑了：“索格在哪里？”

“在城墙附近巡逻时，那里发现了两具尸体。乍一看，只是两名在探索危险禁地时不幸跌落的男子。他急忙说他会处理。我想知道他和这有什么关系……”

我的脸一下子变白了。

“夏洛特？”

“啊……是的，肯定和他有关。这两个人大概是他的手下，我是说这两具尸体……”

“什么？你怎么知道？”

“这……是亚当……”

他用手捂着脸。

“很好，”他抱怨，“现在请告诉我。”

“啊……”我犹豫了一下，“他们在树林中间朝一个人开枪，亚当觉得这么做不妥，所以他阻止了他们。他应该布置了现场，看上去像是场事故……”

巴拉尔瞪了我一眼，我吓了一跳。

“你的未婚夫，他经常这样伸张正义吗？”

“没有，只有当……”

“什么时候？”

我咬着下唇。发生在庄园附近时？当被捕杀的是非人类生物时？

“当其中一颗子弹从我身边擦肩而过时。他不喜欢这样。”

巴拉尔瘫坐在座位上，叹了口气。

“好，我明白了，但你这么说并不会让问题看起来更简单。我花了一个早上调查索格的手下，看看谁有可能向我透露点什么。如果他们都这样神秘死亡，那说服他们会更困难。”

“除非我们利用这点来恐吓他们！”

男人皱起了眉头：“亚当对你影响很大，夏洛特。”

我尴尬地缩了缩脖子。美剧中不是经常这么演吗？

敲门声突然响起。

“谁？”巴拉尔问。

亚当的脑袋出现在我们眼前：“是我！我打扰你们了？”

“亚当！”巴拉尔惊呼道，“你在这里干什么？”

“我搜索完了。你想看看收获吗？”

“但你是怎么不被发现就上楼的？”

我那个高大的棕发男人耸耸肩，毫不犹豫地走进来，手里拿着一个文件夹。

“你昨天干掉了索格的两个手下！”警探叹了口气。

“哦，是的！我忘了跟你说这件事。”

“忘了？天啊，亚当！”

“这是我的发现，”亚当把文件夹放在桌子上接着说道，“首先……”

“我们在谈论两个无辜的人的死亡，亚当！”巴拉尔喊了起来。

亚当直起身子，神情严肃，房间里的空气似乎突然凝固了。

“哦，不，丹尼尔，”他咆哮着，牙齿紧绷，“这些人不是所谓的‘两个无辜的人’。如果我能再次干掉他们，我会毫不犹豫。”

天啊！当亚当生气时，很难和他讲道理。

“亚当，停下。警探还不习惯……而且我也不喜欢。”

亚当的肩膀放松了，温度又回来了。巴拉尔摇了摇头，惊呆了，好像从噩梦中走出来。

“你没事吧，警探？”

“没关系。索格就交给我们留意吧。”

我就知道不能让他们单独相处，这两个人真是的！

巴拉尔的手机突然闪过一道红光。

“这是什么？”我问。

巴拉尔抬起头，眯起眼："索格正在打电话。"

他按下了设备上的一个按钮，有声音传出来，有人接听了。我们屏住呼吸认真听。

"你好？"一个未知的声音。

"我是索格，出问题了。"

"什么问题？"

"昨天逃跑的那个人，可能有人帮了他。"

"你是什么意思？"

"我的两个人大约在同一时间遇害。"

沉默。

"谁能做到这一点？"

"肯定不是凤凰，"索格说，"如果他能做到，他肯定很久之前就会尝试反抗我们。我想他找到了帮手，还是强大的帮手。"

"比如，谁呢？食尸鬼？巨魔？"

"哦，不，先生。鉴于此事被完美地盖过去了，恐怕我们将面临更危险的局面。"

"比食尸鬼更危险？精灵？"

我颤抖着。他们对超自然生物是如此熟悉。

"更糟的是，先生。我想可能是一个来自黑暗世界的生物。"

再次沉默。亚当看向窗外。

"黑暗世界的生物？在贝尔福？这是第一次！你确定这真的不是意外吗？"

“我敢肯定，先生，”索格回答，“我的人不会就这么蠢地摔了下去。他们受过训练，能在任何地形上追捕目标。相信我，我曾经遇到过一次影子生物，我把我的一半队伍留在了那里。现在我可以在 3 千米之内感受到他们。”

是啊，自吹自擂。尽管他们之间有一定的距离，亚当和拉扎尔从来不会和猎人相隔 3 千米，更不用说艾里亚斯还和他待过同一间办公室。当然，他不会随意移动，以免破坏阴影，但始终是在同一间办公室。

“杀死他，杀死这种生物！然后把他的尸体带来。”

“这可能很复杂，先生。正如我告诉你的，他们很难被征服。”

“你杀了另一个！”

“不，先生。他设法逃脱了。”

一阵不满的呼声回荡。

“你想告诉我什么？”

“我需要更多的人手，先生。”

“多少？”

“尽可能多。”

一阵沉默，然后：“你在哪里，是为凤凰的事来的吗？”

“先生，他飞走了。但是如果他把自己置于影子生物的保护之下……”

我颤抖着。猎灵人猜得没错。

“好的，我来看看我能做什么。找到他们，不要让他们逃了。”

“好的，先生。”

“嘟”的一声表示对话者已挂断电话，沉默落在了房间里。巴拉尔抬起头看着亚当，亚当仍然沉浸在窗外的景色中。

“我猜这一切对你来说都有意义吧！”

亚当转向我们，他的脸上露出一种非比寻常的怀旧之情：“这会变得非常复杂。”

“为什么？”

“我们必须离开，索格在楼下停车。除了大门还有其他出口吗？”

警探跳了起来，走到窗户边。

“该死的，”他不满地嘟囔着，“他们不知道开车时不能打电话吗？我等会儿给他开一张‘危险驾驶’罚单，跟着我。”

他带着我们走下楼梯，通往大楼的另一侧。面对亚当的悲伤，我很紧张。他们为了不被猎灵人发现，已经采取了许多预防措施。

“影子生物、精灵，所有这些，你都知道吗？”巴拉尔止不住地咕哝着。

“这些是代号。”我灵机一动就开始胡扯了，“影子生物代表了犯罪领域最有影响力的杀手家族。”

亚当只是点点头，而巴拉尔打开了一扇门，小心翼翼地看向另一边。

“这条路应该是畅通无阻的，”他低声说，“好吧，他知道你在附近，亚当。你打算怎么做？”

“我很抱歉，丹尼尔。无论如何，我都必须干掉他。”

我们离开时，巴拉尔保持沉默。我紧张地掰着手指。他俩会做出什么决定呢？之前的“契约”是否仍然成立？

“我明白了，”警探最后说道，“在你做掉他之前，我会尽量阻止他继续行凶。但他的委托人呢？”

“我会查到他的身份，然后干掉他。”

“我猜也是。但有一点我不明白。为什么传奇人物猎灵人要为一个和他说话那么不客气的人干活儿？”

因为他资助他，毫无疑问。

“我把文件留在了你的桌子上，丹尼尔，”亚当并没有直接回答，“我希望这能帮到你。”

“好吧，但是……”

“注意出口！”离我们不远处的一个深沉的声音说道，“老板不想让我们放过任何一只苍蝇！干活儿！”

巴拉尔转向潜在的危险来源。亚当趁机把我抱在怀里，阴影笼罩着我们。

“我们留下他一个人？”我低声问道。

“你可以正常说话，亲爱的。他听不见的。”

可怜的巴拉尔。当他过了几秒注意到我们已经失踪时，他又要头疼了。

“别担心丹尼尔，”亚当一脸严肃地说道，“他坚强又聪明。另外，他是人类。猎灵人对他不感兴趣。”

我们花了很长时间才回到庄园。亚当的动作非常慢，以免抖动阴影。他那么专注，以至于当我们从阴影中出现，铁门在我们面前打开时，他都忘了把我放到地上。

“啊……亚当？”我害羞地问道。亚当这才恢复了正常的行走速度。

“什么？”

“我可以自己走了吗？”

“哦，是的。我忘记了。”

他忘了他抱着我？啊，好吧！

他让我滑到地上，握住我的手。在台阶上，菲尔曼站在门前。

“小姐，先生，”他用拘谨的语气说道，“欢迎回到……”

“菲尔曼，”亚当打断了他，“把所有仆人召集到大厅里。让他们在5分钟内到达。”

管家僵直了。我从来没有想过他可以站得比平常更直，他看上去非常恐惧。

“好的，先生。”

他消失了。亚当把我带到大厅的台阶上。他脸上的表情让我感到不适。

“亚当。”我低声说。

“原谅我，亲爱的。我父亲要到晚上才会回家。在他缺席的情况下，需要由我来保护庄园。”

不到 5 分钟，大厅里就聚集了一群忧心忡忡的生物。艾利亚斯也来了，还悄悄地握住了我的手。

“发生了什么，亚当？”他低声问。

“糟糕，瑞吉斯在哪里？”

“在那里。”

他指着那个混杂在各色人群里的小凤凰。在他周围，我认出了仙女妮科莱特、她的学徒们、铁线莲、勿忘我、娜塔莎、花园巨魔、小矮妖们和许多其他我只见过却叫不出名字的……菲尔曼再次出现在我们身边。

“他们都在这里，先生。”

“谢谢，菲尔曼。”

亚当举起了手，大厅立刻安静下来。

“我的朋友们，”亚当开始用低沉的声音说，“请原谅我打断了你们的工作。我有一条消息要跟你们分享。”

他的听众屏住了呼吸，即使是我也不敢呼吸。我的右手被艾利亚斯紧握着，而左手则无处安放，我让它愚蠢地垂在我的左腿旁，我看上去很傻气。另外，有一半的生物用他们亮晶晶的眼睛盯着我。

“猎灵人知道至少有一个影子生物在贝尔福。”我的天蝎王子继续说道。他看起来比以往任何时候都更有保护别人的力量。“他将会布下天罗地网去找到那个影子生物。我已经要求你们不要离开庄园了，但是今天我恳求你们从现在开始停止使用你们的法力，并在任何情况下、任何时候都尽量维持人类的外表。我不知道他有什么资源，但他有个非常有钱而且聪明的资助人。”

仆人间传来一阵不安的低语。瑞吉斯似乎深受打击，亚当注意到他。

“这不干你的事，瑞吉斯，”他温和地说，“而且你很安全。猎灵人现在正在追杀我。我们必须让他自己找，而我们什么都不能做。我们必须让他相信我们已经走得很远了。在他得出这个结论前，任何人不得离开庄园，甚至连我都不可以。”

又一阵急促不安的声音响起。

“可是我的兄弟呢？”瑞吉斯低声问。

“我们在外面有一个人类盟友。我把我发现的关于猎灵人的一切信息都告诉他了。他很厉害，瑞吉斯，别担心。如果你的兄弟还活着，他会找到他的。”

年轻的凤凰四肢发抖。

“好吧。他……他会来这里给我们报信吗？”

“不会，没有人可以从这里出去，也没有人可以进来这里。”

仆人们严肃地默许了。亚当的脸色变暗了一点儿。

“除了夏洛特。”他不情愿地低声说。

“什么？”我结结巴巴地问。

“反正，我确信猎灵人会盯着你。我谋杀了两名男子。如果你同时消失，他会张贴你的照片到处找你。”

我的脸瞬间苍白。哦，我的上帝。他是对的。

从下午到傍晚，大家都沉浸在阴郁的气氛中。拉扎尔一回到家，就被告知了最近的事件。拉扎尔支持他儿子的决定。除了我，没有人可以离开庄园。当我外出时，我不能通过电话或电子邮件联系住在这里的任何人。我不能冒险引起猎灵人对庄园的注意。一想到这些，我的胃就像被打了结似的。但除此之外，我们还能怎么做呢？

我拥抱他，他的身体非常僵硬，像一面墙。

"没关系，"我试图让他冷静下来，"你做了你应该做的。如果这个人或他的手下接近庄园，我们马上就会知道，对吧？"

"是的。"

"我们现在有时间思考此刻该如何行动。别担心，亚当，一切都会好起来的。"

"你想安慰我，亲爱的？"他嘴角的笑意没有喜悦之情。

"是啊……"

他死死地盯着我的眼睛，他的忧伤非常明显。我紧张得喘不过气。

"你想安慰我，"他用一种颤抖的声音重复着，"而我……而我……"

"什么？"我低声说，抚摸着他的脸颊。

"我让你处在危险之中，没有丝毫的办法，而你正试图安慰我！夏洛特！"

他的脸因紧张而抽搐，像是挨了一拳。

“我们别无选择，”我低声说，“如果我可以做点什么来保护你，我……”

“什么都别说了，夏洛特，”他打断了我，“我求求你，什么都别说了。”

“但是……”

他的唇狠狠地袭上了我的唇，我尽了最大的努力去回应他。他的吻过于热烈，远远超出了平时的热情。

“原谅我。”他松开了他的嘴唇。我可以重新呼吸了。他低声说道：“我不能……如果你出事了……我甚至无法想象……”

他不给我时间回答就再次亲吻我。我温柔地搂着他宽阔的肩膀。我的亚当。

“我和你分开的时候不会有事的。我确信自己不会有事。如果我的行为正常，猎灵人就不会对我感兴趣。”

他保持沉默。他的眼眸盯着我的脸，眼里的情感翻涌着。他内心充满痛苦。如果我如此害怕，又如何让他放心？

“亚当，一切都会好起来的。”

他把额头贴在我身上。

“我会看着你的心，我的甜心。每一秒都注视着你。如果出现任何问题……”

他的话没有说完，好像他说不出话了一样。我更加努力地吻他，心烦意乱。我非常爱他，我不希望他因为甚至还没有发生的事而受伤。

他的吻变得更加霸道，欲望像蝴蝶一样从我身体里破茧而出。我裙子的肩带像是在邀请他一样滚下我的肩膀。他的嘴唇吻过我的脖子，一路向下，在我肌肤上留下一串炽热的烙印。他把我紧紧地压在橱柜上，我无法动弹。我的手指慢慢滑到他衬衫的领口，一个接一个地解开纽扣。

“我不会让你有事的，永远都不会。”

“我知道，我爱你。”

他带着狂热的激情再次吻我，他紧贴着我的身体。他的心脏激烈地跳动着，与我的呼应。我的回应如此热烈，以至于失去了时间观念。我只是想让他永远留我在他身边。他的悲伤使他更加激烈地爱抚我，仿佛在试图用心记下我。仿佛他在害怕再也不能碰我了。我的喉咙收紧，那是他的想法吗？我可以离开他生活吗？他再也不会把我抱在怀里了？

“除了你以外，别无他物，永远也不会有。”

庄园正在休息，悄无声息。透过窗户，星星在天空中闪烁。我把头靠在亚当的肩膀上，亚当抱着我。这种时候谁会相信有什么东西正在威胁我们呢？我不愿意再想这件事了。

“亚当？”我低声说。

“什么？”

“我爱你。”

他用手臂圈着我，没有回答。我无法让他忘记恐惧。我依偎在他的脖子上说道：“如果你不让我上床睡觉，我就睡在沙发上。”

他仍一动不动，只是默默地亲吻我的额头。我紧闭双唇。我知道此时我说什么都无法安抚他，唯有等到猎灵人离开，他才能恢复。

我用胳膊圈住亚当的脖子。好吧，我会等的。

“等这一切结束后，我们就去巴塞罗那。”

10
一个人……还是几乎一个人

这一天似乎无穷无尽。当我下午六点前抵达 AAEM 大楼上班时，极度的紧张不安压在胸口。我试图继续会计事务，但我的思绪停滞不前，无法专注于任何事。我最后一次尽可能谨慎地瞥了一眼周围以确保没有被监视后按下了新修好的门铃。希望这次它可以坚持久一点儿，就这次……

“困难儿童援助协会，你好！”对讲机中传来热拉尔深沉的声音。

“你好，我是夏洛特。”

锁闷声开了，我健步如飞冲了进去，就好像有人在追捕我一样。

“夏洛特！”玛德莱娜看到我喘不过气，就热情地打趣我，“你好，一缕阳光！”

我向在场努力工作的人致意。地板和桌子上被布料和无数的配饰覆盖。我微笑着，为这里努力工作的气氛感到宽慰。孩子们正在和他们的父母一起剪裁，与志愿者一起大声地讨论和欢笑。新鲜空气透过敞开的窗户进入室内，但布料的气味儿仍然刺痛着我的鼻孔。啊……虽然我最近还闻到过更糟糕的气味儿。

玛德莱娜向我打了个手势，示意我在她桌旁落座，一起帮一位女士裁剪一种专门用于缝制小仙女服装的淡蓝色织物。

“你好像心不在焉，夏洛特，”她温柔地说，“还在想两天前发生的事？”

热拉尔和弗朗索瓦丝立即停下来，万分同情地看着我。嗯……其实，我满脑子想的是决心屠杀我未婚夫和我朋友的变态杀手。

“不，不，”我想让他们放心，“和那个无关，别担心。”

“哦，我的小猫，你看起来很累！你可以跟我们聊聊。这会对你有帮助的，朋友。”

其他人开始抬头看我，有些人出于担心，有些人只是好奇。我不得不瞎编点什么，否则玛德莱娜永远不会让我走。

“是我的男朋友，”我开始胡编，“他在工作中遇到了麻烦。”

这么说其实基本符合事实！

“哦……”玛德莱娜说，“工作的问题确实会让心情不好。你的男朋友是做什么的？”

杀手。

“他处理人际关系。”我含糊地回答。

“哦，是的。而你，你处理他的财务，对吧？”

“确实如此。”

她点了点头。

“那真是太好了！可以和喜欢的人一起工作真是太好了。”她边说着，边把大头针交给一位母亲，“那你们的业务现在运作得如何？”

该死的，为什么会有这种谈话？

“我们很满意。”我赞同地点头。

其实是他特别满意。

“你似乎必须向我们准确解释他在做什么，”弗朗索瓦丝鼓励我道，“如果有一天你们需要帮助，我可以介绍他来这里。”

啊……其实不怎么需要。

“好的，那真是太好了。谢谢，弗朗索瓦丝。”

“哦，不客气！我们对周三发生在你身上的事感到很难过……”

啊，好吧。我很理解。他们试图减轻我被拘留的负罪感。

“这不是你们的错啊！”我感叹道。

“不，但如果你不是每天都来帮助我们，那天就不会遇到那种情况。”

确实如此。那么，我打算和他们讲讲巴拉尔。

“别担心。这让我体验了一次冒险。”

他们对我露出了放心的微笑。

“你是一个令人钦佩的小女人，夏洛特！”热拉尔惊呼道，“你的男朋友一定很乐意和你一起生活。”

我心头一紧，垂下了眼睛。我的男朋友，我让他站在围着庄园高门的石柱上，他石头般冷酷的脸一直看着我，直到树木把我掩盖。

“看，热拉尔，你让她脸红了。”玛德莱娜谴责他，“我们来谈谈别的。你也是，今天早上你来的时候塞车了吗？”

谈话转向贝尔福日益增加的车流量。玛德莱娜不得不等了两次红灯才能过马路，依她自己的话来说这太过分了！大家都表示同意。只有我，之前在巴黎住了几个月，所以并不觉得这是个问题。

几分钟后，我再次感觉轻松自在。但愿他们能很快忘记让亚当来这儿工作这个奇特的想法！等我回到庄园，我一定要告诉亚当，也许这件轶事能让他振作起来……

轶事并没让他振作起来。我再次见到他时，他还在石柱上。

我已经回头看了上千次，以确保我没有被跟踪，但亚当仍然用他和我截然不同的观察力又检查了一遍。

确定完毕，他终于跳到了地面，并将他的脸埋在我的头发中。

“山怪还没有醒过来？”

“没有，”他回答着，没有抬头，“一切顺利吗？”

“一切都很好。他们想要为周三的事情弥补我，所以他们谈到给你一个任务，就这几天。”

“随时欢迎。”

好吧……他没有听懂这个笑话。

接下来的日子就照这个模式度过了，庄园渐渐恢复了平静。每天早晨，我都要和瑞吉斯在山怪的床边度过几个小时。这只小凤凰非常希望山怪醒来的时候可以告诉他自己是从何处被带走的，并且向他指明在哪里可以找到他的兄弟。目前没有成功。罗马里克医生的脸一天天沉了下去。

莱萨特一家无法出庄园，然而我的未婚夫并没有闲着。只要我留在庄园里，他就会整天在地下室对艾利亚斯进行培训。他们几乎没有使用影子的力量，但像他们这样的生物，仅靠天生的力量就足以震动建筑物。有时我害怕猎灵人会突然来抓我们，但菲尔曼说这里是绝对安全的。

一旦我离开庄园，亚当就要站在柱子上，直到我回来时才动弹。当我知道他一直站在柱子上时，我的心在流血，但他拒绝回去，尽管我请求他不要这么做。

一个星期过去了，一场大雨使整个地区恢复了清新感。我回城的旅程顺利，我甚至认为猎灵人永远找不到我们。

然而，一天晚上，亚当猛地跳下了床。茫然之间，我尽可能地直起身子。

“亚当？”我惊叫道。

“躺在床上，亲爱的，”他靠在窗台上将窗帘拉开几厘米，用低沉的声音回答，“刚刚有人闯入庄园。”

我捏紧床单，手指关节发白。过去了很长一段时间，亚当都没有转移视线。

“他在干什么？”我结结巴巴地问。

“探测水体。”他指着树木那边的一些东西，“看起来像一个金属探测器。”

可以肯定，这台机器没有检测到金属。

亚当最后放松了下来。

“他离开了。他没有找到任何东西。”

我的呼吸放松了，可能跟所有被这个入侵者惊醒的人一样。如果他没有发现任何可疑的东西，那是否意味着我们的庄园已经被他从要搜索的区域里排除了？

我的高个子男人坐回床上，温柔地抚摸着我的脸。

“别害怕，亲爱的，”他喃喃地说，亲吻我的前额，“你可以睡觉了。”

“你呢？”我焦急地问。

“我看着你。一切都很好。”

我躺了下来，亚当帮我理了下被单。

“亚当？”

“什么？”

“如果他没有找到任何东西，我们就安全了吗？”

“我希望如此。”

我点点头，重新埋进了舒适的枕头里。

直到深夜，我的未婚夫一直保持警惕。入侵者没有回来。在我内心深处，焦虑消退了。我们得救了。

我带着更轻松的心情回到协会。现在我们所要做的，就是等到猎灵人厌倦搜索。需要再等几天，我们就可以回归正常生活。

我按了门铃，然后跳着舞走上楼梯。我们得救了！得救了！

我走进一个旧音乐厅，这里已经变成缝纫车间了。

“大家好！”我大声喊道。

“夏洛特你好！”志愿者小组回答。

“你好,我的小猫！”玛德莱娜笑道,“你今天看上去神采奕奕！”

我向她露出一个幸福的笑容。房间被填得满满的，充满了孩子们叽叽喳喳的吵闹声，父母聊天的话题则围绕着如何用更好的缝制技术在巫师服上缝制蜘蛛图案。我的微笑突然僵住了。在房间后面的椅子上，巴拉尔警探巨大的手里把玩着一顶小精灵帽子，他正用捕到老鼠的猫一般的眼神看着我。

“我需要人帮我在帽子上缝一个绒球，”当他看到我发现他的时候大声说道,“你能帮我吗，小姐？”

我大步走过去，心跳加速。

“小精灵帽子上的绒球！”我低声说道,并从他手中夺过帽子,“你认为这是一顶圣诞老人的帽子吗？”

他只是微笑地看着我。我坐在他旁边的椅子上，有些沮丧。

“你在这里干什么？”我嘀咕着。

“很高兴见到你。我很想知道你那天是如何不声不响地离开的。”

“这必须要问亚当。我从来不明白他是如何做到的。”

他身体倾向我，眼睛炯炯有神。

“我搞错了，不是吗？”他自信地对我悄悄说道，“我以为你住在酒店，但没有。如果你是这个协会的志愿者，那说明你生活在这里。亚当在捍卫他的领土？你住在贝尔福吗？”

我感觉很不自在，摆弄着精灵帽子，让它呈现正确的形状。

“目前，是的。”我撒谎道，“但我们想赶快搬走。因为猎灵人，还有所有的这一切……”

他摇着头审视我，看起来越来越高兴。

“你知道你有多不会撒谎吗，夏洛特？”

哦，不！真不幸！

“谁会想到，”警探继续说道，“像亚当一样出色的杀手会隐藏在贝尔福这样的小镇？他融入得很好，让任何人都不会注意到他。”

“这里是地区首府，而不是一个村庄！”我抗议道。

“当然，当然。非常抱歉。”

他的笑容并没有消失。我抓起金纽扣、绿线和一把剪刀，开始缝起来，就像一切都进展顺利。

“好好看看，下一个就你来缝了，”我抱怨道，剪断了手里的线，“你是怎么知道这个协会的？”

“我正在调查索格，”他说，再次变得严肃起来，“最终，我把目光聚焦在了你的档案记录上。他提到逮捕你的地方。我打听了一下，意识到自从你离开巴黎后，一直是这里的志愿者。顺便说一句，这是非常好的工作，很高尚。我每天都更加佩服你，夏洛特。”

我用凶恶的眼神瞪了他一眼，他大笑起来。

“关于索格，你有新的发现？”我发起新的话题，希望把谈话从我身上移开。

“啊，索格啊……”

他向前倾了一点儿，仿佛在看着帽子上那枚我缝制的金色纽扣。

“亚当给我的文件有着令人印象深刻的基础信息。”他低声说，“我有失踪人员名单和身份信息不详之人的名单，开曼群岛的账户清单，欧洲各国警方的特派团命令……但我在挖掘时，发现索格从来没有以他的名义发出过任何命令，没有留下丝毫痕迹。他在同一个地方永远不会超过六个月。”

他停下来，因为两个打扮成迷你龙的孩子尖叫着跑过。

“告诉我，夏洛特，亚当如何在如此短的时间内获得如此多的信息？”

“习惯问题，”我耸耸肩膀回答道，“如果你看到他准备的关于客户和受害者的文件……”

“真的吗？”巴拉尔抬起眉毛问道，“他这样做吗？”

“当然。另外，他还允许我选择。我有权每月取消两个订单，所以我需要大量的信息。”

“你有这个特权？”

巴拉尔惊呆了，他揣摩着我是否在开玩笑，然后把手放在脸上嘟哝着："好吧，你们之间的关系很奇怪。"

既然他都这么说了……

"那么，猎灵人正在制造虚假的任务命令。必须是非常擅长的人才能制造这些文件。我帮亚当制作假身份证件的时候，总是无法找到适合的纸张和印章，而我却拥有世界上最好的伪造者……"

"你在开玩笑，夏洛特！"

我回了他一个微笑。如果我继续说，巴拉尔会吓死。他恢复了镇静。

"你让我着迷。"他说。但是他错了，矮妖才是伪造文件的专家。"好，我想你是对的，确实得要非常擅长的帮手。如果考虑到这一点，还有他每个月都会收到的天文数字的钱，我确定他是在一个非常强大的人的命令下，或者至少是保护下工作的。"

"打电话的那个人，"我低声问，"你查到他是谁了吗？"

"没有，我追踪了索格的电话，但那天给他打电话的是一家电话营销公司。我必须承认我很困惑。他是如何设法伪造身份信息的，我不知道……"

"那个坏家伙就是这家公司的老板？"我惊呼。

巴拉尔扬起眉毛："坏家伙？你的意思是一个杀人的家伙，对吧？"

"哦，不要给我黑脸，"我撇嘴道，"亚当从来没有把肢解过的尸体堆在一起。"

"好吧，"他无可奈何地笑了起来，"首先，那家公司的人和我们现在的案子没有任何关系。他们可能会整天打无聊的电话给我们，但他们挣的钱不够我们把他们列在嫌疑人名单上。”

显然，如果我们从这个角度分析……我倒是挺想把这些骚扰份子关进监狱。

“如果我没猜错，你现在毫无头绪。”

“我试图从汇钱源头去搜索，但这件事需要时间。”

我点点头，用线打了个结，一个完美的纽扣！

“给你。”我递给他第二个纽扣和帽子。

“你不帮我全部做完吗，夏洛特？”他叹了口气，扬起眉毛，接过材料，“我在索格的口袋里放了一个追踪器来掌握他的行踪。”

“你在跟踪他？”我惊愕道，“但这很危险！”

“其实没有。我跟进他的路线，注意他在每个地方停留的时间，然后我自己去那里。请给我绿纱线卷筒。”

“哦……”我喃喃自语，“那现在是什么情况？”

“他在萨武勒斯河附近度过了数小时。他和他的手下在那里捕捞。我不知道他在找什么，但看起来他没有找到。”

我知道他在找什么。

“你认为是尸体？”警探注意到我的反应后询问道。

“当然。以他的年纪，他不会想去那里看大帆船残骸吧。”

“跟他的团队一起，索格还在这一片四处骚扰大型房产的业主。根据当事人反应，他们会检查树木寻找某些会传播疾病的昆虫。无论如何，这就是他们对外宣称的。你对此有什么看法？”

我不同意地摇了摇头。巴拉尔撇了下嘴:“夏洛特，我提醒你，前几天我窃听到了电话。”

哦，是的，该死的。我对自己有了更多的了解。

“你帮我打个结吧？”他补充道，递给我他刚剪下的线。

我甚至没有想过抗议就接了过来，并试图专注于我的动作。

“这就是我想的。索格搜索代码名称‘凤凰’的人，瑞吉斯·杜桑。现在，他知道亚当或他的人比他先找到了凤凰。他假设亚当杀了凤凰并把他扔到了河里。但为什么是树？”

“凤凰是神话中的鸟，”巴拉尔说，“但是如果索格不相信瑞吉斯藏在一棵树上，那么说明他还不够愚蠢！”

我耸耸肩。该如何回答他？猎灵人找的并不是凤凰，而是各种巨魔、森林仙女、精灵和仙女。即使我这么说了，他也不会相信我。

“反正，这很有趣，夏洛特。索格老板给出的代号是神奇生物，碰巧的是，你所属的协会正在举办一场神奇生物化装比赛。多么奇怪的巧合……”

“我知道，”我嘀咕着，“索格也是想到了这一点，然后把我关了一天。相信我，如果我能选择活动主题，我会选农场动物。”

他笑了。

“好吧，我相信你，但还是挺奇怪的。”

“奇怪？”我睁大眼睛，“自从亚当决定娶我，我的整个生活都变得很奇怪！”

“你在转移话题，夏洛特。”

确实。

“那个人谈到食尸鬼、妖精、凤凰和影子生物。现在，当你需要亚当的时候，他就会从任何地方冒出来，他的律师也是如此。你要保护的人从四楼一跃而下，毫发无损，而且还会自燃。当我转过身，你们就像变了魔法一样陡然消失了。你得理解，这些事让我不得不开始生疑！”

我咬紧嘴唇。现在的情况非常令人害怕。

“警探，”我喃喃地说，心跳加速，“你意识到这些都偏离了常理，对吗？”

他没有回答。我低着头，眼睛紧紧盯着我手指之间的线，而内疚感吞噬着我的胃。我讨厌对他撒谎，我挺喜欢他的。

“夏洛特。”

“什么？”

“看着我的眼睛。”

我就当我灵魂已死，服从了。他的虹膜是纯净的灰色，他没有想要打动我，只是渴望理解。

“亚当有超自然能力吗？”他低声问道，仔细地逐字吐出。

我紧张起来。

“你是指可以凭空出现和消失的能力吗？”我牙齿紧张得咯咯响。

巴拉尔惊呆了，一时说不出话来。

我把注意力重新放到我刚才打的结上，我已经缝上了精灵帽子上的三颗纽扣。

“我不确定我能抓住他，”他轻轻地说，“但也许这样会更好。我将继续盯着索格。如果我有新发现，我会来这里通知你，尤其是你的朋友。我只要有一点点儿线索或者找到可疑的地方，就会来通知你们。”

我点点头。

“你也要当心，警探。这个人真的很危险。”

他机械地调整了一下领带：“我开始有些明白了，是的……”

11

纱厂

当我告诉他这件事时，亚当并没有因巴拉尔的怀疑而感到不安。

“你知道，”他告诉我，“世界各地的许多人都知道我们的存在。一般来说，他们保守我们的秘密，而那些说出秘密的人，他们的邻居都让他们住进了疯人院。”

当然。

“我还以为这是一个绝对的秘密。”我抱怨道。

“比方说，我们不会在屋顶大喊我们的秘密，甚至不会在媒体面前声张。但是，当你接待艾利亚斯的时候，他不是什么都没有瞒着你吗！”

我皱起眉头 :“当然，但我认为这是因为他喜欢我。”

“当然是这样！”我的高个子棕发男人笑了起来,“如果他不信任你，他永远不会跟你讲这些。”

“他不可能不信任我。”我喃喃道,“他发现我是无害的。”

亚当搂住我的腰，拥抱我。

“你没有那么无害。”他温柔地低声说,“你可以问问在这里的任何人你是否无害……”

是啊，庄园的仆人不算。

“但是,”他突然苦恼地说道,“如果丹尼尔知道我是影子生物，他可能不会想再追捕我。可惜了，我俩一起工作很开心。”

“我不确定他会感到很开心。”我说。

“他肯定开心！”

好吧，这些影子生物的幽默真是学都学不来。

庄园里的气氛没那么压抑了，只有瑞吉斯还继续黑着脸在走廊里来回走动。巴拉尔的消息给了他一些希望。

“那如果你的警探朋友真的有所发现呢？”他问。

“我会亲自拜访他。”亚当严肃地回答。

年轻的凤凰点点头，双手颤抖。可怜的孩子！他在这里闷闷不乐，而他的兄弟可能在别处被囚禁着或者已经被害。不管怎样，都会让人发疯！山怪仍然没有醒来……

巴拉尔没有来协会。我在感到失望之余并不惊讶。比起帮助一个女裁缝学徒，警探还有其他事要做。因此，下午的手工时间和往常一样沉浸在欢乐中。当我离开大楼时，脑海里还充斥着孩子们幸福的嚷嚷声。太阳落在建筑物后面，空气已经冷却，又一个繁忙的一天结束了。我安心地叹了口气。一种被人偷窥的感觉让我放慢脚步。我向左望去。什么都没有。然后我往右边望去，我的血液在血管中冻结。靠着一辆汽车，索格中尉正盯着我，甚至没有掩饰，嘴唇上露出恶意的微笑。我立刻石化了，我点点头，然后继续向前走，假装什么也没发生。他跟着我。我的心在加速。哦，我的上帝。他为什么跟着我？他想要我做什么？还是他发现了什么？我停下了脚步。他也停下了。不行，如果我开跑，那估计又要被关进监狱了！

那就赌这一次，我坦率地转向了他。

“你这样跟着我,吓到我了！”我用比我想象中更慌张的声音说。

他走近一点儿，双手插在口袋里，脸上依然带着令人不安的微笑。

“真的吗？”他用柔和的声音低声说道,“对不起,拉罗什小姐。或者我应该给你打电话……拉罗什女士？”

我的脸“唰”的一下子就白了。他知道。

“你想从我这里得到什么？”我结结巴巴地问。

“哦，我不需要你做什么。你是人类，这很明显。我不希望你受到任何伤害。另一方面，如果你能告诉我你可爱的未婚夫在哪里……我知道他不住酒店。我也不认为你会住酒店，因为你有三晚不睡那里了，所以你应该住在其他地方。”

我现在口干舌燥，什么都不能做，只能看着他。我的神经元在乱忙乎。

“回家吧，”他又说，“我跟着你，就这样。”

我咽了下口水。回家吧。没问题。

“你吓到我了，”我重复道，“让我一个人静静。”

“当然不能。”

他再次走近，眼神越发凶狠。

“我应该从一开始就想到的，”他咕哝道，“你才是关键。你无法想象我对这个麻烦的警探进行调查，然后接触到莱萨特名字时的惊讶。我俩的目标一样，莱萨特一直是我追踪的目标。”

我一动不动地站在那里，握紧拳头，防止它们颤抖。

“你看，我在调查的时候发现你的名字与亚当的名字相关，亚当是天蝎家族的继承人！对于像我这样的人来说，这个巴拉尔的记录是一个钻石矿。我怎么可能怀疑你，无辜的小女孩儿！还有你那大大的淡褐色的眼睛和娃娃卷发，而且你还日复一日地去照顾可怜的小孩子！告诉我，拉罗什小姐，这个协会会照顾你未婚夫受害者的孩子吗？”

我现在全身上下紧绷着，如果他走近，我就准备打他。现在该怎么办？我无法警告任何人，更不能回到庄园。他会跟着我。也许他还不是一个人来的。即使亚当在一瞬间杀死了他，他的人也会找到我们，庄园的位置也会被暴露。这个想法让我的胃一阵痉挛。

“走吧，” 他接着说，“回家吧。”

我的大脑高速运转。如果我真的去了我原本该住宿的酒店，他会跟着我，不让我离开。如果我突袭他的腹部，趁他跌倒的时候我是否有足够的时间跑到巴士上去？坏主意！不仅不能确保公交车在25分钟内能够到达，而且这也是索格发布搜捕令的最佳理由。我只有一个解决方案。

我直视他的眼睛，一动不动。

“哦，是吗？” 他很开心，非常肯定地继续说道，“无所谓了，我整晚都有空。看看我们之间谁会先疲倦。”

我的拳头握得太紧，指甲嵌入了皮肤。一分钟过去了，接着两分钟，无数分钟过去了。时间好像静止了。索格专心地盯着我。恐慌战胜了我。他真的会在这儿耗一晚上吗？

“夏洛特？” 突然响起一个担心的声音，“你在吗？”

巴拉尔警探？

“这里！” 我大叫。这下放心了！

“啊！夏洛特！你在这里干什么？”

索格的笑容在他的同事到来时消失了。

“你呢？” 索格吐了一口痰，“你在这里干什么？”

巴拉尔挺直身并调整了领带：“我被告知夏洛特可能有麻烦。”

我的心充满希望。亚当！

索格中尉深深地皱起了眉头。

“是莱萨特的人，对吧？” 他咆哮着，“你骗了我。你告诉我这个女孩儿是你的线人。”

“她是线人。”巴拉尔回答,“如果你可以停止冒犯她，我会很感激的。”

猎灵人从上到下打量他。我不寒而栗。他打算做什么?

“你不知道你正在追捕的是什么！”他咕哝道,“但值得庆幸的是,这个女孩儿会带我们直奔他们的家。你可以逮捕亚当·莱萨特。”

巴拉尔与我同时愣在原地。

“你想利用她？”

“哦，拜托！也许你不想这样做？”

“不想。”

“啊，真是个傻瓜。”

我的双腿轻微颤抖着。

“你最终会把我带到他们身边,”猎灵人轻蔑地说,“凤凰也在那里，对吗？”

我勇敢地吸了一口气，恢复镇定，毕竟，巴拉尔也在这里。他正双手抱胸，藐视着他。

“她还是有点儿勇气的。”索格笑了起来,“还要等多久，这是另一个问题。”

“夏洛特,”警探说,“如果你需要，我的酒店有免费的房间。”

“你保护她，亲爱的同事？你知道她是谁吗？她是唯一能带你去找亚当·莱萨特的人。你追捕他有好几年了不是吗？”

“我从不攻击无辜的人,”巴拉尔说,“而你也应该和我一样。如果你有任何违规行为，我会毫不犹豫地将你的行为汇报给IGS。”

IGS？上级？这对猎灵人有威慑力吗？

“很好，很好。”他叹了口气，举起双手，“我有的是时间和耐心。我会等这位女士回家。你说得对。毕竟我不应该强迫她……”

他的笑容让我毛骨悚然。巴拉尔的手轻轻地放在我的肩上，引导着我，把我拖了过去。索格吹着口哨在十米外跟着我们。我们穿过了市中心。

“这样是被允许的吗？”我对着我的新守护天使嘟哝着。

“怎么了？”

“像这样很吓人。”

“他没有碰你，这种跟踪是被允许的。但他的方法令我非常不快。”他耸耸肩。

我的内心崩溃了。所以我没法从人类那边得到帮助。

“亚当通知过你？”我再次低声说。

“是的。我接到他的电话。他告诉我你有麻烦，他不能介入。我尽可能快地赶到了，找到了你。幸运的是，你没有走得太远。说实话，他挺痛苦，我听着挺难过的。”

我边跟着他走，边盯着我的凉鞋，内心忐忑。亚当的痛苦，我甚至不敢去想象。

“谢谢你来。”我有气无力地说道。

“不客气，夏洛特。”

“但是……他是怎么知道的……我的意思是，索格如何获得了你的档案？”

“怎么说？”

“他说他已经把你经手的有关重大犯罪的文件都读过了。我没有想到任何人——是不是任何人都可以阅读你的档案？”

巴拉尔停下来看着我，看起来很震惊。

“他看过？”他非常愤怒。

“是的。所以他知道我已经和亚当订婚了。”

“相信我，我会找出他是如何访问高度加密档案的。有人会为此付出代价！”

“哦？”

“是的！”

我们沉默地走了一会儿，他在我身边让我放心。尽管温度很高，但猎灵人随便一眼就足以让我汗毛竖起。

“你觉得他会一直跟着我吗？”

“我不希望这样，”巴拉尔不确定地回答，“但自从我来到这里以后，我不敢随便发誓了。他不应该伤害你，但谁知道他还会跟你多久？”

我咬了一口脸颊内的肉，为了看起来不那么挫败。好吧。第二天，他就该累了，他就会放我走。现在我需要说服自己。我抬起头来。

“啊，我更喜欢这样。”巴拉尔从眼角观察我后评论说，“今晚我带你去城里最好的餐馆吃晚餐，怎么样？你要向跟踪你的人展示你是如何享受大餐的。”

我强迫自己微笑。这个想法吸引了我，但我担心我不会是一个很好的同伴。

“来吧，夏洛特，”他鼓励我说，“即使你无法完全享受大餐，只要索格不知道就一切都好。”

我默默点头。不管怎么说，我今晚没有其他计划。

尽管晚餐很棒，而且我们还在老城区散了步，并且在巴拉尔住的酒店另开了一间房，但是当门关上时，我感到非常孤单。索格还在人行道上，从我的窗口可以看到路灯打在他们一行人身上拉长的影子。这些人甚至懒得隐藏。我检查了窗户是关闭的，打开空调以免窒息。不管这些人了，我可不想这些家伙中的一个倒在我的房间里。

我洗了澡，想要转换思绪，但一股强大的失落感侵蚀着我的头脑。今晚，当艾利亚斯入睡时没人会亲吻他的额头了。有人会替我做吗？亚当？他不得不身心疲惫地绕着庄园走来走去。他知道我没事，因为我的心跳已经恢复正常一段时间了，但他一定感到很内疚！菲尔曼是否必须极力阻止他来救我？

我从浴室里出来，把自己裹在酒店的小毛巾里，思绪回到自己的处境。一想到我被一群想要伤害我的人包围着，我就浑身起鸡皮疙瘩。尽管巴拉尔向我保证，一旦发现有什么不对他就会飞奔过来，但我还是瑟瑟发抖。自从艾利亚斯闯入我的生活，我就没有一个人过。一直以来，都有一个天蝎杀手在我身边保护着我。而亚当现在……

我泪眼模糊地沉浸在回忆中：他有趣的求婚，我们第一次亲密接触，他向我解释他爱我。他曾经说过，他爱我是因为我矮小、贫穷又让人震惊。我埋首在毛巾里，用我所有的力量去擦眼泪。当我看着镜子时，我的皮肤已经染上了夕阳的颜色。我抿紧嘴唇，不让自己看上去有过多的情绪。我不希望他看到我这样。

我把自己擦干，并从巴拉尔那儿借来一件衣服当睡衣。那个男人太高了，他的上衣成了我的睡裙。我回到卧室坐在床边，简直无法思考。床头柜上的遥控器引起了我的注意。看电视？为什么不呢！看些荒诞愚蠢的节目可以让我暂时忘记不快。

无聊的节目，我选择看 Net 台上切换的奇怪图像。它可能不比我的日常生活奇怪，但至少可以用来打发时间。

好像看电视也没用。从椅子上翻来翻去的小猫和扒拉着风帆的海豹没有分散我的注意力。猎灵人曾经说过，他有足够的时间。如果他是认真的呢？他说的是一个星期吗？一个星期，我不在乎，我可以待在这个酒店的房间里。但如果是一个月呢？或者更久？亚当会厌倦等待我吗？如果他找到另一个女人该怎么办？更高？更有钱？更强大？

我的喉咙再次发干。我想回庄园。我想回家。但是如果我再也不能回去怎么办？或者更糟，如果猎灵人找到了他们而我还不知道？如果我在看电视时，他正在屠杀他们呢？

我的心痛苦地揪着。我并不冷，但我把自己裹在被子里。我也许看上去很滑稽——眼睛浮肿，鼻子红红的，还有我的临时睡衣，但没有人看得见这些。好可惜！我本来还希望听到亚当对我现在处境的看法。我怎么会如此想念他，而我们只分开了几个小时！他知道我是安全的。我不再有危险了吗？他可以安稳地睡觉了吗？

当然，是的。我咬着嘴唇憋住一口气。我害怕孤独、邪恶、疯子，但是为我所爱的人和我自己，我能忍。我只是想安抚亚当。

一阵冷空气掠过我湿漉漉的卷发。我睁大了眼睛。那不是空调。我并不孤单。一种清凉的感觉笼罩着我的肩膀。我哭了起来。他在那里！亚当在房间里！他在阴影中，但我只能一动不动。我的喉咙和胃都在打结，我一动不动，任凭这种清凉的感觉沿着我的手臂滑动并环绕着我的腰部。亚当抱着我，我靠着他的胸膛。我的胸中充满感激之情，泪水再次刺痛了我的眼皮。我脑海里不停地盘旋着数以万计的问题。他为什么要冒这个险？庄园里发生了什么？他发现了我内心的孤独？哦，我的亚当！我非常爱他！我歪着头，好像我可以把头靠在他的肩膀上。寒冷变得更加剧烈，完全笼罩了我。我的耳朵几乎能感觉到他的呼吸。他形成了一道无形的墙壁，他的柔情击退了噩梦。我闭上了眼睛。除了他，我不想去想任何事。

房间的门突然被撞开，发出地狱般的声响。

“不要再动了！”索格大叫着冲了进来，手里拿着武器。

我发出了一声恐怖的叫声。他正把左轮手枪指向我。一秒钟过去了，不真实，他和我都没有动。尘土飞扬。他的眼睛在房间里搜寻。

“他在哪里？”他吼道。

“谁？”我结结巴巴地说。

“不要说谎！”

“嘿！”突然从走廊上传来巴拉尔的声音，“马上放下你的武器！”

“他在这里！”索格反驳道，“亚当！”

“什么？”

巴拉尔走上前来查看房间。他没有光着膀子，手里还拿着武器。我没有动，惊恐地裹在我的被子里。

“就她一个人，”巴拉尔咆哮道，“你已经越权了。”

索格把他的手枪指向我的脸，然后开枪。我被吓得发不了声。我刚刚感觉到子弹从我下巴下面几厘米的地方飞过。

“放下你的武器！”巴拉尔咆哮道，“否则我现在就毙了你！一！二！”

猎灵人失望地撇着嘴，放下了枪。

“这很好，很好，”他咕哝着，“太糟糕了。我真的认为他就在这里。”

我因惊慌而失声，无法动弹。

“他走了，对吧？连一个女孩子都保护不了。”索格说完就转身离开了。巴拉尔确定他已经离开后冲向我。

“夏洛特,夏洛特。”他拍着我的脸颊说,“没关系。结束了……”

“他……” 我呻吟了一声,“他……”

“我知道，夏洛特。我看到了。但一切都结束了。”

我的胸膛里吱嘎作响，我哭了起来。解除武装后，巴拉尔让我趴在他脖子上哭。

“现在，一切都结束了。” 他笨拙地搂着我的肩膀说道,“他离开了。”

他轻拍我的后背。很长一段时间，我觉得我无法停止哭泣。亚当因我而来，猎灵人还朝他开枪。

“给，夏洛特……”

巴拉尔抓起床边桌上的纸巾递给我。这个简单的手势让我很感动，我的眼泪流得更加凶猛了。

“哦，你看看，夏洛特……”

我竭尽全力地擤鼻涕，然后重新振作起来。其他房客站在走廊里低声说话。当然,索格的暴行并未被忽视。怎么可能会被忽视?先不说开枪，索格把我的房门砸得稀巴烂！索格当真什么都不怕。我转过头去看墙上的洞。尽管震惊，但我依然清醒。猎灵人没有瞄准我。这么近距离开枪，他不会错过我的，他真的想击中的人是亚当。

“但是……但是这里发生了什么？” 一个无可奈何的声音惊呼道。

“别担心，夫人，”巴拉尔回答，“我是警察。现在没事了。”

我意识到问话的这位是这家酒店的经理，她看起来很害怕。可怜的女人。她将不得不重新修理这里！

“但是……但是……”她结结巴巴地说。

“我请您去警察局投诉，”巴拉尔说，“这件事的负责人是威廉·索格。他是暂时分配给贝尔福的警察中尉。我希望他已经买了保险，因为我会支持您全额赔偿的请求。”

经理惊呆了，只能机械地点了点头。

“我明天早上会告诉您要走的所有程序。不幸的是，今晚什么事都做不了。所以请各位全部回到你们的房间。”

人群散开，窃窃私语。巴拉尔焦急地看着我：“你感觉如何，夏洛特？”

我吸了吸鼻子，心情沉重。

“我是这么想的，今晚，你睡在我的房间里。”

“啊？”我尴尬地回应道。

“你需要睡觉。”

“你呢？”

“我会睡在椅子上。”

“但是……它不舒服！”

他对我微笑。

“别担心，夏洛特。我经历过更糟糕的事情。”

所以我们把我的几件物品从刚刚被摧毁的房间转移到他的房间。

“告诉我，夏洛特。”把门锁上后，他迟疑地说。

“什么事？”

“索格似乎认为亚当在你的房间里。”

我瞥了他一眼，喉咙再次发干。

“他真的在吗？”

我保持沉默，以免再次哭泣。哦，是的，他在那里，为了我。而索格他……索格……我脑海中灵光一闪，突然间爆发出一阵歇斯底里的笑声。

“夏洛特？”巴拉尔感到震惊。

“真是个傻瓜！”我喘着气，“亚当是对的！这猎灵人真是个大笨蛋！”

“什么？”

“他开枪了！他居然向亚当开枪……好像子弹能碰到他一样！他真的很蠢！”

“冷静下来，夏洛特。”警探不解地看着我。

好吧，我冷静下来。这并不好笑。

12

在高度监视下

闹钟铃声在离我鼻子几厘米处响起。我反射性地给了闹钟一拳，直接把它打到房间的另一头。我眨着眼，面容憔悴。我梦到了马库斯的课，不是吗？巴拉尔从扶手椅上呻吟着费力站起来。

“对不起，夏洛特，”他咕哝道，“我应该想到把闹钟放在我身边。我不想吓到你。”

我痛苦地坐起来。

“你有睡着吗？”他温和地补充道。

我理了理杂乱的头发，很困扰。如何回答那个把床让给我并不知疲倦地保护我的男人呢？他的鼾声足以让一群大象保持清醒。

“睡了一小会儿。”我结结巴巴地说。

“如果你愿意，可以继续睡觉。”

“哦，不了！”

我的回答充满活力，让他感到惊讶。

“你要去工作？”我问。

“是的。”

“我陪你去。我不想一个人待着。万一……万一……”我原本就微弱的声音完全消失了。

“没问题。”巴拉尔说。

“谢谢。”

“你先洗澡还是我先？”

三刻钟之后，我和那个男人吃饱饭就离开了酒店。热水澡让我振作，我决心以我的方式战斗。

猎灵人和他的一个手下从房门口就开始跟着。我漠然地瞥了他们一眼。

“警探？”我低声说道。

“什么？”

“你认为他们会一直跟着我吗？我走到哪儿跟到哪儿？”

“恐怕是的，夏洛特。”

我的嘴角扬起一抹讥讽的笑容。

“说吧！”巴拉尔惊呼道，“你发现了什么？”

“你知道这类人最讨厌什么吗？”

“啊……屈辱？”

“购物，警探，是购物。”

他们不是想跟着我吗？那么，我们就走着瞧！

说实话，巴拉尔听到我的主意时面目狰狞。显然，他比猎灵人还不喜欢购物。所以我决定独自出去逛商场。从理论上讲，这些人不会在光天化日之下向我射击。至少，我希望如此。

我从内衣店开始。如果我必须在酒店住几天，我需要不止一条内裤。这还只是保障我最低生活标准的必需品。毫不尴尬地说，索格和他的搭档这次有机会养养眼。必须给他们一个重大打击！

我去了鞋店。我试了所有款式，有几双还试了好几次并穿着它们走了好一会儿。女售货员的耐心比那些明显皱起眉头的男人好多了。女售货员在我每次试穿的时候都赞美我，而那些跟着我来的人却以近乎绝望的表情向窗外望去。

“好吧，我要买这双。”我指着一开始试穿的那双鞋说。

大家都松了一口气。哈哈！如果他们知道……

我之后又去了成衣和高级时装店，我需要做的是试穿三分之二的衣服并且买到能保障我之后两个月正常生活的物品。现在一切稳步进行。三个小时逛了四家店铺后，索格走了，由他的手下跟着我。狡猾的家伙！

中午，我和巴拉尔在露天咖啡座的阴凉处吃饭。正如警探所建议的，我极力表现得很享受面前的沙拉和冷饮，而猎灵人的手下们在对面太阳下的长凳上面无表情地啃三明治。我有点儿同情他们。阳光还很毒辣。前一周的大雨只留在回忆中，温度又回升了。

“我看你过得很愉快。”巴拉尔瞟了眼我手上无数的购物袋。

“还不止呢，”我咯咯地笑，“我还没有买牙刷。但是在大商场里逛对我来说也是相当吃力的。”

“顺便说一下，我调查了档案泄漏情况。”

“怎么说？”

“我的一个同事检查了。如果说计算机是安全的，那么前两天在巴黎总部的安全档案部，反正，我的徽章被用来打开门禁了。”

“但其实你在这里。”我低声说。

“对。我的同事谨慎地进行调查。这样的泄漏必须受惩罚。不是索格，因为他在这里，所以我们正在查谁在为他服务。”

“那你找到那个人之后呢？”

“啊……把他关起来一阵子。这取决于他是否同意揭发索格。”

我严肃地点了点头。巴拉尔的肩膀放松下来。

“我们谈点儿不那么严肃的事吧。”他说，“你下午有什么安排？”

“修指甲，等等。”我回答，“这件事至少需要一个半小时。你想来吗？”

“完全不想，谢谢。”

我无辜地微笑着，但我的心在不知不觉中收紧。随着年龄增长，男性变得难以相处。艾利亚斯到时候还会喜欢陪我吗？

一小时后，我坐在美容院里喝着茶，心情舒畅地看着经理斥责那两个守在门口的男人把顾客吓到了。他们试图抵抗，但当她威胁要报警时，他们最终妥协地移开了几米远。这真有趣。

我饶有兴趣地扫视着美容院。

“除了大门外，是否有另一个出口呢？”我问那位为我修指甲的年轻女子。

“没有。”她惊讶地回答，“为什么问这个？”

“没什么。”

太糟糕了，太糟糕了……

离开的时刻到了，我耐心地思考着如何在不破坏我新指甲的情况下拎走我的 20 个袋子。得好好想想。

我把袋子移到人行道上，把它们放在我身边，然后我就在一旁等着。两名男子坐在稍远一点儿的长椅上。完美。我把拳头放在我的腰部，并目不转睛地盯着他们。其中一人终于决定来看看我。

“你在等什么？”

“你，”我沉着地回答，“你还真的让我等了那么久才过来！”

“什么？”

“来吧，拿着我的袋子，走吧。”

“啊？”

他盯着我，鼻子皱了起来。他不敢相信我正在对他发号施令。

“我的袋子，”我重复道，指着散落在我周围的袋子，“我没法拿着它们，这会刮了我的指甲油。”

“你不会以为我们会帮你拿吧？”

我扬起了眉毛：“我以为你必须找到我住的地方！”

那人眯起眼睛。

“你认为我带着这么多袋子能上哪儿去？跟上我！”

他没有回答，张着嘴，显然很震惊，像一个令人讨厌的绝望女人。我叹了口气，我之前见过朱莉娅的同款表情。我的话应该令人信服了，因为这个人开口说话了：“你把我当白痴吗？”

事实上，是的。

“我可以把袋子放在这里，”我回答，“但我警告你，如果这样，我就继续购物。”

他害怕了。他的同事凑了过来。

“干什么呢？”

“她说，如果我们帮她拎袋子，她会把我们带到她家。”

“你是认真的吗？她把我们当成傻瓜！”

啊！这两个人挺有默契。

“你们需要时间讨论吗？”我亲切地问道，“好，但不要太多时间，好吗？我累了，迫不及待想回去。”

他们没有把视线从我身上移开，他们走了几步，低声说话。我零零碎碎听见他们的部分交谈内容。他们想知道他们是否可以“冒险”，就好像提着一大堆购物袋是件危险的事。他们在考虑向索格报告他们已经成功了。完美。我小心翼翼地将手指放入我的包中，掏出我的手机。我开始了计划的第二阶段。

他们最终回到我身边。

“我们来负责这些购物袋，”高个子吼道，“别想着耍花招！”

“肯定不会！”我大声说道，“你把我当成什么了？”

我往旁边让了一下，让他们拿袋子，然后跳过他们，朝前举着手机。

“来，拍照！”

“啊？”

太迟了，我拍了照片，迅速退后。

“出发！回家！”

“但是……”

“没有但是，跟我来。”

说着，我就朝前走去。

我们在贝尔福逛了一会儿，因为我把所有能想到的小街道都逛完了。这两个人越来越不耐烦地跟着我。我也许不应该那么过分，他们可能会把我和我买的东西丢在这里。

我们最终还是来到了酒店所在的街道。

“但是……这是什么意思？”其中一名男子惊呼，认出了这座建筑。

“别喊，”我厉声说道，“我们快到了。”

“这不是你的家！”

“当然是这里。你们知道我暂时住在这里。”

他们既愤怒又难以置信地盯着我。

“再接再厉，”我无辜地说，“我的房间在一楼。”

正如我一开始设想的那样，我不得不一个人把这些购物袋搬回房间。不过，至少他们帮我把袋子拎回了酒店，而且我还拍了一张不错的照片。

我把东西放在房间里，然后跑下来。我没办法独自待在这儿，而且我还有事要做。我现在需要一台电脑。

之前跟着我的人还守在楼下，看到我出来，他们的脸色更难看了。显然，我让他们不悦。然而，他们还是无言地跟着我，他们的拳头沮丧地紧握着。一时间，我几乎就要为他们感到难过。然后，我想起了废墟中残破的尸体。他们滥杀无辜，他们应该受到惩罚。

我坐在巴拉尔办公室的地板上，靠着墙，膝上是一台全新的电脑。我又一次犹豫了：是否要公开我的脸书个人资料？我的脸书账号只是为了和我的父母、大学好友和一些朋友——包括巴黎的苏菲——分享信息。从刚注册账号的时候到现在，我都会仔细挑选我要发布的信息。现在我要让全世界都能看到它。我甚至不确定亚当是否会通过我的脸书账号获取我的信息。

我的眼睛瞟见我刚刚换上的新头像。我对着镜头，脸上带着微笑，比画着一个胜利“V”型手势，我周围的两个家伙拎着我的购物袋，显得很震惊。好吧，头像挺搞笑。

我点击确认。脸书通知我，我的改动已经被记录了。我接着发了一个状态。

“今天，两个不错的警察陪我去购物了！哈哈！”

我发了。

巴拉尔在他的办公桌前工作，专注地皱着眉头。他的眼神在两个电脑屏幕之前来回扫视。房间里很安静，只听见电扇声和我们各自敲键盘的声音。我想知道他在做什么，但我不想打扰他。

我敲了会儿键盘，然后屏幕突然弹出了一个少儿不宜的视频。一个女人挑逗的呻吟突然响彻房间。我面红耳赤，赶紧切断了声音。

“啊……对不起。”我结结巴巴地说。

“你在干什么，夏洛特？”巴拉尔问道，他的眼里充满了好奇。

“啊……我正在访问色情网站……”

“什么？你吗？”

“是的，是的。猎灵人的手下肯定会密切关注我的动态，所以……他们会彻底搜索这些网站……如果索格访问这些网站，他会脸红的，对吧？”

警探一阵爆笑。

“上帝呀，夏洛特！如果你不存在，我们也要创造一个你出来！”

我害羞地抬起头：“啊？”

“如果这个世界上所有的罪犯都和你一样，”他补充说，擦掉眼角的泪水，“我们会有更多的乐趣！”

“可我不是罪犯！”我抗议。

他的肩膀抖动了一会儿，然后才恢复平静。我皱起眉头，继续探索网络中可疑的弯弯道道。有些体位看起来很超现实。我得和亚当一起尝试一下。如果我能脸不红心不跳地向他描述这些体位，我相信他会同意尝试的，甚至是极力支持。

我的心陡然一疼。亚当，他现在在干什么呢？他是否仍然站在庄园边界的石柱上，期盼我能回去？我没有时间思考这个问题。一个窗口弹出，为我提供了一个脱衣舞的网站。完美，如果运气好的话，我还可以学到点东西。

我的手机响了。令人惊讶的是，屏幕上面显示着“爸爸”。哦，不，我没有想到这个！

“喂？”我接起来。

“夏洛特？”我父亲惊慌的声音传了出来，“发生了什么事？你为什么被警察护送？你被卷进谋杀案了吗？你受到保护了吗？你想要我们过来吗？”

我撇嘴。亚当可能永远也看不到我在脸书上为了他发布的照片，但我父亲在我发送的那一刻就看到了。当然，他得出了最糟糕的结论。

“我很好，爸爸，”我用舒缓的声音安慰他，“这只是……一种操作。啊……警察局正在向人们展示警察是亲民的。然后他们就……服务……然后就这样！”

“哦？”

“是的。”

“但照片中他们看起来并不高兴。”

“你这样觉得吗？也许他们不喜欢购物。”

“哦……”

这应该能够说服我父亲。我的父亲讨厌购物。他肯定会同情这些警察。

“那就是了……”他咕哝着,“你的母亲到现在还在笑话我。”

“为什么？”

“我给她发短信让她收拾行李来找你。”

对。这就是我的父亲。我母亲可能已经看到了他的短信，然后她可能翻了个白眼儿就重新开始了工作。真是法国最夸张的夫妇!

“你们可以安心地待在蒙彼利埃。”我说,“我不会有任何危险的。”

“好的。照顾好自己，我的夏夏。”

“保证！谢谢你的关心，爸爸。亲亲！”

我挂了电话,抬头看见正看着我的巴拉尔,他的眼睛闪闪发光。

“夏洛特，你真的很棒！”

真的，他真的要求不高。

八天慢慢过去了。我们搬到一间双床房。这间房虽然对我所有的新衣服来说有点儿小，但很适合我们。特别是因为我买了耳塞!

这些天我先去逛商店，然后在下午晚些时候去协会。警探总是在这时候陪着我。他毫不犹豫地帮我缝制或搬运织物。只要不让他来缝制，一切都能很顺利。我不知道他是否在保护我，因为这是猎灵人最先试图给我下陷阱的地方。或者他只是喜欢协会的气氛，但他很快成了一名不可或缺的志愿者。玛德莱娜低声对我说，她后悔没有年轻 10 岁。即使从我的角度来看，她可能需要年轻二三十岁，但我非常理解她！

我现在对购物的热情没有一开始那么大了，但我仍然一如既往地购物，只是为了让我的跟踪者比我更绝望。此外，我每天晚上都会打电话给苏菲详细地告诉她我今天的购物活动。这样，窃听我的人又要体验一番购物了。我的朋友没有嫉妒，只是对此次警方的“亲民操作”感到有些惊讶，不过她很快表现出了越来越大的热情，并考虑向巴黎市市长提出同样的建议。要是她的建议被采纳，我就吞下新买的八顶帽子……

我脸书账号的来访者都是些监视我的警察。如果天蝎家族看到这些照片，他们至少会知道所有敌人的面孔。我已经确定了至少有 18 个人轮流监视我。

然而，尽管我努力工作、生活，但是亚当和艾利亚斯不在我身边仍然令我痛苦不已。我对整个庄园的思念超出了我的想象。我的士气日益下降。

巴拉尔的同事查出了叛徒，但那叛徒拒绝合作。据巴拉尔的同事称，这名男子收到了一笔巨款，用于身患恶疾的妻子的治疗。他绝不会揭发他背后的赞助人，因为他害怕看到汇款被取消，所以他宁愿选择自己被终身监禁。我的希望破灭了。索格有一个坚实可靠的信息库——他知道如何利用人们的痛苦。

“我也想到了，”巴拉尔耸耸肩承认道，“索格不是菜鸟。但那也暴露了很多他的手段。他无所畏惧并且拥有几乎无限的预算。”

“他可以向任何人施压。”我无力地意识到。

“并不是任何人，夏洛特。你可以相信我。对我来说，他不能对我施加压力。我没有家庭。”

他这么说，我不知道该哭还是该笑。不过这真的很不幸，不是吗？

那天，像往常一样，我疲惫不堪地穿梭在奢侈品店，然后来到巴拉尔办公室休息。我把电脑放在腿上。巴拉尔突然动了动。

“夏洛特！”他低声说，“我找到他了！”

“什么？”

“给索格指令的人。我有他的名字！”

“是谁？”我跳了起来。

“过来。”他的手指从键盘上扫过。

我立刻来到他身边。

“约尔格·冯·奥尔蒂斯。”我大声地念了出来。第二块屏幕上显示着这个人的身份信息以及其他人口普查网站的窗口。

“我从没听说过这个人。”

“我也没有。这个名字未经警方或国际刑警组织登记。我要看看他是否跟黑手党有联系。”

我放大了刚刚出现的照片，点了点头。这个约尔格很庞大，身上裹着厚厚的脂肪。他松弛的脸颊落在他的短脖子上，双下巴下垂，密集的胸毛从他敞开的衣领中冒出来。

“太丑了。”我评论道。

“肯定的。”巴拉尔心不在焉地回答。

我拉长了脸。

“我们要逮捕他吗？”

巴拉尔摇了摇头。

“需要证据才能逮捕某人。如果提供不出实际证据，即使他被抓进去了，也会很快被释放，而且他会更加警惕。”

我皱起眉头。巴拉尔说得很正确，这简直跟亚当的情况一样。此外，电脑上还显示出了一个粉红色小文件，文件名是用德语写的“奥地利共和国驾驶执照”。我的德语水平足够让我知道这是一本奥地利驾驶执照。假设奥尔蒂斯真的住在那里，我们今晚也不会去奥地利。

“汇款回执，这还不够作为证据吗？”

“这只能证明他付给了索格一笔钱，”警探缓和道，“但不能证明这是用于索格在废墟中的屠杀的。”

“你没有发现任何可以指控他的证据吗？”我惊愕道。

“没有。地板上没有留下指纹，杀手们非常小心，没有留下任何东西。警察仍然在那里调查，试图找到我们错过的线索，以防万一。至于尸体解剖，由于尸体的数量过多，解剖仍在进行中，但初步分析没有给出任何确定的结论。说实话，我不抱多大希望。”

“那我们该怎么办？”

“调查重大犯罪案件需要耐心，夏洛特。你是否已经忘记了我追捕你的未婚夫花了多长时间？你必须等他犯下一个错误！”

好吧。如果对象是亚当，他可以一直等下去。但如果是猎灵人，这会让我感到很困扰。

“我可以干些什么来帮助你吗？”我绝望地问道。

“没有，只要继续忙于你的购物事业和色情网站就行。如果能转移他们的注意力，我会轻松得多。”

“我不会去这些可怕的网站了！”我大声说道，“这不仅令人厌恶，而且，我还没有找到学习脱衣舞的可行性建议！”

巴拉尔的眼睛瞪圆了：“对不起，你在说什么？”

“现在我要去人道主义论坛，我到处发表评论。”我补充道，“这样，他们必须严格检查每条信息，以确保我不会给亚当留下暗号。是时候给他们普及下大众文化了。”

“啊，”警探喃喃道，“事实上，比起黄片儿来说，他们更讨厌这个。你还给亚当留下了编码信息？”

“当然没有！说得好像他会经常光顾人道主义网站似的！”

他的嘴角露出一个狡猾的微笑：“你真的很独特，夏洛特。好吧，我就靠你了。”

我点了点头，拿起电脑，决定尽我所能。

我们一起敲了会儿键盘，巴拉尔不时会解释一下计划。

“他来了！”他终于宣布，“我建议我们在碰到他之前离开这里。”

“所以怎么避开他呢？”我抱怨道，“这人让我害怕。”

现在已经快下午六点了，是时候去协会了。我把电脑放在警探上锁的抽屉里，我们很快离开了办公室。

“天气预报说明天会有新的暴风雨。”我在下楼时说。

“哦，是吗？”巴拉尔淡淡地回答，“你去查了天气网站吗？”

我振奋起来，冲他吐了吐舌头：“不要开玩笑！扮装游行就是后天。如果下大雨就太可惜了！”

他笑了，我们离开了大楼。

“警探！”

该死。我们走得不够快。

巴拉尔转身：“索格中尉！你有什么事吗？”

巴拉尔跟我一样不开心。

“请跟我来，警探。”

我担心地瞥了一眼，巴拉尔的下巴收紧了。对面，威廉·索格笑着看着他，一只手放在口袋里。我的血液冻结了。口袋的凸起让我一下子清醒过来。这家伙正拿枪指着我们。马库斯的教导像箭一样从我的记忆中飞出来。

规则一：不要恐慌。

规则二：不要做任何可能致死的愚蠢行为。

规则三：反击。

好。我们现在要遵循第二条规则。如果我向他迈出一步，他可能会直接把我们毙了。

“你知道威胁警察的后果吗？”巴拉尔咆哮道。

“我当然知道！”索格反驳说，“你不会忘了我也是警察吧？来吧，别大惊小怪。上车。你在这儿，拉罗什小姐？你也随我们一起去吧。”

我们没有动。

“快点！”索格表情狰狞。

我在监狱中感受到的压迫感再次袭来。巴拉尔似乎被震住了。我紧紧地抓住他的袖子。

“走吧，”我结结巴巴地说，“我们照他说的做。”

他慢慢地点点头。我们爬进了指定的车。汽车发动了，索格坐在副驾上，他的一个手下开车。

“现在，”他微笑着说，“我们出发吧。”

我扣上安全带——更多是出于习惯，而不是出于安全考虑——然后靠在座椅上。他要把我们带去哪儿？

13

欢迎来到天蝎庄园

这段旅程并没有持续多久，我们很快抵达了由沃邦设计的堡垒，司机把车停在离入口较远处。

“出来。”索格命令道。

我们服从了。我的腹部越来越痛，额头上的汗水与炎热无关。

“你们想一起来参观城墙吗？”他脸上露出一个不祥的笑容。

我吓得头发都立了起来。我们为什么来这里？还有其他的万人坑吗？他计划把我们关在其中一个万人坑里吗？让我们在这里受尽折磨然后把我们抛尸吗？

我们跟着他的下属走，他则离我们有几步台阶远，手仍然插在口袋里。

“别担心，夏洛特，”巴拉尔低声说，“一切都会好的。”

我点点头。情况对我来说似乎是灾难性的。如果警探准备采取行动，我得准备好随时帮助他。

周围荒无人烟，我们爬上了陡峭的阶梯。我忍不住惊慌失措。人在哪里？一般城墙上不应该有人吗？

“我们包下了这里。”索格说道，好像能读懂我的想法，“先生们，一切都是按计划进行吗？”

“是的，中尉。”另一个人从阴影中走出来说道，“清理这里的游客没有花太长时间。”

“好的，好的。”

猎灵人从口袋里掏出手枪瞄准我们。

“你已经发现了我老板的身份。他不喜欢这样，非常不喜欢。”

我的呼吸越来越急促。他怎么知道？我们没有和任何人谈过这件事！

“通常，我们不会选择伤害人类，”他补充道，“即使他们一定要阻碍我们。我必须承认，拉罗什小姐，你在这方面有着令人难以置信的才能。我不得不一次又一次地阻止我的手下杀了你。”

巴拉尔缓慢前进了一步。

“索格，你想干什么？”他咆哮着，“放我们走。”

“哦，不。我收到的命令非常清楚。我必须杀了你们。不过，我希望我不会为了杀你们而被调查。我要让它看上去像自杀，充满激情！你看到了吗？就像是她为了你而离开了她的未婚夫，你们在酒店房间里度过了甜蜜的时光，但爱情吞噬了你们，所以你们……”

他用手枪指着我们身后的天空。

“跳下去。”

焦虑使我僵在原地。

“别傻了，”巴拉尔咆哮道，“没有人会相信这样的故事。”

“当然会有。一个值得信赖的警察好好地把故事说出来就足够了。我让你们跳。”

“放夏洛特走，她什么也没做。”

“什么也没做？她和一个影子生物订婚！就差给他生一个继承人了！相信我，警探，我们已经失去这个女孩儿了。所以为了人类着想，这个女孩儿必须死。”

地面似乎远在脚下数千米之外。

“胡说八道！”巴拉尔惊呼道，“一个雇佣杀手的孩子不一定也会成为一个杀手！”

索格扬起了眉毛。

“杀手？”他重复，“我不在乎。只要我能剔除影子生物就好了。我向你保证，我现在非常希望你能跳下去。”

谈话过程中，另外两名男子抵达这里，将武器指向我们。我的腿在发抖。我感觉我的心都跳到嘴边了，我试着专注于呼吸来控制我的恐慌。

我的自卫讲师马库斯会怎么做？我太阳穴上的血管像鼓点一

样跳动。我们逃不了的——对手们在周围形成了一道屏障。唯一逃脱的方法就是跳下去。但我们不会飞。我们必须战斗！让我们和能在十米开外毙了我们的人对抗，我们已经输了。除非……

“我数到 3，”猎灵人说，“1——”

巴拉尔迅速站在猎灵人和我之间。

“2——”

“等等！”我哭了，“我……我想要！”

高处沉寂无声。索格的黑眼睛闪着凶光。

“你总算是恢复理智了，小女孩儿。”他欢腾道，“你会送我到莱萨特那里？”

“啊……不，”我用苍白的声音纠正道，“我的意思是，我想跳。”

“什么？”

每个人都惊讶地瞪大了眼，即使是巴拉尔也吃惊地转过来看我。

“但是需要有人推我。我比以往任何时候都更无力。因为……因为我永远不会有足够的勇气自己跳下去……”

“夏洛特！”警探抗议道。

“那么，别废话了，向我开枪。”我总结道，忽略了他。

索格眯起眼睛研究我。

“你在玩什么呢，孩子？”他咆哮着。

“我也不想让人们注意到这次谋杀。”我结结巴巴地说。

眼下没有更好的说辞，只希望它有效。

猎灵人仍在仔细审视我。他突出的眉毛使他整个脸比以往任何时候都更加阴郁。

“我来处理，老大。”左边一个男人说，“如果她乐意，我可以把她从城墙上丢下去。”

我汗流浃背地瞟了他一眼。他是跟着我第一天去购物的那个人。我相信他会帮助我跳下去的。这样更好。

猎灵人点头，那男人把手枪插回腰间，带着威胁的笑走向前。巴拉尔一步挡在他面前。

“从我开始。”他咆哮道。

索格的下属停下脚步，瞥了他一眼。

“来吧，把他们都丢下去。”猎灵人说。

其他三名男子立即走近，甚至比我希望的更快！只是现在他们四个人，我们只有两个。

“躲在我身后，夏洛特。”巴拉尔喃喃道。

我没有回答。躲在他身后？这根本不是计划的一部分。但我不能告诉他，我们的对手现在离得太近了。

“不要试图抵抗，”其中一个说，伸手向我的肩膀抓去，“这只会是……啊！”

我不知道这是惊讶还是痛苦，但是我的胳膊锁技迫使他弯下了腰。现在，他和我处于同一高度。我握紧了拳头，竭尽全力。“啪”的一声！他直接向后飞去，无意识地陷入草地。哈！与食尸鬼相比，对付人类要容易得多！

我转过身来。所有的男人，包括巴拉尔都张着嘴巴盯着我。我利用这个时间攻击了另一个敌人。在他反应过来之前，我一脚踩在他的脚背上，他痛苦地尖叫起来。其他人立刻从呆愣状态中清醒过来，向我扑来。巴拉尔顺便拦截了一个，并直接给了他一拳，把他击倒在地。第二个从后面抓住我，试图把我抬过护栏。我踢了他的腿，但可惜我不够重，我现在离城墙护栏很近了。我绝望地拼足吃奶的劲儿咬住他的手腕。他痛苦地尖叫着，把我松开了。我利用这间隙用胳膊肘捅他的胃，他一声闷哼。我一个扫堂腿让他跌倒。不幸的是，他像一个伞兵一样打滚，滚到我触不可及的地方一跃而起，刚好在巴拉尔旁边。巴拉尔像熊一样扑上去，往他脸上就是一拳，那个人直接倒下了。我很快恢复过来。第四名男子也躺在警探旁边。我错过了警探将他击倒的那一刻！我们同时转向猎灵人。

他一动不动地凝视着我们，放下手枪，但是他眼眸中的怒火熊熊燃烧着。他下颚的肌肉因为过于绷紧都被挤出来了！

“够了，索格！”巴拉尔说，“一切都结束了。把你的武器放下。”

猎灵人没有动。

“索格，”警探意味深长道，“别傻了。”

我突然意识到他正把枪对准猎灵人。他抢走了袭击者的枪？该死的，我甚至都没有想过！马库斯的教导有些不足。

“索格……”

“我让你跳下去。”猎灵人喃喃道。

“什么？”

“我叫你跳！”

他的吼声让我内心深处极度恐惧。巴拉尔脸色煞白：“索格，你……”

警探惊呼一声，他的枪掉在了地上。他用手捂住心脏。我胸中突然一阵疼痛，膝盖一下子瘫软了，跪在了草地上。恐惧使我的脖子变得僵硬。索格在我们身上使用了他的超能力！

巴拉尔倒在我身旁，面容憔悴。

“夏洛特……”他说。

我无法回答，索格施在我身上的超能力让我大口喘着粗气。我困难地直起身。如果我试着冲向猎灵人，能打破他对我们的控制吗？我在心里拼命想着重新呼吸，甚至没有想到我接下来可以做什么。一步接一步，我向他走去，握紧拳头。我的心跳得像疯了一样。

“跳。”索格平静地命令道。

我的腿在颤抖。我没法呼吸。按他说的做是不可能的！他真的知道他在干什么吗？他阻止我们呼吸！他怎么能要求我们跳过栏杆？我又摔倒了。

“你不想跳，是吧？”索格咕哝着，“随便你了。”

他把枪指着我的头，恐惧让我瞬间石化。所以就这么结束了吗？

空气急速冷却，石块儿上的杂草被霜覆盖着。索格睁大了眼睛。

我胸上的压力立刻消失了。我大口地呼吸着空气，但我的肠子开始痛苦地痉挛。哦，不！他不能来！

“如果你敢动他们一根头发，”亚当冰冷地说道，“我会杀了你的。”

亚当站在几米远的地方，双手插在口袋里。他脸色苍白，脸颊上长满胡碴儿。他的蓝色眼睛燃烧着一种奇怪的火焰。他几乎不再像人类，他的周身被超自然的光环环绕，冰覆盖着他脚边的地面。我从未见过他以这种方式使用他的力量。

“你！”索格邪恶地吼道，“我会把你干掉！只此一次，一劳永逸！”

亚当刚扬起眉毛，猎灵人就用枪指着他。

“你们的问题是，作为影子生物，你们总觉得自己无敌，不可战胜！但我会教你恐惧，让你还有你所有的家人恐惧。”

他开枪了。亚当立即消失，几秒后又出现了，在离他十米远的左侧。猎灵人像狮子一样吼叫。亚当跌倒了，好像一个巨大的重量落在他身上。一阵痛苦的呻吟从我嘴里呼出。不！他怎么能让亚当跌倒？猎灵人几乎没有时间瞄准射击。我的未婚夫滚到一边，他周身的草飞扬起来，他消失在阴影中。他的敌人沮丧地吼叫起来。希望在我身上重新燃起。这是否意味着这个怪物的力量没法触及隐藏在阴影中的人？亚当突然冒出来冲向猎灵人。亚当慢下来，把手举到胸前。我紧张起来。猎灵人再次将武器转向了他。枪声响了起来，亚当消失了。

一秒钟过去，一股冰冷的空气袭来，冰慢慢蔓延到猎灵人身上，猎灵人正在给他的手枪上膛。我痛苦地吞咽着口水，意识到我不清楚我未婚夫的能力。我从来没有见过这般景象。冰层继续扩大，一片草地在我眼皮底下覆盖上了霜。我肌肉绷紧，快速爬向巴拉尔。巴拉尔仍然跪在地上正盯着现场。

“警探！”我低声说。

他憔悴地转过头对着我。

“我们走！”我低声说，“快！”

他好像从昏睡的状态中清醒了，沿着栏杆朝着我指的方向前进。一阵新的开火声让我把头缩回肩上。我回头看，内心因焦虑而紧张。我们身后的景象令我恐惧。亚当以疯狂的速度从阴影中窜出，并在子弹击中他之前消失在阴影里。猎灵人的咆哮声像他的枪声一样响彻耳畔。这场交战对于人类来说太快了。

“他们在干什么？”巴拉尔惊愕地问。

“我想……”我低声说，“我认为亚当没办法靠近索格。”

“什么？”

“你看到了吗，在他到达之前他必须躲藏起来？仿佛索格被一种力场包围着。”

“但……但是……”

枪声四起，亚当的速度随着温度的下降而增加。水汽从我的嘴里喷出。我看到闪电在猎灵人身边移动。也许索格并没有说谎，他似乎并没有意识到他在我们身上使用了超能力。当他愤怒时，他的超能力就会释放出来，就像亚当不高兴时空气变得冰凉一样。现在，他向我的未婚夫释放了全部力量。焦虑使我无法想象亚当进入敌人的力场时有多痛苦。一个可怕的怀疑撕裂了我的胸膛——如果亚当输了怎么办？

一切突然停止。索格停了下来，左轮手枪冷静地指着地面。亚当在哪里？他受伤了吗？还是更糟糕？不！

小路上的巨大石块儿突然抖动了一下，然后腾空而起，亚当的身影出现在巨石下面。冰冷的空气中，他的眼睛闪烁着蓝色的闪电。猎灵人立即做出反应，并将他的武器指向亚当。他没有时间开枪。冰雪覆盖的岩石以惊人的速度冲向他。他惨叫一声就跌落在冰冻的草地上。亚当在他身旁瞬间出现，从后面抓住了他。

我屏住呼吸，看着他把手枪对着枪的主人，故意转过身，用他宽阔的肩膀掩盖场景。枪声响起。两秒过去，就像时间凝固了一样，猎灵人的尸体就躺在亚当的脚下。

“永远不要在夏洛特面前说我不是无敌的。”他埋怨道，“这会吓到她。”

我眨了眨眼。哦，是的，就应该在人死后和他讲，因为这样更安全。

“亚当！”我呻吟着。

他转向我。在他不同寻常的胡子上面，他的眼睛已经恢复了正常的颜色。我隐忍的情绪决堤了，我的心脏开始快速跳动。他没事！他很好！我跳了起来，跑到他身边，全然不顾冰冷的地面。

我扑向他的怀抱。他全力拥抱我，把他的脸埋在我的头发里。

“你在这里！”我结结巴巴地说，“你真的来了！但你……你……我还以为……”

“原谅我，亲爱的，”他低声说道，“我就不应该让你一个人面对他。你现在不用害怕任何事情了。”

他狂热地吻着我。我紧紧抓住他，仿佛我要淹死在他的激吻中。我太想念他了！

有人移到了我们后面。亚当抬起头：“谢谢你，丹尼尔。谢谢你照顾她。我欠你一份人情。”

“你是怎么做到的？”巴拉尔指着已经融化的冰块儿和躺在索格身旁的巨石，用不自然的声音问道，“你消失了……然后这些土地和岩石……”

只要他还在，即使要面对尸体，我也不管了。他温柔地抚摸着我的背。

“给我一分钟，亲爱的。”他在我耳边说，“我得处理一下现场。”

他放开我走向岩石，毫不费力地举起岩石。巴拉尔退后一步，脸色铁青：“但是……怎么……”

“好了，我们之后再讨论。”亚当嘟囔道。

我们看着他走过去把岩石放回原处，还拍了拍它，直到它看上去好像从未被移动过。想来如果他用力更猛，他一定能粉碎这块石头。

然后，他走近我们击晕的那些人，举起四个，好像他们没什么重量似的，把他们放在猎灵人周边摆出造型。

“你在干什么？”巴拉尔不解。

“我在制造证据。”亚当回答道，拿起索格的武器。

“什么证据？”

“夏洛特，你应该看看别处。”

“什么？”警探惊呼道，“亚当！我禁止你……”

当枪声响起时，我迅速向周围望去，双腿抖动着。我的未婚夫在我面前重新变回了杀手。

“亚当！”警探咆哮着。

“第四条，”亚当冷冷地回答，“他们对夏洛特动手了。”

“他们本可以做口供！”

“是的。他们会说影子生物住在贝尔福，世界上所有的猎灵人都应该过来解决他们。我对付他们其中一个都觉得困难，所以我想避免同时对付好几个。”

“但……但是……”

“另外，你还需要编一个故事来告诉其他警察。我只编了一点儿。索格气疯了，把他的手下都杀了，然后他开枪自杀。剩下的故事，我们再看看怎么编。”

“你在开玩笑吗？这永远行不通！你把你的指纹留得到处都是！”

“我没有指纹。”

在巴拉尔沮丧的目光下，他把手枪放回猎灵人的手中。我尽力保持克制，但我全身都在颤抖。亚当的胡子很短，但黑而密集，这让他看上去似乎比以往更严肃。

他把胳膊放在我的腰上：“走吧。”

他像平时一样轻松地抱起我，向巴拉尔大步走去。

“你在干什么？”巴拉尔叫道，“住手！”

亚当抓住他，就好像他没有重量似的。黑暗吞没了我们。

旅程很短暂，但巴拉尔的痛苦——或者说他抓着我肩膀的力度——并没有因此而减少。当亚当把我们放在庄园的大门前时，我立即忘记了这种不便。

“亚当？”我小声问道，“你确定吗？我的意思是……你想向警探展示……这一切吗？”

“我们在哪里？”巴拉尔用比以往任何时候都更加干涩的声音问道，“发生了什么？”

门在我们面前打开，亚当抓住我的手。

我颤抖着，泪水涌上我的眼睛。我回家了。

“欢迎来到我家，丹尼尔，”他转向警探补充道，“欢迎来到天蝎庄园。”

警探不知道该往哪里看，因为他非常震惊。

“我们回来了，我们有客人，”亚当用平和的声音对庄园说，“行为请尽可能正常。”

空气吹过花园的草地，仿佛风接住了继承人的话。他踏上了小路，我跟在他后面。在犹豫了一秒之后，巴拉尔也跟了上来。七名园丁在小路上奔跑。他们只稍微瞥了一下警探，就把注意力转回到我身上。我试着微微一笑。园丁长是一个叫古斯塔夫的独脚老男人，有着亮晶晶的绿眼睛，头上戴着一顶草帽，他拄着拐杖走上前来。

“夏洛特小姐，”他低沉地说，“您无法想象我们有多为您担忧。”

“哦？”

“如果有一天这种情况再次发生，众神知道我有多么不希望它发生。我恳求您，还是回家吧。”

“古斯塔夫是对的，小姐！”陪同他的女仆应声道，“让您独自承受这些是不公平的。”

我紧紧地抓住亚当的手。我不想再想这件事了，再也不想了。

“我们会为您而战！”他们之中最年轻的路易捶胸顿足地喊道，“我们会毫不犹豫地粉碎他们……”

“够了，路易。”古斯塔夫打断他的话。

“可是爷爷……”

“你看，夏洛特小姐很累。不要再向全世界宣战了。”

那个年轻人从上到下看着我，突然感到抱歉：“对不起，夏洛特小姐……”

我的腿在发抖，我不敢回答，免得我的声音暴露了我游走在崩溃边缘的神经。亚当点点头回应他们，然后继续向前进。我赶紧跟随他，而巴拉尔则非常认真地打量着他们。

当我们抵达白色的石阶时，菲尔曼打开了门。

“欢迎回家，先生。”他笔直地站在那儿用平稳的声调说道，“警探先生，我代表庄园的所有仆人，欢迎您的到来。”

巴拉尔的下巴几乎快掉下来了。菲尔曼是管家，他应该想不到吧！精灵转向我，走上前握住我的手，他那因为上了年纪才有的银白色眉毛颤抖起来。

“小姐，”他用更深沉的声音补充道，“我们都非常高兴再次见到您。”

我惊呆了，只是张大了嘴巴盯着他看。他以前从未碰过我！他一定很害怕。

“菲尔曼，”亚当对他说，“让巴拉尔回酒店是不明智的，他需要在这儿住上一段时间。”

“当然，先生。我立即为警探准备套房。”

“什么？”巴拉尔哽咽起来。

“套房。”菲尔曼淡淡地重复道，“配有私人休息室和浴室，应该比酒店舒适。”

“但……但是……”

“夏洛特小姐！”

我朝着尖叫的方向转过头。铁线莲刚刚爬上楼梯，她那美丽的脸颊上淌满泪水。

“您回来了！”她跑下楼梯，绿色的长裙神奇地漂浮在完美的身材周围，她扑到了我的怀里。

“哦，小姐！”她呻吟着，“他们告诉我您被迫做的一切……他们和我说……”

她抓住我的手检查，并发出一阵痛苦的呼喊。

“这是真的！您真的一个人去了美甲店！我的上帝，小姐，您一定很想念我！”

她又扑到我的怀里哭泣。

我大吃一惊。随她去吧，我永远不会理解这些生物。我吃惊于她脸上令人难以置信的表情，巴拉尔也是。

“别哭了，铁线莲。”我轻拍她的背部安慰她，“这并不严重，你一定经历过比这更严重的事情，自从……”

自从他们数百年前诞生以来。

铁线莲应该知道我没有说出口的话，因为她抬起头来，透过泪水冲我微笑。

“是的，是的，小姐。”她低声说，“但确切地说，您的生命如此快速地流动，就像蝴蝶振翅，您应该享受每一分钟。这里没有人会忘记您为我们做出的牺牲。”

“铁线莲，”菲尔曼打断道，“我们有客人。”

“哦……”

她转过头，看到警探正双臂抱胸，一脸狐疑地站在那里。她那巨大的绿色杏仁眼睛睁得大大的。

“好吧，”她低声说，“我好久没遇到过这样一个高大英俊的男人了。”

她轻轻叹了一口气，睫毛颤抖着，脸颊泛起红晕。巴拉尔看起来惊慌失措。

“铁线莲，”亚当抗议道，“他是我的朋友。”

仙女的嘴角露出一个恶作剧的微笑：“原谅我，先生。通常……”

“通常怎样？”巴拉尔嘟囔道。

“我会诱惑男人并杀死他们。”

咦？她从来没有告诉我这件事！我可爱的铁线莲是杀人凶手？不可能！话说回来，还存在无害的超自然生物吗？我必须拿回我的笔记本。

“菲尔曼先生，您找我？”

我们一同转过头。娜塔莎正站在楼梯脚下，她头上戴着永恒的英国保姆帽。

“娜塔莎，你安排好警探在象牙套房入住。”管家说。

娜塔莎点点头，向我们走来。她从头到脚地检查了巴拉尔。巴拉尔在娜塔莎的审视中变得四肢僵硬。

“娜塔莎，”亚当插话道，“丹尼尔是我的朋友和客人。”

女妖从脚到腰重新审视了警探一番。“当然，”老妇人咕哝着，“当然……”

她转过身，瘸着走上楼梯。

“啊，天啊！”我听到她叹了口气，“如果我年轻600岁……”

巴拉尔难以置信地扬起了眉毛。我做了个鬼脸。亚当要求过行为尽可能正常，要不然呢？

“菲尔曼，”我的棕发爱人说道，“你能告诉我父亲在哪——”

一场可怕的爆炸震动了庄园。我吓坏了，紧紧抓住亚当，而巴拉尔四面转头，准备随时跳起来。铁线莲焦急地看着一个摇摆不定的花瓶，菲尔曼没有动一寸。墙壁停止晃动。

“好了，我知道了，”亚当抱怨道，“3 号训练室？”

“如果先生能够鼓励拉扎尔先生多使用 7 号训练室，我会对此感到无限感激。”

“我会转告他的。来吧，巴拉尔，我向你介绍我的父亲。”

巴拉尔明显很震惊。我很害怕，我知道训练室的原则。从 1 到 7 编号，按影子生物的能力排序。当亚当允许艾利亚斯进入 3 号房间时，艾利亚斯在整个庄园里炫耀了一个星期，妮科莱特为他举办了一场盛宴。亚当使用 6 号训练室。只有拉扎尔·莱萨特在 7 号训练室训练。当然，每个房间都包含必要的保护措施，以防使用者的力量破坏庄园。肌肉如山的拉扎尔在 3 号训练室训练，就好比在用纸牌堆积而成的城堡里站着一个森林巨魔！只是这里的纸牌城堡是我们住的地方。

“我们都会死的！”我呻吟道。

亚当惊讶地看了我一眼，露出一个愉悦的笑容，把我的手抓得更紧了。

“我真的很想你，夏洛特。”

出乎意料的是，我们非常顺利地抵达地下室。我们走上一条铺着厚软地毯的走廊。天蝎家族希望保留庄园祖先留下的装饰，同时将其现代化，让生活更舒适。闪亮的火炬用温暖的光装饰了石柱，布帘掩盖了大部分的墙壁和门。

“在我们小的时候，”亚当告诉巴拉尔，“我和我弟弟一起玩帷幔。我们试图在不使用黑暗视觉的情况下找到隐藏在后面的另一个人。”

巴拉尔嘟哝了一句。

“什么？”亚当惊讶地问。

“我说，所有的孩子在小时候都会玩捉迷藏。”警探重复道。

我确信他第一次说的不是这个。

“这是真的吗？”我的未婚夫惊呼，“也用刀吗？”

我们到达了紫色的大窗帘前。亚当推开窗帘，露出一扇刻着“3号”的实木门。他把手放在闪闪发亮的金属手柄上。在他打开门的时候，巴拉尔和我都屏住了呼吸。房间内部看起来像一个堆放杂物的巨型仓库，在一个拳击擂台上好像堆放着许多奇怪的物体。我可以看到一把耙子、一台冰箱、一辆自行车框架、一组小马玩具、罐头、彩色围巾、土豆捣碎器、电缆、轮胎、海盗船模型、弹簧、全新的烤面包机、假发、吸尘器、扑克牌、一套钢笔和羽毛笔、餐具、一盒打开的豌豆、粗陶花盆里的丝兰，还有一个蝎子形状的小喷壶。

“这是什么地方？”巴拉尔喃喃自语。

“3 号训练室，”亚当有些自豪地回答，“只有知道了如何使用训练室里的物体执行任务，我们才被允许离开这个房间。”

我忍不住叹了口气。他居然向警探解释这个。警探这时正狐疑地盯着一个喷壶。

“我想知道你们怎么用这个东西作案。”他嘀咕道。

“你说什么呢，丹尼尔！不要说些无厘头的话！喷壶是用来给植物浇水的。”

拉扎尔光着膀子坐在沙发上，向前倾身，专注于一个接受训练的小孩儿。

“腿弯一点儿，”他命令道，“现在，把你的精力集中在你的拳头上。”

亚当示意我们不要动。这很好，我一点儿都不想进入这个陌生的地方。巴拉尔显然也不想。

“把你的手臂当作阴影的矢量。当你击打的时候，这些阴影会穿过物体。你准备好了吗？”

“是的。”艾利亚斯坚定地答道。

“然后我数到 3。1——2——3！”

艾利亚斯用拳头砸向沙袋，直接把沙袋打飞到房间的另一端，并且撞在了墙壁上。我听见巴拉尔窒息般的惊叹声。

“不错。”拉扎尔说着站起来，揉了揉他儿子的头发。

“没有像你一样震动整个房子。”艾利亚斯含糊不清地说。

"这很正常。3号房适合你，不适合我。你能摇晃房屋的那一天就得去4号房了。"

"是啊！"

庄园的主人转向我们，我能看到他冰冷的蓝色眼睛观察着我们。他大步走向我们："夏洛特。"

在我松口气之前，他抓住我，拥抱我。我惊呆了，不敢反抗。就在这一刻，我有点儿想念我的酒店……还有空气。

他突然大笑起来，仿佛正在读取我的想法——就算是，他也只是听到了我的心开始慌乱地跳动。

他松开了我："你不知道能够再次见到你让我松了多大一口气，夏洛特。"

"啊……谢谢您。"我勇敢地说出口。

"夏！洛！特！"

艾利亚斯跳进我的怀里，开始流泪。

"我正在接受训练来帮助你！"他抽泣着，指着被击碎的沙袋，"我差不多准备好了！"

"还有一两年。"他的父亲说。

"你看到了嘛！差不多啦！"

他把脸埋在我的衬衫上，他的肩膀随着啜泣的节奏而颤抖。我心烦意乱，竭尽全力让他冷静下来。

"我回来了，亲爱的，"我低声说，"别担心。"

"多亏在网上搜索信息的矮妖，"拉扎尔笑着说，"我们在脸书页面上关注着你的冒险经历。我必须承认你的勇气给我留下了深刻的印象。”

“哦？”我惊讶道，“我的勇气？”

“戏弄猎灵人的手下，带他们逛商场，朱莉娅也对你的勇气表示敬意。”

我惊讶地盯着他。朱莉娅？不可能。他在愚弄我吧？再说，对于互联网，矮妖能知道些什么？

“她究竟说了什么？”

“她说，”艾利亚斯哼了一声，“她说：‘这只小火鸡肯定是头脑不清的。’”

“就是这样！”拉扎尔热情地赞许道，“我很高兴你俩开始能够和平相处了。”

“亚当终于能够刮胡子了。”艾利亚斯补充道，瞥了一眼在一旁耸肩的哥哥。

“什么？”我很好奇地问道。

“菲尔曼每天早上都把他的剃刀带到石柱那儿，他看都没看那剃刀。”

“我有更重要的事要考虑。”我的未婚夫手扶着下巴低声抱怨道，“就算我不刮胡子，我看上去也不差，不是吗？”

我打量着他，不敢碰他的胡子。一厘米长的胡子似乎很柔软，但在我看来现在不是检查的时候。特别是根据亚当祖先的肖像来看，这个家族的人都不留胡子。

庄园的主人把他的注意力转向站在我旁边的警探。我对比了一下，他们身形相仿。

“我猜，您是丹尼尔·巴拉尔警探。很高兴终于见到您，我经常听到别人谈起您。我是亚当的父亲，拉扎尔·莱萨特。”

他伸出手，好像我们要离开幼儿园，他正在向另一位父亲介绍自己。巴拉尔谨慎地和他握手。他警惕地打量着面前的天蝎国王。

“您是天蝎家族的负责人吗？”他小心翼翼地问道。

“对。欢迎来我家。”

巴拉尔的身体非常僵硬，他的动作看起来也很不自然。我了解他。他是一名负责重大案件的警察，他正面对着深不可测又强大的嫌犯。这个人对他微笑。如果是我，我会被吓死。

“您打算怎么处理我？”他用不快的声音问道。

“目前，给您喝点东西，”拉扎尔回答，“您看起来需要喝水。”

“您不想杀了我吗？”

“哦，不！亚当会责怪我的。这是他第一次带朋友回家。”

哦，是的，这对话肯定能让巴拉尔感到安全。

“您知道我现在的工作？”警探问拉扎尔。

“我知道。而且我知道您是警界精英。”

“那您不介意吗？”

“介意您很厉害吗？当然不。恰恰相反，我不会随便让人追捕我的儿子。如果您知道在您追捕前，我干掉了多少……”

警探似乎很迷茫。

“闲聊结束。”拉扎尔下令，“艾利亚斯，今天的训练也到此结束。我们现在必须商量正事。亚当，你杀了猎灵人，不是吗？”

我的高个儿棕发男人默默地点点头。

“那么我们将不得不认真规划我们的下一步行动。走错一步都会给我们带来困扰。”

“困扰”吗？拉扎尔·莱萨特说得真够委婉。

14

战争的艺术

我的目光流连在客厅的巨大窗户上，客厅面朝着阳光充沛的花园。我很怀念这一切。这里的生活似乎很宁静，我之前无法想象会有任何威胁对我们造成压力。奶油色的墙壁闪闪发光，阳光明媚，沙发比世界上任何一家酒店的床都舒适。艾利亚斯坐在我身边，脖子上挂着一条餐巾，狼吞虎咽地吃着一盘比任何时候看起来都更像人类厨师学徒制作的香草奶油蛋糕。尽管蛋糕香气扑鼻，但他泪流满面的脸颊让我的喉咙发紧。我轻轻地抚摸着他的棕色头发，在一旁喝着柠檬水。

亚当坐在我右边，正和他的父母讲述对抗猎灵人和他手下的经过。即便是朱莉娅，也把自己手边的事放一边，倾听他的讲述。她因担心而皱起了眉头。不过，她进来时气宇轩昂，就像一位要去摧毁邻国的冰雪女王。

“嗨，你。”她看到我后就叫住我。

我对她点了点头。毫无疑问，我们的关系改善了很多。接着，她冷冷地瞥了一眼巴拉尔。

“还有人类？我们的庄园沦落成弱势生物的酒店了吗？”

“这是亚当的继母。”当她转过头，我在警探的耳边低声说道。

他做了个鬼脸，在回答我之前，试图理解刚才那句话。他等我们都喝了一口水之后才小心翼翼地闻玻璃杯中的气味儿。显然，他仍然认为只要有机会，这家人会第一时间解决他。

“警方应该已经开始研究那些尸体了。”亚当说，“我不知道夏洛特和丹尼尔的绑架事件是否在警局出口被拍摄了下来或被发现了，但我们必须注意这一事实——人们很快会把丹尼尔和猎灵人联系起来。”

“因此，警探必须尽快重新出现在警局，把事实告诉大家。”拉扎尔说，“就这样。您怎么看，警探？”

巴拉尔紧紧握住他的杯子，指节发白。

“我怎么想？”他嘟囔着。

“是的。”

“你是人类，对吗？”

大家一下子安静下来。拉扎尔惊讶地看着警探，而朱莉娅无语地看着天。

“您的意思是，您什么都不知道，警探？”庄园主人感到惊讶，

“您保护了我们的夏洛特，而您并不知道她之前面对的是什么？”

“真就到此一游。”朱莉娅嘟囔道。

“亚当，你没做好你应该做的事。”

“对不起，爸爸。我没机会向他解释，我以为夏洛特会解释。特别是当猎灵人在酒店枪击我时。”

“请言简意赅！”巴拉尔咆哮道。

“除了夏洛特，我们都不是人类。”亚当解释道。

警探用手捂住脸，转向亚当：“那你——”

“一个影子生物。”我的高个子棕发男人解释道。

“这意味着什么？”

“我属于黑暗世界。我在阴影中移动，并利用阴影的力量来调节自己的力量。”

就是这样！我从未听过这样简洁明了的解释。太糟糕了，我没有带我的笔记本！

巴拉尔一口气喝完了杯子里的水。啊，他不再害怕被毒死！他看着我：“所以，我一开始就没有任何机会可以逮捕他，对吧？”

“哦，是的！”我试着安慰他，“亚当非常喜欢你！他有一天会让你逮捕他的，对吧，亚当？”

亚当瞪大眼睛，我轻轻推了他一下。

“啊……我想是吧。”他承认道。

“你会去监狱服刑？”巴拉尔咕哝着。

“哦不。服刑，这太夸张了。”

警探把他的脑袋埋在手心里："所以说……我这些年的追捕都毫无意义了吗！"

"哦不，我喜欢。我觉得很刺激。"

"但……"

"我们可以谈谈我们目前的问题吗？"朱莉娅直接打断他们的对话。

"此外，"亚当补充道，"如果这些年你没有追捕我，那当有人要买你人头的时候，我就无法保护你了。"

巴拉尔畏缩了。我不知道这个论点是否让他不高兴，或者他只是在回忆他逃离死亡的那些时刻。

"但为什么？"他脱口而出，"为什么……一个像你这样的生物会屠杀人类？"

"因为我在这方面特别擅长。"

"这不是一个理由！你可以……我不知道，你也许可以为世界和平而努力！"

"这正是我努力的方向。"

"什么？"

"相信我，丹尼尔。鉴于我消灭了一些疯狂的领导和极端主义团体的领导，可以说我拯救了世界。"

巴拉尔无言以对。

"要是夏洛特不喜欢某个合同，她就把它们拒了。所以你看，世界正被很好地保护着。"

“很好，”拉扎尔插话道，“现在一切都明了了。朱莉娅是对的，让我们来谈谈要紧的事。猎灵人！”

“什么人？”警探问道，“又不是人类？”

“可以说是，”拉扎尔解释说，“但他们有能力检测到我们并把我们杀死。这让我们有点儿担心。”

巴拉尔闭上了眼睛，不知所措。他真可怜。我本想帮助他的。我也曾经历过这些，但不是在这样的危机中。

“所以那个万人坑，那些尸体——”他低声说。

“是的，他们都是我们的族人。”

“你们有这么多吗？”

“如果您允许，警探，我可以不回答这个问题吗！”

警探点头，深深地吸了一口气。

“你们要找的家伙已经死了。现在你们希望我们在编故事上达成共识，对吧？”

“这是其中一点，”拉扎尔同意道，“您支持索格中尉变疯然后自杀的说法吗？”

“我想，我们也没有其他选择。没有人会相信一个人能冻结一半草地，然后神奇地突然冒出来。”

“这个故事也可以说成，”亚当插话道，“索格带着他的手下、丹尼尔和夏洛特到城墙，他想杀死所有人。丹尼尔，你趁他们打斗时带着夏洛特成功逃脱。你想隐藏，但你迷路了，夏洛特又太震惊了，无法帮助你。这就是为什么你会这么晚回到警察局。”

巴拉尔微微地撇嘴："这么说，谎只撒了一半。可以吗，夏洛特？"

"哦，我——"我用轻松的语气说道，"我只需要哭着说出一些话！我知道该怎么做。"

拉扎尔微笑："这样您就可以尽快回家了。让我们解决剩下的问题。"

警探惊讶地抬起眉毛："剩下的问题？他都死了，你们还想干什么？"

"猎灵人是死了，但他的委托人还没死，更别提他的追随者。"

"他的委托人！"我惊呼，回想起我们的经历，"他知道我们知道他的身份，这就是他让猎灵人干掉我们的原因！"

"我们知道他的身份吗？"拉扎尔问，突然充满了兴趣。

"是的。警探刚找到他。他的名字是奥尔蒂，不是吗？"

"奥尔蒂斯，"巴拉尔纠正道，"约尔格·冯·奥尔蒂斯。"

"就是这个，我想起来了。一个肥头大耳的丑家伙！他拥有奥地利驾驶执照，而且最近几个月有转账给猎灵人，金额都够他买下埃菲尔铁塔了。"

嗯，好吧，埃菲尔铁塔，也许不能。但这么说，他们就知道我想表达的意思了。

亚当一言不发，打开房间尽头的写字台。一台先进的计算机出现在眼前，与迷人的老式家具形成鲜明的对比。

"不要在网上搜索他！"巴拉尔惊呼道。

“为什么？”我的未婚夫很惊讶。

“他应该有一个警报系统！有人在搜索引擎上查询他的名字时会发出警报。比如我，我今天下午试图了解他的更多信息，结果不到两小时他就派了猎灵人过来。如果你也这样做，他可能会找到这里。”

亚当抚摸着他的胡子，沉思着。

“谢谢提醒，”他说，“但幸运的是，庄园的计算机与贝尔福警察局的计算机相连。”

“什么？”警探哽住了。

“这样我们可以在隐藏自己身份的前提下，同时密切关注警方的调查，以防像您这样的人对我们的活动感兴趣。这很有用！”

“但是……但是……”

“我们有特殊才能的黑客。约尔格·冯·奥尔蒂斯，所以……”只听到我的爱人在键盘上敲打的声音。

巴拉尔闭上了他张开的嘴巴，交叉着双臂，显然在好奇和烦恼之间犹豫不决。

“是他吗？”亚当把屏幕转向我们。

我把鼻子凑过去，眯起眼睛盯着屏幕。

“是的。”我与巴拉尔异口同声道。

“非常好。”

他继续搜索。

“我找到奥地利的一个相关地址，”他说，“看样子，奥尔蒂斯拥有巨额财富。爸爸，您说呢？”

“你去现场勘察。我要留在这里随时保护庄园。但我希望你能够非常小心。”

“明白了。相信我。”

“什么？”我担心道，“你打算干什么？”

“我只需要查一些信息。”他安慰我说，“像这样的人，我不认为我能够在保全自己的前提下轻易干掉他。”

这真不是个好消息。

“他可能会发现你！就像猎灵人一样！”

“如果他能做到这点，我们将能够确定他的真实身份。”

“那我呢？”艾利亚斯问道，他的鼻子上全是奶油。

“你留在这里。”他的父亲回答。

“但爸爸，我……”

“如果夏洛特有困难，你得飞过去帮助她。”

“是吗？”他若有所思地皱起眉头，然后容光焕发地转向我。

“我希望你有麻烦！”他喊道。

“啊……”

“我还有一个问题，”巴拉尔不安地插话，“我们怎么回到贝尔福？就像我们来的时候一样？”

我回答 ：“我们得搭巴士。”

“巴士？”

巴拉尔完全没有想到庄园就在我们的现实生活中，距离我们失踪的地方还不到 20 分钟的路程。他从车窗望出去，仿佛他不相信所看到的景象。我从不觉得巴士的座位窄，但庞大的警探却塞不进座位里。

“所以说，没有平行世界。”他喃喃道。

对于一个 12 小时前还不相信神怪的人来说，他表现得不错。

“是的，”我回答，“至少我不知道。”

他点了点头：“完全疯了……”

我不会反驳他。

“你没事吧，警探？”我恳切地询问，“你能抗住打击吗？”

“嗯……我想，是的。”

“你……”我还没有想好要说什么，“你不会伤害他们吧？”

他放下窗户直视我的脸。

“我还没决定要怎么做，”他严肃地说，“但我看到了万人坑，不管那里面是神奇生物或者不是，我们都需要避免出现第二个万人坑。然后，当我能更好地理解发生了什么的时候，我会做出我的决定。”

我倚靠在公交车的弹性座椅上。这个巴拉尔真的是个好人。如果庄园的居民能够避免在他面前吹嘘杀死人类的天赋，一切都会好的。

“夏洛特？”

“什么？”

“老太太，她的手杖……”

“什么？”

“她真的已经600多岁了？”

我耸耸肩。

“你认为他们值得信赖吗？”他追问。

“比世界上任何人都更值得信赖。这些生物只想要一件事：让他们在绿色的小角落里安居乐业。只要我们不干扰他们，他们就不会伤害我们。他们不想引起人们的注意。这座庄园已经在这里很多年了，从来没有人听说过，甚至连你都没有。这就是个很好的证明。”

“的确……”

他重新陷入思考。

警察局到了。

“巴拉尔警探！”一个高个子女人喊道，“感谢上帝！你还活着！”

我们一下子就被包围了。

“弗里戈尔警员，”巴拉尔回答道，“你不知道我能归来到底有多开心！”

“警探，你需要看医生吗？”

她盯着巴拉尔的破西装和我那破裙摆，这是朱莉娅在我们临走前的提议。

“我想我不需要看医生。”他用颤抖的声音说道，“我有一些划痕和瘀伤，但我们没有大碍。夏洛特看起来受到了惊吓。”

警员转向我。我只要一回到这里，就感到极度不安。我一动不动，双臂抱在胸前。

“是索格和他的手下带走我们的，”巴拉尔说着，把他的大手放在我的肩膀上以示安慰，“他们威胁我们上他们的车。”

“是的，”警员表示赞同，“我们在监控上看到了他。他的口袋里有武器，不是吗？”

警探焦急地点点头，弯下腰来。

“我们很安全，夏洛特。”他温柔地说，“你相信我，结束了，我们摆脱他们了。”

巴拉尔挺直了身子：“告诉我，你们抓住了这个混蛋。”

“事实上，没有。”女警员做出一个扭曲的表情，“不能这么说。”

“什么？”巴拉尔惊叹道，“他还在逃？”

“并没有。他在射杀他的手下后就自杀了。”

警察局大厅上空盘旋了一阵沉默。漂亮！他们已经了解了原本我们想要告诉他们的故事！再补充两三个细节，问题就可以完美解决了。

女警以同情的目光看着我：“如果你状态还不错，我需要你的证词。”

“当然。”巴拉尔同意。

“这位年轻的女士……也许我可以给她拿些东西吃？与此同

时，需要派心理组的人过来。”

巴拉尔点点头。

“不！”我惊呼，好像刚从噩梦中醒来，“不要离开我！”

我冲向巴拉尔。

“去吧，夏洛特……”他轻轻地说。

“不要离开我！不要……”

我环顾四周，没人比我更惊恐。

“那些警察不会伤害你。”他安慰我说。

“但是……如果……如果……”

“所有威胁你的人都会被制服的，我向你保证。”

“你没必要担心，小姐，”女警员补充说，她的声音比她的外表更柔和，“我会把你托付给全市最值得信赖的人——玛蒂尔德。”

一名年轻女子挺身而出。我不知道她是否是“全市最值得信赖的人”，但她细腻的面部线条、充满善意的深褐色眼睛和善解人意的微笑能让任何人安心。

“请跟我来，小姐。”她温和地说，手轻轻地放在我的前臂上，“我的办公室里应该有薄荷茶。”

警局近一半的员工都来玛蒂尔德的办公室看我。每个人都来确保“警探的小线人”平安无恙。巴拉尔已经正式宣布我为他的线人。当然，他不知道警方在索格的案件中发现了什么，而索格知道我这个头衔。还有个问题：成为眼线很容易受伤吗？

10 分钟后，精神科医生回答了这个问题。

“老实说，”她对玛蒂尔德嘟嘟囔囔地抱怨，“你们这种随便招募线人的方式……不是随便一个人都可以做线人！”

“你是对的，”玛蒂尔德睁着她那双小鹿般的眼睛同意道，“但另一方面，这样的女孩儿，谁会怀疑她与重案组警探合作呢？”

好吧，好吧，而且她还准备与一个影子生物结婚！

受创程度：最大。

几个小时后，我坐在一张僵硬、吱吱作响的病床上，面对褪色的白墙，吃着一盘索然无味的火腿配土豆泥。太阳已经消失在地平线后面，但天空仍然是鲜红色的。无论我脑海里重复了多少遍证词，还有我不经意间发出的颤音和紧促的呼吸，我还是不知道哪里出了错。我严格遵循亚当的说辞。那为什么还要求我们留在医院“观察”？我想回家！而另一张床上，巴拉尔正在寻找一个位置，将他巨大的身体安放在狭小的床垫上。来自走廊的灯光照射到我身边。走廊上经常会有守卫在门口的警察经过。

“他们是真的像声称的那样想保护我们，还是在监视我们？”我低声问。

“我认为他们真的想保护我们。”巴拉尔说道，边说边抖了抖被单，“你在提交证词的时候，有个分析专家来过。他认为本次案件是一起自杀案件。根据他过往的档案和他曾经服务过的机构，索格与任何人都没有接触过，并且对同事非常咄咄逼人。此外，我们已经确定他曾多次尝试进入重案组，但都没有成功。因此，专家认为他可能是出于对我的可怕的嫉妒，才会把你和我卷进这起案件中。说实话，他甚至不明白像这种明显情绪不稳定的人，怎么会被允许携带武器。这对我们来说是好事，对你的朋友也是好事。警方决定把这个案件扼杀在摇篮里，以免成为丑闻。媒体也不会炒作。”

我盯着脏兮兮的天花板。

“夏洛特？”警探担心地问道。

“我想回家。”我低声说。

“我知道。很快，我向你保证。”

我们沉默下来。虚假的沉寂，这种沉寂被医院里无限的噪声打断：脚步声、手推车的滚动声、房间里的嘟嘟声、电视机的声音、不时传来的对话声。如果我们能够避免这一切，如果我们可以走得更快，如果我们能够提前知道……

等等，如果我们知道猎灵人的老板发现了我们？

我迅速转向我的邻床：“警探！”

“什么事？”

“你不是窃听猎灵人的手机吗？”

“是的。”

“当奥尔蒂斯意识到他被识破了，他不是打电话给索格，命令他杀了我们吗？为什么你没听到呢？”

在昏暗的灯光下，我可以看到警探脸上露出一个猫一般的笑容。

“我也考虑过这个问题。”他回答道，“在我发现了奥尔蒂斯的名字和索格来杀我们前的两个小时内，索格没有接到任何电话或收到电子邮件。”

“然而，”我说道，“他告诉我们，是他的老板警告他你查到了他的名字。所以，如果奥尔蒂斯没有给索格打电话……”

“这意味着他们在一起！”巴拉尔接着我的话说完，“只须找到我昨天的笔记，有了地图和时间，我们就会知道他们会面的地点。”

我在被子里扭动着：“所以他不在奥地利？亚当必须回来！”

“他的地盘也许在奥地利。我们等一下，看看你的未婚夫有什么收获。任何信息对我们都是有用的，他也知道这一点，之后我们再做决定。他的航班是什么时候？”

“他的航班？”我不解地问。

“他从那里回来的航班。他乘飞机了，对吗？也许他拥有一架私人飞机？”

“哦不，他不需要飞机！他穿过阴影，这样速度更快。”

沉默。然后是：“啊。”

这就说明了一切。

15 地狱诊所

当一只手落在我手上时，我惊醒了。

“你可以再睡一会儿，甜心。”一个声音在我耳边低声说，“现在不是醒来的时候。”

我立刻睁开眼睛。

“亚当！”我低声说。

“嘘……一切都很好。我在这里。”

我的棕发男人坐在我的床边，从阴影中现身。他的手指抚摸着我的脸。我抓起他的衬衫，把他勾到我身边。他的脸颊和下巴再次变得顺滑柔软。他躺在我身上，嘴唇狂热地寻找着我。我们交换了一个绵长的吻。我全心全意地拥抱他。他突然朝门口看去，然后在一阵冷风中消失了。我差点儿尖叫。门被推开了，一位穿着得体的护士推着推车进来了。她机械地按下开关。灯光很刺眼，我不舒服地呻吟了一声，反射性地闭上了眼睛。在我身边，巴拉尔发出一声闷闷不乐的叹息。

“发生什么事了？”他喊道。

“量血压。”护士从被单下抓住我的胳膊。

“但是现在几点？”

“六点。”

“六点？”巴拉尔恍恍惚惚地重复了一遍，“早上六点？”

“当然。”

“你为什么要在早上六点给我们量血压？”

“这是规定，”那个巨大的女人边说边把一个温度计塞进我的耳朵里，“我一天的工作从采集病人的参数开始。”

“但我们没病！相反，我们需要休息。”

“这是规定。”

我眯起了眼睛。她是傻瓜吗？我想打得她满地找牙！

她测量了警探的体温和血压后，平淡地说道：“再休息一会儿吧。”

她关上了门，我们惊愕地沉默了几秒钟。

巴拉尔叹了口气：“好吧，我们醒了，真倒霉，我倒是想多睡几个小时。”

“你要我杀了她吗？”一个小小的声音问道。

我们跳了起来。艾利亚斯坐在一张访客椅上，满怀希望地瞪着他的蓝色大眼睛。

“他在这儿做什么？”

“不，艾利亚斯，不要伤害医护人员。”

“但是她叫醒了你！”

“她只是按规定办事。我们不能因为别人愚蠢就杀人。”

亚当重新出现在他兄弟附近。巴拉尔很努力地保持不动。他真是太可怜了。

“我没想到那么早就能和你说话，”亚当若有所思地说，“但既然有必要……”

“你在那里很久了吗？”警探有点儿惊慌失措。

“我，不。我只是刚好有时间见到那位巨大的女士把你叫醒。我很高兴我们的庄园里没有这样的怪物。”

当然。我们找个时间讨论一下妮科莱特如何？

巴拉尔坐在他的床上，用手捂住脸，恢复了精神。

“你找到了什么吗？”他问亚当。

“是的，是的。一些有趣的事情，但也不一定。”

“怎么讲？”

亚当回到我的床边，表情凝重。我往旁边挪了一点儿，给他腾出地方。我倒是很希望能先梳梳头，然后用凉水把脸洗一下。我都没预料到他会来。更糟糕的是，他根本不关心我的仪表。

“我在奥地利找到了一个名叫约尔格·冯·奥尔蒂斯的家伙，”我那高个子棕发男人边说边在被单下面寻找我的手，“但是他与照片里的人不同。他目前住在一家私人宅邸里，拥有人类梦寐以求的财富。他只有 8 岁，似乎更关心他的小马甘瑟，而不是寻找影子生物。我想那个奥尔蒂斯偷了这个孩子的身份，但我还不知道其中的缘由。”

警探皱着眉头。他同我一样失望。那就是说，我们要从头开始调查了？

“世界上还有其他的约尔格·冯·奥尔蒂斯。”亚当说，“我一个接一个对他们进行了排查，但是没有一个有足够的钱来支付由猎灵人领导的一支雇佣军。”

“你确定吗？”巴拉尔问道，“你可能没有搜索到正确的地方。一般来说，黑手党和大型犯罪组织都非常善于藏匿他们的账户。”

“我绝对肯定。”亚当说，“我能随便进入全球的任何一家银行，没有一个客户能和我们的约尔格·冯·奥尔蒂斯对得上。”

“随便进入？”

“是的，这对我的工作有很大的帮助。”

“怎么做到的呢？”

“我也是他们的大客户。没有人敢对我说不。不是因为他们害怕我会伤害他们，而是因为他们不想失去我这个客户。”

巴拉尔翻了个白眼儿。

“怎么啦？”亚当想知道，“你不知道还可以这样？”

“我希望银行家们还有一些原则。”巴拉尔咕哝道。

“你真逗！”我的高个子棕发男人笑了，“别担心，要说原则，他们肯定有原则，不就是钱嘛。如果你出价高，他们连父母都能卖。我们改天可以讨论这一问题。在我搜索的时候，我让双胞胎追踪钱的来源。”

“双胞胎？”

“莫甘、戈薇塔斯。我认识的最出色的黑客。”

我皱了皱眉。不就是矮妖吗？所以他们的信息技术能力并不限于脸书这样的社交媒体喽？不会就是他们把庄园的 IP 地址定在警局的吧！我需要我的笔记本。

“通过索格的银行档案，他们找到了开户行的名称。他们搜了搜开户行的数据库。”

“怎么样？”巴拉尔问。

“转账人账户不存在，而且没有任何一笔定期汇款记录与索格收到的相对应。”

“开户银行不对？”警探说道，“我们面对的是一个黑客？”

“也许吧。这个黑客成功欺骗了矮妖，这会让我感到惊讶。这是我们可以想到的他们的处理手段。”

“矮妖？”

哦，是的，他还不知道。

“矮妖。”亚当点点头，“相信我，丹尼尔，这是我们第一次碰到这种事。由于我们没有搜出什么，所以我得出以下结论。”

我棕发男人的大眼睛里闪烁着奇怪的光芒。巴拉尔恢复了镇静，我们靠向他以便听得更清楚。

“我认为我们正在搜索的这个人不是人类。”

我紧张起来，警探比我更紧张。

“没有一个普通人可以这样神不知鬼不觉地取出那么多钱。”亚当补充道。

“可怜可怜我吧！”警探责骂道，“不要告诉我这是鬼。”

“鬼？天啊，丹尼尔，那根本不存在！但我承认他有隐藏自己的天赋。要找出这个人，可能会很复杂！”

复杂？

我和巴拉尔交换了一下眼神，巴拉尔笑得像狐狸一样：“这取决于谁，亚当？这取决于谁……”

我棕色的大眼睛亮了起来。

“怎么样，夏洛特，有主意吗？”

啊？为什么是我？

医生批准了我们十点可以出院。亚当急得跺脚。巴拉尔坚持认为我们需要尽可能按常理行事。

“他们相信我们的故事了。”在亚当想要把我们拽到外面时，警探坚定地说道，“如果我们现在消失的话，他们会怀疑到我们身上。你想让夏洛特陷入危险之中吗？”

我高大的棕发男人正坐在床角皱着眉，低声抱怨。我简直不敢相信，警探那么快就学会了跟他说话的方式！

所以我有时间跑趟厕所，抱着睡觉的艾利亚斯吞下护工送来的温热早餐，并试图抚慰周身散发着如毒云般强大气场的亚当。

现在，一分钟好像有三分钟那么长。

“他们还在吗？”巴拉尔嘀咕道，关上我身后的门。

一股清新的空气抚摸着我的额头。

“哦，是的，”我回答，“他们在这里。”

“我希望他们会出现。”

亚当立即在我身边显现了。

“我把艾利亚斯送回庄园了。”他告诉我们。

巴拉尔点点头。

“你是对的。一个小男孩儿不应该和这样的案件搅在一起。”

“为什么？”亚当想知道。

“嗯……他太小了！如果发生了什么事……”

“啊，是的。不，事实上，他正在挨饿。有了妮科莱特，他会有一顿真正的早餐。他稍后会加入我们。”

我拍了拍心怀不满的警探的前臂。

“我们开始吧？”我温柔地问道。

“夏洛特，你是怎么做到的？”

“我假装已经对此习惯了。”

亚当叹了口气，铺开一张地图，用黑色钢笔密密麻麻地写满了整张纸。

“让我们回顾一下，”他边把工作电脑拿出来边说，“我昨天下午看到了约尔格·冯·奥尔蒂斯的名字。在几点？”

“应该在下午四点之后吧，”我回忆道，“我昨天下午在丝芙兰，试了那里所有的香水和大部分化妆品。之后我就几乎丧失了嗅觉。因为卸了妆，所以我的皮肤很红。女售货员差点儿要把我踢出去我才回来。”

“我错过了。”亚当假笑着，俯身在他的地图上。

“永远不要把这些话说给铁线莲听，”我提醒亚当，“她会伤心死的。”

“好的，”亚当心不在焉地点点头，“为什么呢？”

我没有理会他。这时，巴拉尔用手指指着地图上的一个点。

“15 点到 17 点 30 分，已故的索格中尉正好出现在这里，离市中心不远。”

我瞥了一眼，颤抖着。确实离市中心不远，就在监狱旁边。

“肉店街。”警探再次说，眯着眼睛看着地图。

“我知道那一片，”亚当说，“有市政厅。”

“还有监狱。”我咕哝道，不确定这是一个非常好的预兆。

“关押嫌疑人的地方！”巴拉尔盯着地图纠正道，“城里的人都那么有幽默感。挨着肉店街的监狱！这是你家人的想法吗，亚当？”

“据我所知，不是。但我会问问我的父亲。”

我没觉得好笑，特别是如果我们必须进入贝尔福守卫最森严的建筑物才能找到潜在的幕后黑手。

“是在监狱和市政厅过去一点儿，”警探看着我突然失血的脸说，“在小步行街。我们不去监狱，夏洛特。”

“好。”我叹了口气。

“你想留在这儿等我们？”

“哦不！”

当我的保护者去跟猎灵人硬碰硬时，我独自一人在这里闷闷不乐？不可能！

“我们不会像恐怖电影中那样吧？”我补充道。他们惊讶地看着我。“你们知道，就是那种先分成两人组，然后分成一人组，先死的总是女孩儿。如果你们留我一个人，他们会找到我、绑架我，把我切成一块儿一块儿的，用我做人质来威胁你们。”

“我喜欢你的乐观，夏洛特。”巴拉尔温柔地微笑道，“我认为我们在那里找不到多少东西。如果这人有点儿智商的话，他早就远走高飞了。”

我突然觉得神清气爽。飞了？我完全认同！

“我现在需要的是，”亚当补充道，“一个他长时间触摸过、足以留下他内心印记的东西，然后……”

他瞥了一眼皱着眉头的巴拉尔。

“他内心的印记？”巴拉尔重复道。

“这是影子生物发现猎物的方式。”我总结道，“我们走吧。”

如果搜索空荡荡的房子能让我回家，我愿意搜遍贝尔福所有的空房子！

离开病房后，我们就遇到了艾利亚斯和瑞吉斯。

“艾利亚斯说你找到了猎灵人的藏身之处！”瑞吉斯惊呼，“我陪你们去！”

“他是谁？”巴拉尔嘟哝着问。

“瑞吉斯，”我回答道，“他兄弟被索格绑架了。”

“我不喜欢跟素人在一起。”

我抬起眉毛，惊讶不已：“那我呢？”

“你是我的线人，夏洛特。如果发生任何事，我会保护你。但如果我要同时看着两个人，我恐怕……”

“没关系。”我安慰他说，“他的话，死了也没关系，他会马上复活。”

警探呆滞的表情告诉我，我说的话对他来说有点儿太刺激了。天啊，还不是亚当影响了我。

所以我们现在五个人都在贝尔福的武器广场上。在我们背后，大教堂自豪地矗立着。在我们面前，市政厅和关押嫌疑人的建筑构成了肉店街的入口。我们沿着红色的石头墙走来走去。没有迹象表明这是一所监狱，即使是保护窗户的铁条看起来也像是住宅窗户的铁条。

“按照计划，我们向左走。”巴拉尔告诉我们。我们跟着他迈出了步伐，沿着从市中心到城墙的蜿蜒小道爬上去。在警探停下来之前，我们只走了十米。

“就在这里。”

在我们面前的建筑物看起来和周边小巷的建筑物很像。浅色墙壁搭配红砖，两层楼，一扇木门。

“哟，哟。”亚当低声说。

“什么？”我问。

“这栋楼，那里。”

“我也感受到了，”瑞吉斯补充道，“这是否意味着那个家伙还在这里？”

“谁？”巴拉尔问。

“建筑物上空有一个咒语。”艾利亚斯回答道，抬起他那双蓝色的大眼睛朝我们望去，“指尖可以感受到。你认为这是一个保护咒语吗？我们进去时会不会被活活烧死？”

亚当的脸上出现了疑惑。

“瑞吉斯，”亚当下令，“你先进去。”

“嗯？但被火烤会很痛！”

我和巴拉尔交换了厌倦的眼神。这真是一场超现实主义的对话。

警探向前移动，手放在门把手上，打不开。他向左看了一眼，向右看一眼，从口袋里拿出一堆各种形状的钥匙，然后跪在地上倒腾。我紧张地扫视着街道。在早上这个时刻还没有人散步。这样也好。大门悄然无声地被打开，露出一条幽暗的走廊。警探小心翼翼地站了起来。似乎没有“神圣之火”想要降临在我们身上。在没有任何警告的情况下，亚当抓住瑞吉斯的衣领，将他推向前方。

“啊！”瑞吉斯被迫跨入门槛，发出一声呻吟，“我不想……啊——”

他摔了个狗吃屎。我朝他做了个鬼脸。

“这不好，亚当。”巴拉尔平静地说道。

“我从没说过我是好人。”

“这样进去确定没有问题吗？”

“看起来是的。”

在走廊里，瑞吉斯四处张望，惊呆了。

“哇哦！”他脱口而出，“快来看看！太疯狂了！”

当我走进门时，一阵电流通过全身。黑暗的走廊像是被施了魔法般消失了，一个巨大的内部庭院出现在我们眼前，庭院的另一端是一座宏伟的两层建筑。

“隐藏咒语，”亚当赞赏道，“可能是一个强大的仙女在这里施下的。如果我们必须面对她，我们需要……”

他突然停下并扑向我们，阴影笼罩了我们。几声枪响。我感觉有子弹从我身边飞过，但没有伤害到我。我们在黑暗中移动，亚当匆匆把我们带到了柱子后面。这是院子内的柱子。

“怎么回事？”巴拉尔被压在冰冷的石头上悄声问。

“他们向我们射击，”亚当说，好像这是世界上最自然的事，“他们在等我们。如果你允许……”

他放开我们后消失了，但在下一秒钟重新出现，瑞吉斯的尸体在他怀里。我瞪着他，吓坏了，嘴巴张得大大的。他的胸部被打成了筛子，血液染红了衬衫。

“我就知道他必须打头阵。你们留在这里看着他直到他活过来。

我去处理那些人。”

“还有艾利亚斯？”我用苍白的声音说。

“他已经去处理开枪射死瑞吉斯的人了。”

他消失了，我们感到困惑。巴拉尔凝视着躺在我们脚下的新鲜尸体。

“我们应该做点什么吗？”他用一种不那么平静的声音问道。

“不用，就在这里等就好了。”

“很好。”

我们等着。枪声继续响起。

“我们要等很长时间吗？”

“我不知道。这取决于……”

怎么表达呢？

“他有没有死透。”

“啊！”

火焰点燃年轻的凤凰。

“很好，成功！”我惊呼，松了一口气。

大火覆盖了他，又很快熄灭了。

“结束了？”瑞吉斯睁开眼睛，焦急地问道。

“枪击结束了。”亚当在我们身边现身并向我们保证，“现在只剩下参观这栋楼。瑞吉斯，你走在前面好吗？”

“哦不！”

“拜托。”

“啊——不。”

亚当不高兴。

“好吧，好吧。”这位年轻的凤凰抱怨道，他的一只手穿过比任何时候都更加纠结的黑发，“但我抗议。我敢肯定有法律禁止……”

“亚当，”巴拉尔说，“这里都是骚动和枪声，邻居可能会打电话报警，甚至会亲自过来。”

“不可能，”亚当说，“隐藏法术可以做到完全隔音。即使有人站在门前，耳朵紧贴着门也听不到。”

一声嘶哑的怒吼打断了他。我全身的血液都冻结了。巴拉尔惊慌失措地朝房子望去。

“那是什么？”

亚当的脸色沉了下来。

“是山地巨魔的叫声。”

“什么？”我一愣。

“巨魔。”

“我们会被山地巨魔袭击吗？”恐慌让我的声音都变了。这种野兽长什么样子？就像我们的园丁森林巨魔一样，会像一颗巨大的西兰花吗？我应该留在病房！

亚当摇了摇头：“听起来更像是痛苦而不是攻击的呐喊。我想他听到了枪击声，并试图告诉我们他的位置。出发。”

他抓住瑞吉斯的手臂，把他拖到身边。

巴拉尔看了我一眼："跟着我，夏洛特。"

"哦，是的，不然还能怎么办呢！"我结结巴巴地说，藏在他后面。巴拉尔跟着亚当向前走。

我们保持着一种奇怪的队形进入了这幢房子。前庭中有三个方向可供选择：上楼和左右两个走廊。

"我们不会分开，对吧？"我结结巴巴地问。

"现在还不会。"亚当安慰我，"瑞吉斯，你在最前面，你有权选择上楼、右边或左边。"

"嗯……啊……上楼？"凤凰和我一样懵。

"干得好！巨魔的尖叫声来自那里。艾利亚斯，你能听见我吗？"

小男孩儿在我们附近出现。他的蓝眼睛像篝火一样闪闪发光。

"我在这里！"他挥舞着一片大鹅毛宣布道。

我甚至不想知道他用这片羽毛做了什么。

"隐藏自己，不要让任何人离开这里，"亚当命令道，"我们上楼。"

"明白了！"

"如果遇到困难，就呼唤我。我们面对的是一个强大的仙女。"

艾利亚斯以最严肃的态度点头："相信我，亚当！"

"很好，出发。"

小男孩儿在空气中消失，我们走上楼梯。还没到达一楼，我们就听见枪声再次响起。亚当咒骂了一声就消失了。

“快点，继续前进。”巴拉尔推动着我们前进，“我们在这里很容易成为敌人的目标。我们需要找个地方隐藏起来。”

不用重复两遍，瑞吉斯和我直接冲向走廊的第一扇门，躲进房间里，仿佛追我们的是魔鬼。门被用力关上后，眼前的一切让我大惊失色。虽然不知道等待我们的是什么，但绝对不应该是眼前这样的。

我们刚刚进入一间可能是病房的房间。白色的墙壁，白色的百叶窗，大型铁皮床，白色的瓷砖，白色的被单覆盖在“病人”身上，干净的手推车上摆满了医疗设备。输液袋里的液体缓慢滴落。床上的人动了动。瑞吉斯和我跳到门口准备逃跑。

“救命。”嘶哑的声音呻吟着。

巴拉尔从口袋里掏出武器，小心翼翼地靠近。

“警察，”他严肃地说道，“不要做任何蠢事。”

“警察？”

警探来到床边。当他近距离看清床上的人时，我看到他咬紧牙关，之后就收好了武器。

“没关系，伙计，”他嘀咕着，“我们会带你离开这里。”

“你……但是，你……”

“夏洛特，我需要帮助。”

我冲到他身边，克制自己不要害怕这个躺在床上的男人。他深陷的眼眶激发了我内心的恐惧。这个人看起来身体被掏空了似的。

“你是……巨魔？”我结结巴巴地问。

他的目光落在我身上。

“不，”他肯定地说，“但是……这里为什么会有警察？”

“她不是警察，”瑞吉斯走了过来插话道，“她是天蝎王妃。”

这个生物羊皮面似的脸上燃起了疯狂的希望。我的喉咙因为激动而变得干涩。好，非常好。这个时候，他们有权在这个时候叫我王妃。

“巨魔，”他低声说，“他就在隔壁。”

“你必须拆掉他的输液管，”巴拉尔读着缓慢流动的输液袋上的文字说，“我的医学知识非常少，但我对药物的判断从不出错。这玩意儿对他没有任何好处。夏洛特，帮我找纱布，再看看推车上有没有绷带。”

我手心冒汗，赶紧按照警探的要求去做。他尽可能轻柔地拔出输液管。在外面，战斗声仍在继续。我从呐喊声中分辨不出亚当的声音。他这次战斗怎么会那么吃力？他面对的是什么？

瑞吉斯盯着受伤的人，喘着粗气。

“还有其他人吗？”他问，“这里有很多人吗？”

“是的。”

凤凰抬头看着我，目光中充满希望：“夏洛特！我的兄弟！”

我提心吊胆地点点头。

“我们必须查看所有的房间，”我低声说，被我自己的想法吓坏了，“但是我们怎样才能把他们全部带出去呢？我们不能把他们留在这里，他们都会被杀死的。”

瑞吉斯在房间里发现了一个折叠的物品。

“我们真幸运！”他喊道，“我们不需要亲自带着他们。”

折腾一番后，他展开了轮椅。

这个生物惶恐地睁大了眼睛：“他们……他们用它……来……把我们带到手术室。”

“好吧，我们会把你带到外面。”巴拉尔嘟哝道，“来吧。”

他抓住受伤的男子，把他放到轮椅上。瑞吉斯回到门口，小心地打开门。

“外面好像好点儿了。你们准备好了吗？”

我们点点头。

“那我们出发！”

瑞吉斯一下子蹦出房间，我们全速跟着他。想着马上就能见到自己的兄弟，他感到异常兴奋。附近再次响起枪声。年轻的凤凰在隔壁停了下来，打开了房门。我们进入新的房间，门在我们身后关上。一个巨大的男人被皮带绑在一张小床上。他凶横地瞪着我们，巴拉尔犹豫了一下。

“冷静，伙计，”坐在轮椅上的生物痛苦地呻吟道，“他们是来救我们的。”

男人的眼睛睁大了，黑眼睛深似洞穴。我困难地吞咽着。哇，所以山地巨魔长这样啊？

“啊，我们还是先把他解开吧。”瑞吉斯犹豫不决，显然也很焦虑。

“天蝎？”巨魔猜到我的身份后惊呼，“请原谅我。请把我解开。我会帮助你们的。”

巴拉尔没动。瑞吉斯显然是在征求我的同意。

“好的，”我用苍白的声音说，“你能走路吗？”

“是的，王妃。”

我走近，试图控制双手的颤抖。枪声还没停止。

“这房子里发生了什么？”我咕哝着，解开了绑在他身上的皮带。

“他们每天带我们到手术室，”巨魔嘶哑地回答，“我认为他们在做实验。他们扒掉了我的皮肤。他们吸了这个可怜精灵的鲜血。也许他们正在寻找新的武器来杀死我们，这取决于我们的具体情况。”

我眨了眨眼睛，感到困惑。一个精灵？坐在轮椅上的那个人是菲尔曼的族人吗？他们抽了他的血？太可怕了。我甚至无法想象有人会参与这种恐怖研究。

皮带松了，巨魔直起身来。

“外面还在战斗吗？”他问道。

“是的，”我结结巴巴地说，“趁着亚当和猎灵人斗争的时候，我们试着查看每个房间，把每个人都带过来。”

反正，我理解中的临时计划是这样的。

巨魔至少比我高出三个头。

他点点头说：“让我来帮你们。”

“好的，我们来者不拒。”巴拉尔嘟哝道，“我们快点吧。”

这个生物笑得很大声。

“我喜欢那个人。”巨魔盯着警探说。

警探抿着嘴唇。我真想知道他现在的想法。

巨魔再次打开门，把头探出去：“好吧，看样子是畅通无阻的。”

我们跑了出去。枪声依旧，我们附近的墙壁被子弹打出了好多窟窿。巨魔停了下来，转过身来：“跟在我身后！”

我服服帖帖地跟在他后面。他的身体变得更大了，皮肤变灰了。该死的！看起来像神奇四侠中的石头人！他几乎触到了天花板！子弹在他身上弹了出去，就跟电影里演的一样。但我确定，这种比较不会让他高兴。巴拉尔也躲在他身后，站在我旁边。他盯着巨魔，好像看到了一个怪物。不过他确实是个怪物。

“天哪，他们都像这样？”

“不是所有生物都这样，”我试着说，“我觉得瑞吉斯长得很正常。”

“嗯？”藏在巨魔身后的瑞吉斯说道，“什么！我看起来很蠢吗！”

枪声突然停了，亚当出现在我们身边，手里举着破碎的机枪。他迅速看了一眼巨魔和精灵。

“你交到朋友了吗？”他兴致勃勃地询问道。

“我们尽力了。”我回答说。看到他安然无恙，我放下心来。

“墙上隐藏着自动武器。”他指着机枪说道，“它们是远程控制的，我去查查是谁。”

他转向巨魔 :“你能保护他们吗？”

“只要您一声令下，我们随时听命，天蝎王子。”他用洪亮的声音回答。

“完美。注意安全。”他消失了。

“要继续找我哥哥吗？”瑞吉斯紧张地问道。

“继续。”我同意道。

我们从一个房间到另一个房间。当隐藏在墙壁上的武器向我们射击时，巨魔站在我们面前，愤怒地咆哮着，然后扑向墙，用拳头碾碎机枪。我不太明白咆哮的用处，但一定有用。如果我们活着出来，我会在笔记本上记下这点。我们还发现了一些能够行动的生物，他们帮我们给那些无法独自行走的生物推轮椅。有些生物甚至没有足够的精力保持他们的魅术，只能以原形示人，他们因为失血过多显得苍白瘦弱。瑞吉斯死了两次。巴拉尔累坏了。

“够了，孩子！”当瑞吉斯第三次复苏时，警探喊道，“你在浪费我们的时间！你应该躲到……”

警探抬头看着挡住我们的巨大生物，嘟囔道 :“你有名字吗？”。

“罗尔夫。”巨魔回答。

“躲在罗尔夫身后！”

我们检查完一楼，没有发现巴西尔 · 杜桑的痕迹。年轻的凤凰逐渐崩溃。

“上二楼，”我决定，“应该还有其他房间。”

“什么？”巴拉尔问，“我们不可能扛着这些轮椅上楼！”

“有一个货运电梯隐藏在一幅画后面。”罗尔夫告诉我们，“我们已经走过了。他们用电梯运送我们到手术室。”

我们返回电梯。这是一个巨大的货运电梯，但我们无法全部挤进去。

“疏散伤员比带着伤员更好。”巴拉尔宣称，“我们应该把伤员带到门庭。小家伙能确保他们的安全，对吗？”

小家伙？艾利亚斯？我很难想象我可爱的小猫摇身一变，变成了战斗机器！

“我想是的。”我不情愿地回答。

“好吧。如果他有亚当一半的实力，那么……这些人应该是安全的。然后我们回去找其他人。”

我眨了眨眼睛。他是对的。

我、瑞吉斯以及第一组受伤生物一起下了楼。我们带了三个最弱的生物，让他们挤在轮椅上。瑞吉斯在一楼电梯门打开时勇敢地站在门前，但没有人要开枪打死我们。我们走出了电梯。

艾利亚斯就在出口处，坐在一群昏迷不醒的男人身上，他手捧脸颊，好奇地看着我们。

“你回来了！”他开心地向我们举起双臂打招呼，“他是谁？”

“他们又是谁？”我指着他面前倒地的一堆人问道。

“他们试图逃跑。我让他们留下，但他们不同意。我就把他们打得满地找牙。”

“亚当告诉你要隐藏起来！”我抗议道。

“是的，但我很无聊。”

瑞吉斯已经把轮椅推给他了。

“我们要继续寻找我的兄弟，你可以照看这三个生物吗？”他焦急地问道。

“好的。”艾利亚斯平静地回答。

“不能让他们被枪杀了，”他进一步解释，“他们会死的。”

“哦？真的吗？”

我就知道。

他跳过他的手下败将靠近我们，研究超载的轮椅上的三个生物。

“我会小心的。”他答应道。

这个承诺就足够了。瑞吉斯向另一个方向飞奔而去。

“夏洛特！”他在电梯里叫我。

我的心提到了嗓子眼儿。

16

天蝎的审讯

我们上上下下了三趟才把所有伤员都运送到前庭。艾利亚斯每次看到新的轮椅，热情就高涨一点儿。

幸亏巴拉尔和罗尔夫一起待在楼上，瑞吉斯和我最后一次把伤员运送到楼下后就上楼加入了他们。现在楼上只有我们四个人。

“王妃，我们还要上楼吗？”巨魔大声询问。

“是的，”我无奈地说，“你们有亚当的消息吗？”

他们摇了摇头。我们走向楼梯。以罗尔夫目前的体型，他挤不进电梯。有一个问题让我的心发痒：“你为什么要在那么长的时间内保持人形，罗尔夫？你本可以一早就干掉他们的，对吗？”

“您对我的信心让我很高兴，王妃。”他做了个鬼脸，“不幸的是，我没法如您所说的那样一早把他们干掉。猎灵人非常了解如何压制我。因此，我像所有其他生物一样，一直维持着人形。他们拿走了我的皮肤和血液，但只是混合皮肤和混合血液，而不是纯巨魔的。我不知道他们做了什么样的研究，但我并不打算让他们那么轻易获得想要的东西。”

我点点头。

亚当突然出现在我们面前。我跳了起来，巴拉尔用枪指着他，罗尔夫发出一声威胁的怒吼。瑞吉斯消失在我身后。

“是我，”我高大的棕发男人举手示意，“请不要瞄准我。”

男人们一听都放松了下来。亚当满意地打量着我。

“发生了什么？”我好奇地问。

“没什么。不要上去，那里没什么，只是一个控制武器的指挥所，而且全是尸体。”

“你杀了他们，亚当！我们需要对他们进行审问！”巴拉尔吼道。

“但是，我的兄弟！”瑞吉斯在我身后呻吟，“他在哪儿？”

“地下室里还有人，”亚当说，“他们被关在实验室里。我们会审讯他们。”

我们从另一条路回去。

一扇装甲门封锁了通往地下室的通道。

“我来撞开它。”罗尔夫说。

“不，”亚当拦住了他，“你确实比人类强，但并不代表比我强。你受伤了，让我来开门，不要担心。”

巨魔向后退了几步，松了一口气。亚当把注意力转向装甲门。他的架势让我想起了前一天晚上艾利亚斯看出气筒的眼神。

他的动作太快，我几乎没看清，门就一下子飞到了走廊的另一端，发出地狱般的声音，然后碎了一地。

“非常棒，”罗尔夫笑着低声说，“我之前听说过，但我从没亲眼见过。”

巴拉尔耸了耸肩，竖起了枪：“我们习惯了。”

是啊，他紧绷着的宽阔肩膀与他松弛的表情恰恰相反。但我们人类都非常弱小，而且非常谨慎。

亚当迈着沉重的脚步走在地面上，进入大厅。我们紧随其后，沿着马口铁楼梯来到地下室走廊的入口处，地板上铺着浅色瓷砖，反射出令人不快的霓虹灯光。

“就是那里，”巨魔哼了一声，“他们带我们来这里做手术。所有这些门都通向手术室。除了最后一个，我不知道那里面是什么。”

我算了一下，加上未知的门，一共有五扇。亚当从大厅往下看。

“手术室里没有生命迹象，”他说，“但后面的房间里有两个人。”

“那我们先压制住那两个人？”巴拉尔提议，“防止他们远程狙击我们。”

“我同意。”

亚当径直走到门口，门像纸板一样被撞开。

“先生们，你们好，”他说，“请放下你们的武器。”

枪声响了起来，随后传来一阵呻吟。

“你们可以进来了。”亚当说，“他们愿意停止射击。”

我们冲进了房间。房间内有一张覆盖着文书的玻璃办公桌。两个穿白大褂的男人跪在地板上痛苦地呻吟着。他们的手腕被扭曲到奇怪的角度。我睁大了眼睛。亚当把他们的手腕折断了？

他抓住其中一人的衬衫衣领，拽着他坐到桌子上。

“谁策划了这一切？”亚当用咄咄逼人的语气问道。

那个男人呻吟着一个难以理解的答案。亚当皱起了眉头：“我没听清楚，你说的是谁？”

“去……去他妈的……”另一个人喘息着说。

“这不是我要的答案。你想换个答案吗？”

“天蝎王子，”罗尔夫说，“这些家伙是给我做手术的医生。他们肯定也会给别人做手术。我从未见过除了医生、猎灵人和他手下之外的其他人。”

亚当的目光变得冰冷，气温急剧下降。

“所以是你们把他们弄成这样的！”我的爱人轻声说道。

我紧握拳头，以免出声抗议。我曾经看到过亚当生气，那样子让我记忆犹新。

“说吧。你们负责人的名字。”

“不可能……”医生说。

“你在说什么？”

“我说……我永远也不会说出来！”

“永远不会？”

“永远不会！”

亚当耸了耸肩：“好的。”

亚当用力把他踹飞到墙上，他跌落在地面上，又像木偶一样在地上弹了几下，在撞击的地方留下血迹。瑞吉斯抖了一下，我也僵在那里。巴拉尔发出一声呐喊，冲向那人：“天哪！亚当！你在玩什么？”

“我？”亚当反驳道，“我没玩！”

“你为什么杀了他？”

“嗯……他说他永远不会说出来！”

巴拉尔翻了个白眼儿：“人类和你们不同，你们会为了信念而牺牲，但是人类往往口是心非。”

“哦？”

亚当瞥了我一眼，喃喃地问：“这是真的吗？”

“是的。”我确认。

“哦，好吧。”

“我来审问第二个。”

亚当生气地抱着胳膊和我们一起站在房间的入口处。罗尔夫瞥了他一眼：“干得好，我的王子。”

我噘嘴，但在他忍受了那么多之后，我无法责备他。

“你——”巴拉尔蹲在第二位医生旁边说，他正用无助的眼神看着尸体,“我建议你回答我的问题。而且，请不要说‘永远不会’这句话。他们可不会跟你闹着玩。”

那男人吓坏了，一动不动。

“告诉我负责人的名字。”

没有回应。

“那你们又是如何挑选受害者的呢？你们自己选择还是处理他们带来的生物？”

仍然没有反应。

墙壁突然强烈震动起来。我担心地抬头望着天花板。震动没有停止。相反，地面开始在我们脚下晃动。那人歇斯底里地大笑起来。

“你们会死的！”他气喘吁吁地说,“你们都会死的！”

“亚当？”我惊慌失措。

“隐藏咒语刚刚被打破了,”我的未婚夫咬牙切齿道,“这个地方将恢复它的初始外观。它会不断缩小，我们会像煎饼一样被挤扁。”

“啥？”

“出去！快！我不能同时带你们所有人，所以跑吧！”

我的心脏漏跳了一个节拍。我们冲向大厅，瑞吉斯带头。墙壁在我们四周吱嘎着合上。天花板的碎片沿着我们的路径坠落下来，在我们脚下滚动。当我们到达大厅时，楼梯已经失去了一半的宽度。

“快！”亚当冲我们喊道。

他抓住幸存医生的衬衫领子，把他拖到身后。罗尔夫吃力地跨越台阶上楼。我被吓傻了，眼睁睁地看着大门被墙壁快挤没了。

“不要放慢速度！”亚当喊道。

他抓住巨魔的腰部，一下子就到达了楼梯的顶端。他的拳头捶击到墙上，“砰”的一声，墙炸开了。我的太阳穴突突直跳，我不假思索地穿越弥漫着灰尘的房屋。我们冲进前庭，生物们一脸茫然地环顾四周。

“出去！”巴拉尔喊道，“每个人赶紧出去！”

“但是……人类！”一个生物抗议，“他们会看到那些没有力气变成人形的生物。”

“管不了那么多了！你们想死吗？”

受伤的生物犹豫不决。我看了下表，早上十一点多。

“很好！”现在轮到我喊了，“你们都快点出去！”

“但是……王妃……”

“快点！”

前庭坍塌了。整个建筑发出震耳欲聋的轰鸣声，好似世界末日。天花板因震动全部掉落，扬起的灰尘塞满了我的鼻腔。我用手捂住脸，尽量避免吸入灰尘。艾利亚斯逮着一个轮椅，使出一个10岁小孩儿本不该有的力气，把轮椅推了出去。其他人也跟着学。我们加快速度，全速穿过庭院，这个院子摇摇晃晃地缩小，我们像炮弹一样冲到街上。亚当最后冲出来，医生还在他的胳膊下。

我们逃到外面，喘着粗气。亚当最终打破了沉默："很好。好消息是我们不需要处理这些人的尸体了。"

神奇生物们松了口气，巴拉尔似乎也松了一口气。

艾利亚斯检查了建筑物的大门。

"你说，瑞吉斯，"艾利亚斯喊道，"如果你留在那里，会永远死去吗？"

年轻的凤凰听后脸拉得可以拖到地上了。艾利亚斯就是会安慰人！

街角处，一个男人突然转过身来。我们僵住了。他朝我们走来。那是一个头发乱蓬蓬、睁大了黄色眼睛的高个子男人。他破烂的衣服上沾着血红色的污渍。当他走近时，他热情地打量着我们。

"不错，伙计们！"他打了声招呼就走远了，在下一个十字路口消失。亚当惊讶地看着空旷的十字路口："那是什么？"

"比赛，"我低声说，"扮装比赛已经开始了。"

当我们穿过贝尔福市中心时，人们咧着嘴微笑着看我们。没有人担心被亚当拖着后颈的医生。

当我们耐心地在巴士站等候时，罗尔夫咕哝道："好吧，如果我早知会发生这种事……"

一位老太太走到我们身边赞许地观察我们。罗尔夫礼貌地站起来，给她让出位置。

"你很善良，年轻人！我希望你赢得比赛。你这身服装是用什么材料做的？”

“啊……啊……巨魔皮肤。”罗尔夫结结巴巴道。

好吧。如果有一天巨魔从地球上消失了，那肯定是因为他太蠢了。

“当然！”老太太笑了,“真有趣！你肯定花了不少时间制作它！”

“啊……是的。”

好吧，算是一个不错的答案。

“夏洛特，我可以买冰激凌吗？”艾利亚斯要求，把令人不安的巨魔和他的新朋友留在一旁，随便他们讨论制作服装的事。

“不能，亲爱的,”我回答道,“午餐时间很快就到了。”

坐在轮椅上的生物发出笑声。

“有人曾经告诉我，天蝎用一种不同于我们的方法理解世界。”他低声说道,“在这一点上我并不认同。”

“啊！我同意你的看法！”我惊呼。

“哦……原谅我，王妃，但我在谈论您。”

我睁大了眼睛 :“我？为什么呢？”

“嗯……在这种情况下，还要关心年轻王子的饮食，也只有天蝎了。”

亚当自豪地把手放在我的肩膀上。

“是的,”他同意道,“她将成为神话般的天蝎女王。”

只因为我禁止艾利亚斯在午餐前吃冰激凌？

什么玩意儿。

在下车之前，亚当快速击打了医生的后脑勺。

“预防措施，”亚当向巴拉尔解释道，“无论如何，我们不会让他看到我们住的地方。”

“注意不要杀了他。”

我的未婚夫极其严肃地点点头。我们一行怪人离开了公共汽车。司机在我们离开前冲我们友好地点点头。我们沿着绿树成荫的道路奔跑，轮流推着轮椅。瑞吉斯走到我身边，他脸色沉重，紧缩着肩膀。我抿紧嘴唇。我要如何告诉他，我们没有找到他的兄弟？我不知道我是否真的可以安慰他。现实如此不尽人意！

当我们到达庄园时，七位园丁正在敞开的铁门前等我们。显然，他们老远就看到我们了。

“如果先生允许的话，”古斯塔夫向亚当说道，“我们将根据您父亲的指示将伤员送至罗马里克医生处诊治。”

“好吧。他还说了别的什么吗？”

“是的，先生。他让您过去，山怪醒了。”

瑞吉斯挺直了身子：“他说话了吗？”

“我不知道。那个帮助先生的人也需要治疗吗？”

“应该不需要，”亚当回答，“感谢你的帮助，古斯塔夫。”

把伤员留给森林巨魔后，亚当、艾利亚斯、巴拉尔、瑞吉斯和我向大厅走去。在我们身后，古斯塔夫上下打量罗尔夫，好像以前就认识一样。

“欢迎来到这里，堂兄。”他说。

我没有听到回答。

菲尔曼刚刚打开了大门。

“欢迎回到庄园，小姐、亚当先生、艾利亚斯先生、警探先生还有瑞吉斯。”

“菲尔曼，”亚当打断道，“山怪他开口说话了吗？”

“他没跟我说，先生。罗马里克医生坚持让他养精蓄锐，直到您的父亲可以询问他为止，而您的父亲希望等您回来再说。”

“非常好，谢谢菲尔曼。我们马上去那里。”

一分钟后，我们到了山怪的床边。他枕着两个巨大的白色枕头，头上、下巴、耳朵、手……全身上下都绑着绷带。我急不可耐地想听他说话。至于瑞吉斯，更别提了，他就差跳到他身上了。

山怪用黑色的眼睛盯着我们。

“王妃……”他说。

这个简单的词蕴含着多少感激和希望，听得我心潮澎湃。他几乎不能说话，而他开口的第一句话居然是喊我。或者更确切地说，我象征着天蝎？我走近床边，把手盖在他的手上，他的手不比孩子的大。我为能在这种情况下被人称为天蝎王妃而感到自豪。

“你很安全，”我保证，尽量不让我的声音颤抖，“一切都会好起来的。”

他的脸亮了起来。

门口传来几下敲门声，拉扎尔走了进来。

“你们都在这里！”他满意地注视着一切，似乎没有注意到我的麻烦，“很好。貌似你们这次小探险取得了巨大的成功？”

“我们差点儿永远地杀死了瑞吉斯，”亚当轻飘飘地说，摇了摇他身边的人类医生，“但我们做得很好。”

“嗯？”凤凰叫道。

“告诉我。”拉扎尔很好奇。

亚当立刻开始讲述之前发生的事，我在一旁安静地听着。当他谈到解救了被困生物时，山怪的黑眼睛闪烁着开心的光芒；而当亚当谈到杀了医生和医院倒塌时，山怪脸上则露出一抹坏笑。

“猎灵人的委托人不在那里。”拉扎尔总结道。

“是的，”亚当遗憾地说，“但我注意到这些医生的办公室里有一部电话。当委托人意识到丹尼尔正在找他时，猎灵人或许正在跟他沟通生物们的问题。”

“可能。或者，如果他属于仙女部族，在他意识到已经丢了医院的时候，他就会消失。”

“谁属于仙女部族？”山怪痛苦地问道。

亚当回答说：“组织这一切的人。”

“不……不……我见过他……他是人。”

“什么？”

在场的所有人都困惑地睁大了眼睛。

“他是……”山怪艰难地开口，“非常……残忍……还是人类……而且他还是老……太老了……”

“老？”

房间陷入了沉寂。巴拉尔靠了过来：“你遇见他时，他是否说了些什么？能作为我们找到他的线索吗？”

山怪眨了眨眼睛。

“见过，”他虚弱地重复道，“但不是字面意义的见过。”

“山怪是天才，”拉扎尔迅速解释道，“他们能想象出他们进入的每间房的所有者。”

警探似乎有点儿失落，但他从口袋里掏出一张纸，然后展开。

“是他吗？”他问那个不幸的生物。

“是的！”那个生物低声说，“是的，是他！”

“但他不老！”

“不，他是老的。”

好吧。从一种生物到另一种生物，年龄标准变化太大，这对我们来说不算什么。

亚当举起手臂，摇了摇快要醒来的人类医生：“还好我留下了他。他可以向我们提供些信息。”

“他！”山怪尖叫，“杀了他！”

“啊！你看！”亚当对巴拉尔说。

“没关系。”巴拉尔咕哝道。

“你认为他会告诉我们吗？”拉扎尔对此表示怀疑。

“我希望如此。我在他面前解决了他的同事，因为他跟我说‘永远不会’。这应该足够让他明白了。”

巴拉尔的下巴就差没掉下来：“你是故意这样做的吗？”

“什么？”

“在他面前扮演野蛮的无脑流氓？”

“当然。他从一开始就是我的目标。我本想着你能和我一起扮演，这会很有趣。”

“但是……我想……”

“你觉得我很菜吗？”

巴拉尔闭上嘴，皱着眉头。亚当的笑容给了他一种上当的感觉。他从一开始就准备好了一切。巴拉尔忘记了他正在与世界上最有天赋的杀手打交道。亚当从不无目的地杀人。

“那我们叫醒他吗？”艾利亚斯问道。

“请。”

“酷！谢谢！”

他像亚当一样抓住医生的衣领，把他推到墙上。这样每个人都能看到他，包括床上的山怪。

小男孩儿深深地吸了一口气，好像准备要冲刺，然后他的巴掌就像雨点儿般落了下去。我本该为医生难过，但想到那些饱受折磨的生物，还有万人坑里的受害者，我就无法心软了。

“哎哟！哎哟！”他终于呻吟了，“住手！求求你了！”

亚当做出手势，艾利亚斯停了下来。亚当走到前面礼貌地问他：“你好，先生，你还记得我吗？”

男人一脸惊恐，答案显而易见。

“很好，你老板经常来医院吗？”

那个男人只是盯着他看，因恐惧而目光呆滞。

“我不是很有耐心，”亚当扬起眉毛说，“但我还是试着有礼貌。所以不要浪费我们彼此的时间，好吗？你的名字？”

“安……安东尼，”医生支支吾吾，“安东尼·迪迪埃。”

“很高兴见到你，迪迪埃医生。你的老板呢？他经常来吗？”

“不……不，不经常……只是刚开始的时候会过来。我发誓，之后我们只通过电话联系了。”

巴拉尔靠在墙上发出了一声不满的闷哼。亚当回应他一个戏谑的表情。我顿时感觉安心不少。他俩相处得很好。

“他叫什么名字？”

“我不知道……”医生结结巴巴道。

我的高个子棕发男人扬起眉毛。他蹲在那个男人身边的方式应该会让对方觉得他可以像捏死一只蚂蚁一样干掉他。

“你知道我是谁吗，迪迪埃医生？”

“不……不知道。”

“我的名字是亚当·莱萨特，我从事着最精湛的杀手职业。现在有人要买你老板的人头，不是你的人头。我从不免费工作。当然，除非有人妨碍到我。如果你告诉我你老板的名字，我就放了你。”

那人犹豫不决。

“奥尔蒂斯，”他低声说，“约尔格·冯·奥尔蒂斯。”

巴拉尔翻了个白眼儿。他是反对我的未婚夫行之有效的做法，还是对见效如此之快感到崩溃？

“我在哪里可以找到奥尔蒂斯？”亚当轻声问道。

“我……我不知道……”

“哦？不知道？”

医生也和我们一样听出了“哦？不知道？”里潜藏的威胁，他立刻激动起来。

“我向你们发誓！”他喊道，“我发誓我不知道！”

“你要我解决他吗？”艾利亚斯一脸渴望地看着亚当问道。

“不！不，我向你们保证！之前一直是索格或他的一个手下把样本带给他。”

“样本？”我的棕发男人问道。

“是的。从怪物身上采集的样本。”

“他们要样本做什么？”

“我不知道。我们检查血液的组成、细胞以及所有器官……而且……”

“你们解剖生物？”亚当补充道，“你们慢慢杀了他们！”

“但他们不是人类！”医生抗议道。

“那又怎样？”

“啊——法律并没有禁止这样做！”

我厌恶地咬咬牙。他要是继续说下去，我会向亚当提议由我把他带到万人坑，让他死在那里。

“让我来！”瑞吉斯突然惊呼，忍不住冲向前，“我想问他问题！”

当看到年轻的凤凰时，那男人的嘴变成了“O”形。

“你！”他喊道，“你怎么跑出来了？”

“什么？”

但迪迪埃医生眨了眨眼，然后恢复理智。

“哦不……”他咕哝道，“没什么。”

“说出你刚才想说的。”亚当威胁他。

“不……但是几个星期前有一个看起来像他一样的怪物。现在……”

“那是我的兄弟！”年轻的凤凰结结巴巴道，“你对他做了什么？”

那个男人抿了抿嘴唇。

“回答。”亚当命令道。

医生继续用恐惧的眼神盯着瑞吉斯。

“迪迪埃医生？你没有什么要说的了吗？”亚当的警告把医生拽回了现实。

“有！”他呻吟，“只是那个男孩儿……”

“怎样？”

“啊……他被带走了……”

“被谁？”

“索格中尉。一天早上他来把他带走了。当然，这让我们感到惊讶，因为通常都是我们让他带走受损的尸体。而这一次，他亲自把尚可利用的尸体带走。这个怪物太特别了，好像能重生！”

“索格把尸体带到哪里去了？”

“我……我不知道。他们称之为死亡之地。”

万人坑。他们在那里抛尸。我嘴里泛出一丝恶心。他们居然敢叫其他生物“怪物”。没有什么生物比他们更可怕了！要不是亚当已经杀死猎灵人和他的手下，我可能会清空我的银行账户，然后签下我的第一份雇佣杀手合同。

“这是不可能的！”瑞吉斯抗议，“如果他们把巴西尔带到那个可怕的地方，他就不会死！”

亚当正在细心打量医生，手绕着额前的一绺棕色头发，沉思着。拉扎尔双臂交叉，看向窗外。在这种情况下，我渐渐明白了拉扎尔家族成员平静外表后的深思熟虑。

“所以我们面临着许多问题，”拉扎尔低声说，“这个约尔格·冯·奥尔蒂斯是谁？他怎么如此了解我们呢？谁给他提供这些信息？仙女为什么要为他服务？我们又有多少人掉入了他的陷阱？”

“他已经抽取了什么样品？”亚当问道，“他设法开发什么样的武器？巴西尔在哪里？”

只有沉默。

“有想到什么吗？”亚当看着医生问。

“啊……没有。”

“丹尼尔，你有其他问题吗？”

“没有了，”警探嘟囔着，“凭这些我就可以让他终身监禁。”

“完美。”

他徒手抓住医生的衣领，轻松抬起了他。

“你在干吗？放开我！”

拉扎尔打开了他身后的窗户。亚当迈出了坚定的一步。我的心脏狂跳。他该不会要……

“不！”医生喊道，“不！”

“亚当！”巴拉尔试图干预，“住手！”

亚当唇间发出一声强有力的口哨，把那个男人扔了下去。那男人惊恐的尖叫声传入耳中。一声叫喊后紧接着就是呻吟声。接着，一切回归平静。我听到古斯塔夫的声音从花园里传来：“包裹收到，先生！”

“好好照顾他，不能让他逃了。”我的爱人回答道，“我们可能还会需要他。”

“请相信我！他会被关在一个美丽的三星级树根监狱里，并享用美丽的嫩叶。他会焕然一新的。”

我和巴拉尔松了一口气。山怪似乎有点儿失望。亚当关上了窗户，做出一个嘲弄的表情：“我不知道你们怎么想的，但我宁可死一千次，也不要成为巨魔的囚犯。”

“说吧，”他的父亲温和地说，“你对美丽的树根监狱有什么不满？”

然后不知道为什么，他们突然大笑起来。山怪很兴奋。巴拉尔和我，不明所以。

突然，门口传来敲门声。

“进来，菲尔曼。”拉扎尔说。

精灵手捧着一个银托盘，上面放着一部手机。

“夏洛特小姐的电话。”他紧绷着的声音显示他现在不太高兴，“我从玛德莱娜女士的尖叫声中听出这个电话很紧急。”

我摇了摇头，好像从噩梦中醒来。玛德莱娜女士？糟糕！我忘记了活动！

17

约尔格·冯·奥尔蒂斯公爵

“你在做什么，我的小猫？我们在等你！”

玛德莱娜在手机中的声音确实有点儿过于兴奋。

“啊……”

“我们打电话给你，没人接！”

“啊？”

一些画面在我脑海里一闪而过。我的手机在手提包里，而我的手提包被锁在警察局巴拉尔办公室的抽屉里了，因为我不想在追捕奥尔蒂斯的时候带上它。该死的。

“没电了。”我瞎编了个借口。

“好吧，没事。你还在家吗？大家都在这儿等你！”

我犹豫了。我应该可以伪装成得了重度流感，这样就不用参加活动了！拉扎尔在一旁轻声说了几句话。我睁大了眼睛，我没听错吧？

“我迟到了，但我会过去。”我重复道。

“快点！有很棒的服装，我们很难抉择。”

她挂断了电话，我把手机放在银托盘上。

“完美。”拉扎尔说。

“你们要我去那儿？”我惊呼。

“是的，艾利亚斯非常渴望参加比赛。”

我呆若木鸡。

“什么？”我结结巴巴地问。

“他需要一个成年人带他去。”

“是的！”艾利亚斯抬起手臂举向天空，大声喊道，“我去拿我的头巾和我的剑！”

“可是……可……”

“你们正在追捕敌人，却还要让夏洛特参加比赛？”巴拉尔不满地插嘴道。

拉扎尔笑了笑。

“到目前为止，唯一一个将朋友和敌人一个接一个找出来的人是夏洛特。在这个时刻把她送进城似乎是非常明智的。”

“嗯？”我惊慌失措。

“艾利亚斯将陪着她一起去，会保护她的。”

巴拉尔点点头，乍一看像是完全相信了庄园主人的话。他是否意识到这完全是场误会。

“与此同时，我们还有一些工作要做。”庄园的主人说道，“亚当，我希望你继续调查约尔格·冯·奥尔蒂斯。不要只盯着他的年龄。如果有仙女法力的加持，他可能看起来像一个8岁的孩子。”

“好的。”亚当严肃地回答。

“警探，如果我没有弄错的话，你最近也在跟踪猎灵人。”

“我也考虑过这个问题。我掌握了他曾去过的所有地方，但可能还会有遗漏。我会尽力找到他去过的地方。”

“来吧，开始工作。”

我和巴拉尔警探到警察局拿回我的手提包后就和扮成海盗的艾利亚斯一起跟协会的其他同事在广场碰头。他们围坐在战争纪念馆旁边树荫下的一张长桌边。正对他们的是一座气势宏伟的巴洛克风格的宴会厅。

“瞧他多可爱啊，这个小冒险家！”玛德莱娜在看到一旁的艾利亚斯时惊呼道。她看到艾利亚斯挥舞着手中的塑料剑。

“抱歉我迟到了，”我说着和所有人行了贴面礼，“我家里出了点临时状况。”

“没事，没事。你的弟弟也来参加比赛？”

“是的！”艾利亚斯惊呼道，“我会击败对手，直到最后！登船，水手！”

在团队关爱的目光下，他猛地朝一棵树砍去。我叹了口气。谁会想到他今天早上才执行了任务呢？

参赛者在广场周围徘徊，在我们周围推挤，提醒我们他们的存在。的确，一些服装确实很值得欣赏。大多数人仅仅按照我们向他们提供的图纸制作服装，少部分人在普通图纸的基础上进行了改进。我们看到女士们穿着缎面紧身胸衣、蓬松的连衣裙，手里拿着闪闪发光的魔杖；男士们穿着世纪袍，并配上儒勒·凡尔纳式探险家的眼镜，就像一个藏在巨大帽子下面的绝地大师；少女们穿着亮片紧身衣和泡沫一样的裙子，身后插着大大的透明翅膀；僵尸部队和陆地部队一个比一个形象。

“夏洛特，我饿了！”当我替一个可以以假乱真的吸血鬼登记时，艾利亚斯拽着我的衬衫说。

该死。我刚才应该让他买冰激凌的。

“给，”我说着翻出钱包递给他，“你可以去法式炸薯条小屋买任何你想吃的东西。如果那里没有你想吃的，你可以去面包店买三明治。”

“好的！需要我给你带东西吗？”

“请给我一个热狗。”

他高高举起剑：“相信我，美丽的小姐！就算以生命为代价，我也会带回热狗！”

他跑开了。玛德莱娜透过圆圆的眼镜慈爱地看着他。

“多么可爱的小男孩儿！”她感叹道，“他真好！告诉我，你问他以后想做什么时，他会回答骑士，对吗？”

不，是杀手。

我微笑着回答：“他想当消防员和宇航员。”

她很高兴地拍手叫好。我不应该让他人不安。

不远处，热拉尔注意到一位迷人的年轻女士，身着树叶长袍，她将自己打扮成林中仙女。这位老大爷眼中冒着桃心，看着她走远。

玛德莱娜和我看着弗朗索瓦丝惊讶的神情咯咯地笑了起来。

“仙女会使男人晕头转向，”我把手搭在我这位脆弱的朋友肩膀上以示安慰，“这是众所周知的。”

“真是太讨厌了！”弗朗索瓦丝说，“幸运的是这些专门抢别人老公的仙女并不存在。”

“这是肯定的，”我克制不笑出声来，“你能想象，如果我们有一天真的遇到仙女吗？”

“那真是太美妙了。”玛德莱娜微笑着。

“我会问她讨些药水来治疗我的肝脏。”热拉尔同意道。弗朗索瓦丝粗暴地打断他：“但是，亲爱的……”

“仙女应该把自己的肝脏移植给你，”玛德莱娜笑着说，“这样也许你就能活到 120 岁！”

“好主意！”热拉尔热情地赞同，“还有她的肾脏！”

“她的肾脏？”弗朗索瓦丝重复道，“之后你会尿出彩虹来吗？”

他们大笑起来。我的喉咙哽咽着。移植？活到 120 岁？我的血液在我体内深深冻结。我得打个电话。

“对不起，”我从座位上站起来说，“我必须打电话给我的男朋友，以确保他没有走丢。”

“没问题！快点回来，我的小猫！”玛德莱娜叮嘱我。

我走开了，在包里乱翻一通。我感觉在亚当接起电话之前，好几个小时过去了。

“喂？”

“亚当？”我向四处望了一圈，保证没人能听到我的声音。

“是的，亲爱的？”

“亚当，如果没有仙女为约尔格·冯·奥尔蒂斯服务呢？”

“什么？为什么？”

“如果……我是说如果……”

我用舌头舔了舔干燥的嘴唇，不太确定将要说的话是否会太唐突。“如果他移植了仙女器官，所以拥有仙女的能力呢？你想啊，医生在那间可怕的医院里做的可能是想方设法偷走这些生物的超能力，并把它们交给奥尔蒂斯！像罗尔夫的皮肤，或者……”一个新想法让我头疼，我的天啊，“或者巴西尔的重生能力？”

电话那头是沉默。

“啊……你还在吗？”我结结巴巴地问。

“我听着呢，亲爱的。我在想。”

我让他思考。

“比赛进展得顺利吗？”他终于问道。

“啊……是的。”我回答道，话题转得有点儿快。

“艾利亚斯有机会获胜吗？”

“啊——除非我们专门开设最可爱男孩儿奖，否则恐怕没有希望。”

“我之前也这么想。无论如何我都会给他买礼物。”

我皱了皱眉头。可能他现在不方便说话，或者他真的在想其他事情。毕竟，他是天蝎家族的一员！

“我得走了，”他说道，“祝艾利亚斯好运。”

“好吧，”我低声说，“你自己注意点儿。”

“别担心。”

亚当干巴巴的语气解释了他之前突然间话题的转换。他在生气。在我可以添加任何内容之前，通话就结束了。他甚至没有告诉我他对此的看法。他生气是因为我的话里可能包含真相，还是他身边正发生着我不知道的事？不管是什么原因，情况都不太妙！我倒吸了一口气，重新拾起勇气。好吧，我只能希望一切顺利。

我找到艾利亚斯时，他正站在薯条店外，仇视地看着其他人，然后贪婪地爱抚着他的剑。有必要立刻进行干预！

“夏洛特，”艾利亚斯大叫，“这不太好吃。”

他的薯条浸在蛋黄酱里，应该不太脆了！

“如果你不喜欢，就别吃了。你可以买点儿甜点。”

他有些失望地噘嘴，让我心疼。

“我因为这恶心的食物等了 20 多分钟！”

“这也是无法避免的，亲爱的。”

艾利亚斯皱起眉头。我感到一股杀气。

“你要我……”

“不！”我打断他，“我不要你这么做。”

“哦，好吧。”

我把热狗和一袋薯条放在桌子的一角，继续登记新来的人。艾利亚斯静静地坐在我身边。

“你说，夏洛特？”

“是的，亲爱的？”

“你怎么知道我要说什么？”

我克制自己不要翻白眼儿。

“我很厉害的。”我简单地回答。

他露出了天使般的笑容，把头靠在我的胳膊上。

“是的，”他自言自语道，“最厉害的妈妈。”

我的心都要融化了，我的小可爱。嘈杂声让我恢复理智，我心烦意乱地抬起头来。在一辆汽车附近，一名穿着衬衫的男子冲着两个打扮得像彼得潘的少年怒吼。

“我们走吧！”玛德莱娜惊叹道，“来和我组队，就像触角上长着眼睛一样的生物那般。夏洛特，你等着看。”

“待在这里，”我命令小男孩儿，“看好我的铅笔，不要让它被偷了。”

“好的！请相信我！”小男孩儿很高兴被赋予重任。

他抓起铅笔，然后警惕地环顾四周。好，这个问题已经解决了。我起身，走向争吵的人。我讨厌争执，尤其是当对方比我高的时候！

“立刻！”我注意到一个穿着 T 恤的男士在那里吼叫。

“我们正在加快速度，先生！”彼得潘 1 号正在恳求发怒的先生，“请给我们时间来处理……”

“我说立刻，要不我把你们的东西全部踢走！”

“发生什么事了？”我插话道，试图让我的声音保持平和，尽管这个家伙皮肤上所有的毛孔都渗透着仇恨。

“这些小孩儿把废物放在我的车上！”那人喊道，朝我的方向举起拳头。

“我们在整理！”两个少年中较小的一个以悲伤的语气回答，“我们会快点儿的！”

“最好这样！如果因为你我迟到了……”

那个男人周身散发着危险的气息，他转向我时显然随时准备袭击我。我强迫自己保持直立。他认为他比其他人嗓门儿大就可以为所欲为了，他还想怎么着？给我一个右回旋踢？如果他试图揍我，我会毫不犹豫地回击他！毕竟我可是挑战过猎灵人的人啊，该死的！

“你！”他指着我的胸膛说，“还有你那愚蠢的比赛，你……”

“你也太没素质了。我已经很长时间没见过那么没有礼貌的人了。”一个威严的声音响起。

那个男人跳脚地转过身，然后一瞬间瞠目结舌，半天吐不出一个字。我也吃惊得下巴都要掉下来了。铁线莲就站在那里，手里拿着一个巨大的篮子。她穿了一件背心，罩在平常穿的绿色连衣裙上，光滑轻盈，突出了仙女的完美曲线。她美丽的杏仁眼闪烁着奇异的光芒。

“她不会为你感到自豪。”她用水晶般清脆的声音补充道。

“嗯？”那个男人结结巴巴道，完全震惊了。

“你要去见的那个女人，知道你跟两个孩子过不去，她不会觉得自豪的。”

“但是……但是……”他喘不过气来，“你怎么知道……”

“好吧，我都不敢想象你为了个女人就变成这样，”铁线莲继续说道，“这样看来，你也只是个人类垃圾。”

哎！这是朱莉娅的表达方式，然后由仙女带着绝美的面孔说出来，真是我听过的最令人烦恼的侮辱。那男子退后一步，惊讶地张着嘴，仿佛她刚刚打了他一巴掌。铁线莲摇了摇长发。我有股想要保护她的冲动，她之前没有冒过风险。她认为我什么都不怕吗？

“哦，我知道了，”我的朋友突然说道，“那位女士不是你的合法妻子。真是开眼了，除了咄咄逼人，你还是个渣男。”

悲哀呀！从什么时候起，她也成了探查者？她会受到攻击的，而我在试图为她辩护的时候，也会受到攻击！那男人还盯着她，好像仙女用一种看不见的魔法使他移不开眼。

“你的车现在很干净了。”铁线莲平静地结束话题，“现在去找那个女人吧。”

她没有说“可怜”，但我还是听出来了。那个男人羞怯地冲进他的车里，两个少年早就逃开了。

那个男人启动汽车，飞驰而去，留下我们一行人在原地。我有点儿困惑地看着我的朋友。

“嘿，”我低声说，“我从没想过魔法会起作用。如果我是你，我会害怕他袭击我。”

“小姐，不用担心我。我已经试过无数次了，没有人可以拒绝我。至于这个人，我想他同样会拜倒在我的石榴裙下，直到他的生命结束。”

啊。这就是仙女的力量，幸亏我没亲自尝试。

“但我确信小姐也可以引诱任何人。”她带着自信的笑容说道。

当然……

“那我刚才突如其来想要保护你的冲动？”我担心地问道，“也来自你的力量？”

她的脸“唰”的一下变得通红。

“原谅我，小姐，”她结结巴巴地说，“我那时也不知道我的魔法会影响谁。”

我的脑海中闪过一个细节。

“但你在这儿做什么？”我打断了她，“你会被发现的！”

铁线莲脸上恢复了平常的神情，嘴角勾勒出一个会心的微笑。

“嗯。妮科莱特觉得美食摊贩并不适合您，”她说着给我看她的篮子，“当她知道我是志愿者时，她让我带给您这个。”

“志愿者？你怎么成了志愿者？”

“嘿！一篮子吃的！”艾利亚斯出现在我们旁边惊呼道，“你给我们带了食物？”

我挑起眉毛，转向志愿者桌。我的铅笔被丢下了，因为有一篮子吃的！

“是的，先生。这是午餐。”

“很酷！谢谢你，铁线莲！你真棒！”

仙女因为开心而双颊绯红。

“铁线莲，”我耐心地重复着，渴望了解更多，“你为什么成为志愿者？”

“小姐，为了吸引猎物。”

“猎物？”

她点点头，脸上的表情不知不觉地变得冷若冰霜。

“拉扎尔先生告诉了我们您对这个冯·奥尔蒂斯的假设。如果我们不能去找他，那么我们必须把他引到我们身边。这样的话，还有什么比一个手无缚鸡之力的仙女更适合当诱饵的呢？”她不经意地摆弄着她的蝎子形吊坠，微笑着，但没有一丝喜悦。

“你在当诱饵吗？”我问道。

艾利亚斯坐在地上，开始翻弄篮子。

“鸡肉馅儿饼！”他高兴地喊道，“还有草莓酱！”

铁线莲把我抱在怀里，用她那温柔的绿色眼睛盯着我。

“我一直很喜欢我服侍的天蝎女主人，”她用充满活力的声音说道，“绝对配得上天蝎家族的主人。您与众不同。”

“哦？”我大吃一惊。

“您如此善良，如此甜蜜。您随时准备为我们牺牲一切，而实际上您在庄园的走廊里却怕极了我们。”

我扮了个鬼脸，她发出低沉的笑声，放开我的手臂。

“过去几天，小姐的勇敢带给了我很多思考。”她更加坚定地说道，“因此，当拉扎尔先生招募志愿者时，我毫不犹豫地报名了。虽然我很早以前就参与到人类的活动中，但在我看来，这是一个重新开始的好机会。”

“还有肉桂饼干，夏洛特！”艾利亚斯兴高采烈地说。

我拿了他递给我的饼干。妮科莱特非常了解我。

“所以拉扎尔认为我的假设是对的？”我自言自语道。

“暂时没有比这更好的解释了，小姐。”

“啊，太棒了。”

“夏洛特！”玛德莱娜突然跑了过来。

“这是你的姐妹吗？”她温柔地问道。

我的姐妹？这个又高又苗条的生物，有着美丽的棕色卷发和绿色的杏仁眼睛！再看看我的金色卷发、年龄、身材和棕色的眼睛，我们是姐妹？

“是的。”我沉着地回答。

“看得出是一家人。”

铁线莲的脸颊霎时变成鲜红色，看起来比以前更快乐。

“我想指给你看看那位，”玛德莱娜笑着指着广场的一角，“我认为我们找到了比赛冠军。”

我随着她的手指望去，心里咯噔了一下。一棵巨大的西兰花站在一棵树旁边，正在为好奇的观众摆姿势拍照。该死的！是园丁路易！

“就像一个戴着假发的绿巨人！”

每个人都挺有想法的。

“我想你是对的。你认为他有报名吗？”

“我希望是的！”

“等等，我去问他。”

我离开我的“姐妹”和玛德莱娜，去见路易。

“小姐，您发现我了！”他带着无辜的微笑说道。

我冲他眨了眨眼睛。他大笑起来。

“很好，”他点头，“我不是特别谨慎。”

“你们很多人都在当诱饵吗？”

“十几个吧。”

“你们疯了，之前你们废了那么大力气藏起来，现在你们又……”

“小姐，猎灵人死了。一个人，即使有神仙的力量，也吓不倒我们。”

嗯，就算是吧。

“那我们该怎么办？”

“就这次，小姐，您什么都不需要做。我们将尽力吸引奥尔蒂斯的注意力。警官认为他今天不会愚蠢地攻击我们，尤其现在他的地盘和手下都已经被我们灭了。但亚当先生认为，他同时也不会错过这样一个抓住仙女或者小妖的机会。我们走着瞧。”

“那你还和小朋友们拍照，这样就暴露了你的存在。”

“小姐，别担心。娜塔莎能控制磁场，让所有照片都模糊不清。”

“娜塔莎？”

我在人群中搜索。

“哦，你不会看到她，小姐。女妖并不热衷于社交。”

“哦。”

我不满地放弃了。路易甜甜地笑了笑。

“也许您应该回到艾利亚斯先生那里，”他建议道，“否则他会趁您不在把野餐篮里的食物都吃光。”

我突然转过身来。艾利亚斯开心地把篮子里的食物都放在了路面上！我的心一惊。我的鸡肉馅儿饼！

当天下午晚些时候，我跟亚当和巴拉尔碰了个头。他们毫无生气的面孔只告诉我一件事：没有好事发生！

“那么？”我问，“你们的行动有成效吗？”

“没有！”巴拉尔嘟哝道，“他不会连续两天去同一个地方。这家伙很聪明。他的手下轮流将样品带过去。这方面没有什么可以挖掘的。”

“猎灵人是偏执狂，”亚当叹了口气，“但我们仍然发现了这个。”

他递给我一张折了四折的纸。我打开，发现了可以追溯到几个世纪前的一幅画作的复制品。对比巴拉尔给我们的照片，画上的那个男人很像是减了40公斤的约尔格·冯·奥尔蒂斯，而他身上穿着路易十四时期的衣服。

画上的文字是“约尔格·冯·奥尔蒂斯公爵”。

“他看起来像我们要找的人，但瘦小一些，没那么丑，而且穿着更讲究。”我总结，“是……他的曾曾曾祖父？”

事实上，我没想到这是一个喝妖精血的人！

“你还记得我说的那个带着小马的8岁大的约尔格·冯·奥尔蒂斯吗？”亚当问道。

“是的。”

“我向你介绍他的祖先，约尔格·冯·奥尔蒂斯公爵，出生于1756年，于1821年去世。”

“去世？”我重复了一下，有点儿惊讶，“我以为你会告诉我这是我们正在寻找的人。天啊，他俩太像了！”

“实际上,你是对的。我相信这是我们要找的男人,他是假死。”

我紧咬下嘴唇，而我的大脑在自行计算着。

“所以他超过了250岁？”我低声咕哝道,“而且，他还认识路易十五。哇噢！”

“正如你所说的那样，夏洛特。”巴拉尔显然松了口气。

“我还没发现其他人和我们要找的人如此匹配。”亚当叹了口气,“我的意思是，没有人像他那么匹配。他增了点儿肥，但这可以解释为什么山怪会觉得他老。”

“他会假死啊？”我继续问。

“我想是的。我的父亲刚刚前往奥地利参观冯·奥尔蒂斯家族的地下墓穴。结果我们很快便会知晓！但对我来说,这显而易见。”

我点点头，我以前从未想过要探寻坟墓。

“但这并不能帮助我们找到这个人,”亚当说,“只能够给我们提供信息。这就是为什么我们派志愿者到城里走走。”

他们没有闲着。我觉得自己太渺小了。

“如果他没死，他怎么能继续利用家庭财富而没有人注意到？还是说他们都是同谋？”

“根据奥尔蒂斯所谓去世的记录，他和许多黄金珠宝一同被埋葬。一个已经生活了两百多年的人有大把的时间用来理财。”

“他也有时间花钱。”巴拉尔反驳道。

“但如果他具有报丧女妖的预言能力，那就不得了了。”

“报丧女妖是什么？”

“在人类死前会哭号的女妖。”

巴拉尔睁大了眼睛：“你家里有吗？”

“当然。你还记得那个希望自己年轻600岁好追求你的老太太吗？”

警探闭上眼睛，用手捂住脸。是的，他记得。

18

美人鱼的绝唱

下午的阳光温暖宜人，更密集的人群正在争夺树木之间的长椅。铁线莲站累了，过来坐到我旁边。再远一点儿，亚当和巴拉尔在战争纪念碑前说话。我想知道他俩在谈什么。警探看起来并不太沮丧，但他会时不时地翻白眼儿。

艾利亚斯厌倦了到处奔跑，坐在木桌旁，盯着一个正在前进的蚁群。

“夏洛特？”过了一会儿，他问道。

“是的，亲爱的？”我不假思索地回答。

“怎样从蚂蚁身上取下心脏？”

我环顾四周，确定除了我之外没人能听见。玛德莱娜与热拉尔在交谈，弗朗索瓦丝正与其他志愿者聊天。我俯身看着小男孩儿。

“你去问亚当，”我低声说，“不要在人类面前问这样的问题！”

“哦？为什么呢？”

我叹了口气，不再回答。艾利亚斯走向我，把头贴在我的腿上。

“我爱你，夏洛特。”他轻声说道。

我的心融化了。怎么抵抗这个小可爱？

我把手放在他的头巾上：“我也爱你，亲爱的。”

他站在那里几秒钟，随即攻击蚂蚁群。可怜的蚂蚁。

“什么？”铁线莲突然问道。

“什么？”我惊讶道。

“小姐没跟我说话？”

“啊，没有。”

“哦，”她脸红了，“不好意思，我听错了。”

我耸耸肩，她不需要道歉，广场上那么吵。

“什么？”她又说了一遍。

我用圆圆的眼睛盯着她。

“我没说什么。”

她皱起眉头，低下头，好像在倾听。

“啊……我说的不是您。您没有听到？听起来像勿忘我的声音，对吧？”

“勿忘我也来了吗？”我惊愕地问。

“通常不会。奇怪……”

仙女优雅地站起来，仔细检查四周，但没有发现勿忘我。

"她就在那里。"铁线莲说，指着市政厅对面广场上的一个角落。

"我没有看到她。"

"我也没有，但我听到了。"

她大步走了过去。

"铁线莲！"我惊呼，"等一下！"

我跟了过去，亚当立刻来到我们身边。

"发生什么事了？"他问。

巴拉尔加快了步伐跟上我们。

"我听到勿忘我了，先生，"她的绿眼睛充满忧虑，"但她不应该在那里！"

"哪里？"

"那里！"

她再次指向了挤满人的角落。我的未婚夫看上去一脸困惑。

"她不在那里，铁线莲。"他说。

"但是……我听到了！"她走了两步。

亚当突然恍然大悟："你非去不可，对吧？"

"啊……是的，先生。"仙女结结巴巴道。

"如果我向你保证我没有听到，你还要去？"

"她在呼喊，先生！我不能让她独自一人！不能让她一个人。我们必须……必须……"

"你被美人鱼的歌声吸引住了，铁线莲。"

"美人鱼的歌声？"我惊讶地重复道，"这附近有很多美人鱼吗？”

“不。这就是为什么铁线莲必须跟着那个声音。”

“你觉得冯·奥尔蒂斯看起来像半人半鱼吗？”巴拉尔嘟哝道。

亚当坏笑着点点头。

“美人鱼只吃人类，丹尼尔，不吃仙女。他们对吸引铁线莲过去没有丝毫兴趣。”

警探点了点头，检查了他放武器的内口袋。铁线莲全身打战，双手紧握下巴，不停地向广场的角落望去。

“多么可怕的感觉，”她呻吟道，“即使知道是美人鱼，我也忍不住……”

“这没什么，铁线莲，”亚当安慰她，“我们不会再折磨你了。去吧。”

“谢谢您，先生。”

她冲到广场出口的巷子里。

“很奇怪，”我咕哝道，“我不认为听到勿忘我的声音会是种折磨。”

“她应该是听到她呼救了，”亚当解释道，“这是铁线莲最难以接受的。”

“为什么？”

我未婚夫的样子很困扰。

“这是另一个故事。在此期间，让我们跟着她。保持谨慎。”

我跟着他们，有点儿迷失方向。让我们重新回顾一下：美人鱼存在，铁线莲惊慌失措地听到一个本不该在那里寻求帮助的人的呼唤。更恐怖的是，有两个身型巨大的家伙要跟在这个地区最漂亮的生物后面。没什么比这更糟的了。

我们随着仙女跑到了城市的边缘。她停在路边，显然迷失了方向。

我们隐藏在面包车后面，看着她一动不动。一股冷空气突然笼罩着我们，拉扎尔突然在我们附近出现了。

“约尔格·冯·奥尔蒂斯公爵并没有死，”他宣布道，“反正他并没有被埋葬在应该埋葬的地方。根据我们掌握的对他的描述，坟墓中的骨架不是他的。他们拿一个可怜人替代他给埋了。”

“那太疯狂了！”我低声说，“这意味着那个家伙每一代都会自己创造一个新的身份，然后永生永世存活着。”

“只要他不与警察产生摩擦，就不是问题，是吗，警探？”

“啊，”警探耸了耸肩，“如果你们知道制作假文件是多么容易的事。”

我嘟嘴，当我必须为亚当制造假文件时我觉得并不容易！

“是铁线莲吗？”拉扎尔问道，俯身看着面包车的另一边。

“是的，”亚当回答，“美人鱼试图引诱她离开这座城市。”

“美人鱼？在贝尔福？”

我的高个子棕发爱人带着令人不安的神色。

拉扎尔点点头：“非常好，美人鱼让她听到了什么声音？”

“首先，是我的声音，如果我理解正确。”我回忆起我们之前的对话，“然后是勿忘我的声音。”

“你的声音会是第一个！”天蝎国王舒展了眉头，“我一点儿都不感到惊讶。”

“为什么？”

“美人鱼会让她的受害者听到她最喜欢的声音。一个对她来说最珍贵的声音，一个她无法拒绝并且愿意为其承担所有风险，即使这意味着将自己的生命置于危险之中的声音。”

我呆若木鸡。这样啊……

“但是……但最后，她听到了勿忘我的声音。”我结结巴巴地说。

“当然。你就在她旁边，诱惑不起作用，需要立刻使用可能打动铁线莲的第二个声音。”

铁线莲看似迷茫地站在路中间。

“先生？”她害羞地喊道，“小姐？你们还在吗？对不起，我听不到任何声音了！似乎没有人试图攻击我。”

亚当皱起眉头，离开了我们的藏身之处。在拉扎尔的一个手势下，巴拉尔和我一动不动。

我的未婚夫与铁线莲碰面，扫视了周围的环境。他最后扬起眉毛宣布道：“你们可以出来了，生活在这里的任何生物都不足以给我们构成威胁。”

我们离开了由面包车组成的临时掩体。拉扎尔仔细检查了周围环境。我可以看到道路、过道和在风中起舞的草，但我知道他可以看到更多。所有生物，没有一颗心脏可以逃过他的眼睛。

“感觉不太好。”巴拉尔嘟哝道。

“哦？”我感到惊愕。

“一般来说，费那么大力气吸引过去都是陷阱。.”

“或者是要转移他人的注意力，”亚当焦虑地补充说，“这看起来不像是伏击的样子。”

“艾利亚斯在哪里？”拉扎尔突然问。

他们同时闭上了眼睛。我的血液冻结了。艾利亚斯？我们把他一个人落下了！

“还在共和国广场上。”亚当等了一秒钟后回答，神色明显有所缓解。

拉扎尔没有反应。

“看起来路易已经离开了市中心，”我高大的棕发男人说道，再次担心起来，“也许我应该……”

“双胞胎也一样，”他的父亲打断了他的话，“他们往贝尔福以西方向走了。”

他们沉默了一会儿。我担心地瞥了一眼巴拉尔，他正闷闷不乐地站在一旁。他不喜欢被边缘化。

“他们都离开了他们的位置，”亚当嘀咕道，“你认为他们都被美人鱼的声音吸引了吗？”

“可能，他们从不同的方向离开市中心，我打赌其中只有一个是目标。是哪一个呢？”拉扎尔说道。

巴拉尔皱起眉头问亚当："你能同时看到他们吗？"

"是的。"

"所以我们不动，出现异动再冲过去。"拉扎尔补充道。

"美人鱼从不会给受害者自保的时间，"亚当简短地解释道，"他们杀人不眨眼。如果我们在这里等，等我们跑过去就太晚了。"

"你有别的想法吗？"

他们保持沉默。艾利亚斯突然出现在我们附近，手持剑，一只眼睛上覆盖着眼罩。

"爸爸，您呼唤我了吗？"他兴高采烈地问。

"你的反应真慢。"拉扎尔嘟哝道。

"我得逃离一位古怪而善良的老太太的监视。"

"一位古怪而善良的老太太？"他父亲重复了一遍。

"玛德莱娜。"

"她在监视你？"

"哦不！她只是让我参加游行，赢得比赛。看我。"

他大步走来走去，挥舞着剑，这疯劲儿像极了玛德莱娜。

"够了，艾利亚斯，"拉扎尔说，"我们的仆人有麻烦。"

"哦？"

"当路易移动时，你没注意到吗？"

"啊……没有。"小男孩儿承认，双手可怜巴巴地交缠在背后，"我那时正在和蚂蚁玩耍。"

"非常好，"拉扎尔说，"铁线莲，放弃你的魅术，尽快回到庄园。"

“先生？”仙女吃惊地睁大了眼睛，“哦，好的，先生。”

“什么？”我不解。

亚当一脸严肃地站在我和我的朋友之间宣布：“就这样。”

“但你在做什么？我们不应该让她一个人回去！如果我们不在时那声音追上她怎么办？”

我从我高个子棕发爱人的胳膊下穿过，他没拦着我。我惊呆了，因为铁线莲一转眼的工夫就消失不见了，她甚至没有变成巨型西兰花或紫色大黄蜂。

“哇哦。”巴拉尔低声叹道，用手捂住脸。

“你看到了吗？”我惊呼。

“是的，至少可以说这令人不安。”

“没有生物可以捕获液态的仙女。”拉扎尔补充道。

“她是液态的？”

我略感不安，试着想象一下液态的样子。亚当的父亲点点头：“她会安然无恙地回到家的。”

他的话音戛然而止，亚当就僵住了：“双胞胎的心跳刚刚停止了。”

“什么？”

“快！”

我的未婚夫搂住我的腰，阴影笼罩着我们。他为什么要带上我？

这段旅程非常短暂。我们在远离城市的高房子前面穿过阴影出现了。

“他们刚才在这里，”亚当气愤地说，“我们进去。”

“等等，”拉扎尔说，他和巴拉尔刚刚抵达，“我们分开行动，但得好好想想。你负责四楼，我三楼，警探二楼。艾利亚斯，你从后面谨慎地进入，确保没人堵住警探的出路。懂了吗？”

“好的，爸爸。”小男孩儿回答。

“明白了。”巴拉尔回答。

“理解了。”亚当补充。

“那我呢？”我用苍白的声音问。

“你隐藏在花园里。如果我们找到了矮妖们……”

一种病态的沉默在空气中蔓延。

“保持隐蔽。”亚当总结道。

我点点头，脸色苍白。他把我留在了外面，因为他害怕会发现尸体？

男人们分散开。我口干舌燥，想找一个藏身之处。我把目光投向一个开满鲜花的大灌木丛。我悄悄躲在后面，蹲下等待。打斗声和尖叫声在楼上响起。五秒钟过去了，十秒。我深呼吸，以平息乱颤的心脏。骚动突然停了下来，取而代之的是致命的沉默。鸡皮疙瘩瞬间盖住了我的手臂。他们干了什么？

“夏洛特？”

我跳了起来。

“艾利亚斯？”我小心翼翼地把头探出灌木丛。

“夏洛特！过来吧！”

房门打开了，我快步跟上。

“你确定我能来吗？”我结结巴巴地说。

“夏洛特！快！我需要你！”

我立刻忘记了忧虑，冲进屋里。当我进入大厅时，地板在我的脚下吱吱作响。

“艾利亚斯？”我低声喊道，“我没有看到你！”

“对！来吧！”

右边是一条走廊。我深吸了一口气，勇敢地朝前走。

“第三个门，夏洛特！”

我把手放在门把手上。一个疑问闪过脑海：如果他被锁在这个房间里，为什么声音在花园里如此清晰？我焦虑至极。

“进来，夏洛特。”

我的心又开始怦怦直跳。一个亲爱的声音，能够让我揪心的声音，能够让我克服恐惧进入这座房子的声音……这不是艾利亚斯！这是美人鱼！

“救命！”我惊慌失措地大喊，“亚当！”

“没用的，夏洛特。他听不到你。进来。”

我无法抗拒，打开门进入房间。

约尔格·冯·奥尔蒂斯公爵，像一堆脂肪堆积在一个棕色天鹅绒沙发上。他穿着一件胭脂红罗马长袍。尽管午后阳光充足，但在他对面，壁炉里的火熊熊燃烧着。汗水滴落在我的脸上。这名男子似乎没有受到温度的影响。一种古怪的棕绿色光芒在他的眼睛里闪烁，而我在照片上看到的他有双蓝色的眼睛。但最让我吃惊的是他用左轮手枪指着我。

“进来，夏洛特，”他用艾利亚斯的声音命令道，“把门关上。”

我试图抵抗，但是冥冥之中某种东西阻止了我。是美人鱼的威力还是对枪的恐惧？

“别想要什么花招。我已经把所有不速之客锁在房子里了，没人会来救你。”

我吞咽困难。时间气泡——精灵的超能力。所以他也有这种能力？我四肢颤抖着关上门。当门“啪”的一声关闭时，似乎发出了挂锁的声音。

“很高兴终于见到你了，拉罗什小姐。”这个男人的声音突然变得严厉。

一滴冷汗从我脖子上滚落下来。随着汗珠的滚动，我全身的血液凝结了。

“抱歉穿着这件衣服就来招待你，”他慢慢直起身子，“我的一些……医学治疗有相当大的副作用。我再也忍受不了了。欢迎来到我的地盘，我是公爵。”

他以这样的方式介绍自己，就好像每个音节都标上了重音。我的身体突然放松，仿佛刚刚迫使我进入房间的铁链蒸发了。

“威廉告诉了我很多关于你的事，”公爵继续说道，把枪指着我，“只可惜你杀了他。他是个非常得力的助手。”

“我没杀他！”我用刺耳的声音抗议道。

“啊？”

他感兴趣地研究着我。

“对，”他承认，“你没有杀死他，美丽的小姐。那你的警察朋友呢？丹尼尔·巴拉尔！”

“没有！”

“哦，又是真话，那会是谁呢？”

我吓坏了，抿紧嘴唇。他眯起眼睛，耳朵奇怪地动了动。我的天，显然，他能区分真话和谎言。

“威廉告诉我凶手是一个影子生物。是这样的吗？”

我纹丝不动。他那么认真地注视着我，让我感觉自己赤裸着身子在他面前。

“天蝎？”他慢慢发出嘶嘶声，“当然，我知道他们。我甚至在上个世纪还使用过他们的服务。但为什么他们会在这里呢？谁会签合同签到我头上来？”

“那你呢？你是谁？”我崩溃地脱口而出。

“一个普通人，美丽的小姐。一个找到了永生秘诀的普通人。”

“但是……但……”

“告诉我更多有关贝尔福天蝎的信息。”

我向后退了一步，双手抱在胸前，摇了摇头，仿佛这样可以阻止他靠近。

“他们几代人都住在那里吗？”公爵突然大声喊道，“你在开玩笑吧？”

他开始绕圈子。他的眼睛盯着左轮手枪，可怕地随意挥舞着。我不敢多做动作。我思量着，在这个家伙炮轰我之前，是否有时间跑到门口打开门。

“我很清楚他们的准则，”他抱怨道，“如果我真的攻击了他们中的一员，他们可以直接杀了我。漂亮的小姐，不要再尝试逃跑了。否则，我可不保证不会朝你开枪。”

我觉得自己的胃受了一拳。他真的像看书一样能读懂我的心思！他到底吸收了多少生物的灵气？

“吸收？”他突然饶有兴致地问道，“你是什么意思？”

“你……你把那些生物的器官移植到了身上，对吧？”我结结巴巴地说，“或者你……喝了他们的血？”

“喝他们的血，绝不可能，这太恐怖了！至于其他的，真是太令人印象深刻了，天蝎小姐。的确，我植入了器官，它们给了我生命、力量、健康，还有一些非常有趣的能力。”

“你偷了他们的能力！”

恐惧刺痛了我的胃，这个人的存在让我感到恶心。他抖动着的肥肉，大而扭曲的嘴唇在那张松弛的脸上噘起，肥大的手指不停地动着，还有卡在喉咙里的“力”字。

“偷？”公爵嗤之以鼻，“当然不是。我已经对这些生物进行了数十次、数百次实验。这些超能力都是我应得的。”

“什么？”

“我正在推进人类事业，美丽的小姐。我拿着药物来拯救世界，使人类免于衰老和死亡。看看我，我本应在两百多年前去世，我的身体应该已经腐烂了，但事实恰恰相反。”

“我是永生的。”他张开双臂宣称，“但我的器官很快就会退化，因为它们不是为人类设计的。我经常需要新的器官，我刚刚找到了新的供应源。如果我好好对待它们的话，这些器官可以用很长时间。”

尽管天气炎热，恐惧仍然让我浑身发冷。巴西尔。只能是他。

“巴西尔？”他重复着，抬起一条厚厚的眉毛，“他从不向我透露他的名字。我甚至都没想到他居然会有一个那么人性化的名字。”

“你还能读懂人的心思。”我用一种死气沉沉的声音喃喃道。

“当然。对于像我这么重要的人来说，这是必不可少的品质。”

“是什么生物可以读取思想？”我结结巴巴地问。

“林中仙女，美丽的小姐。林中仙女。如果她们没有这种奇妙的能力，她们怎么能糟蹋男人呢？”

我呆立原地。铁线莲从一开始就读出了我的思想，而她什么都没告诉我！有时她甚至会吓到我。例如，当她为了给我化妆几乎与勿忘我争吵时。

“你认识仙女吗？”约尔格·冯·奥尔蒂斯公爵感到惊讶，“多么美丽的生物！”

我气急攻心。

“你永远别想碰她们！如果敢动她们一根头发，亚当就会杀了你！”

“我知道，我知道，”他挥舞着手枪，“不然你以为我为什么要把你引到这里？我觉得在这幢房子里，四个入侵者中至少有三个是想要保护你的人。把你作为人质应该足以让我安全，同时让他们相信我的诚意。”

我的心脏漏跳了一个节拍。人质？亚当肯定要疯了。

“小姐，”他轻蔑地说道，“他还不知道我有什么力量。他想要你。只要我把手指按在扳机上，他就不会轻举妄动。”

“所以你打算向他们解释你不知道在他们的地盘上？你会放了我们的朋友并安静地离开吗？”

他假笑道：“这是我应该告诉他们的吗？也许吧。但我不仅担心他们不会接受我的说辞，而且我还有其他计划。你知道，我的库存中缺少影子生物。我从来没有机会研究他们。所以如果有机会……”

“你认为他们会让你这么做吗？”我爆发了。

“只要我压着你做人质，我相信我可以做到。至少我可以利用我的力量来控制他们。我可以通过阅读他们的想法来预测他们的行为。我一个接一个地把他们从气泡中释放出来，他们会争先恐后地试图拯救你，其余的将是轻而易举的事情。”

我的腿开始发软。亚当会被愚弄吗？我不敢想象。我的心脏越来越难受。不，不，不，不要这样。

“来吧，别这么难过。”公爵漫不经心地说道，“在你看来，我应该从谁开始？小男孩儿吗？”

我的脸一下子失了血色。他想攻击艾利亚斯？那个会为我做任何事情，认为我是他母亲的艾利亚斯。

“哦，是吗？”公爵心不在焉地问道，“那么说服他为你而死将会更容易！”

我就要爆炸了。他听到了一切，他朝门口望去，专注地眯起眼睛。他在呼唤艾利亚斯？不！

我不假思索地扑到他身上，然后用膝盖狠狠地撞上他的生殖器。我的膝盖像撞上蹦床一样反弹了回来。那男人发出一声低沉的喊声，然后弯下腰。哈！马库斯会为我感到骄傲的！我夺过他的手枪，迅速退后一步。我的整个身体都疯狂地颤抖着。我无法冷静地思考。我用双手握住枪对准他。我够远吗？

“啊……”他喘不过气来，“该死！”

什么？他正试图咒骂我？他想用我的生死来伤害艾利亚斯！我的手指紧紧按住扳机。我真的要向他开枪了！

“放下！”他突然惊慌失措地尖叫，“这不是咒语。只是一个老人痛苦的咕哝。放下这把枪。”

我犹豫了。他直起身，紧紧抓住沙发。一股迷雾充斥着我的大脑。出了点问题，对吧？我为什么要威胁这个男人？

“放下那支手枪，小姐。”约尔格·冯·奥尔蒂斯公爵更自信地重复道。

我的手臂颤抖着，好像它们想要回到我的身体两侧。一道光线冲进了我蒙蔽的心灵——他正在使用他的超能力。

“当然，”他嗤之以鼻，挺直身体，“你赢不过我。你不能射杀我。我认识天蝎。我知道你们不免费杀人。如果没有人问你们要我的脑袋，你们就不会动我。把武器放下！”

他言语的准确性让我很难受。

我眨了眨眼睛，心烦意乱。我一边努力保持将武器指向男人的胸部，一边被强迫服从。我不得不集中注意力。第四条……

“我没有伤到你家里的任何人，”他说，“你不能使用第四条。”

我的眼皮变得很重。他没有伤害我的家人。这是真的。但他……

“我永远不会这样做！”他补充说，眼里闪烁着令人不安的绿光，“所以你不能杀了我。你是天蝎家族的一员，不是吗？你必须遵守自己的准则。”

我是其中的一员。我的能量立即觉醒。他用他的话语催眠了我，但他仍打算对付艾利亚斯！

我的食指扣动了扳机。枪声响起。我的印象是，后力过猛，我的手肘都要撞到我的肋骨上了。我大口喘息着，找到平衡后站稳了脚。奥尔蒂斯瞪大眼睛，张着嘴，难以置信地盯着我，他额头流血了。

“我……我还不是天蝎的一员。”

那个男人没有回答，倒在了地毯上。我看着他，手枪还指着他。如果他站起来，我能第二次开火吗？天啊，不！

在我们周围突然响起一阵暴动。四处都在喊叫，奔跑，打斗。

我还没从震惊中缓过来，几乎没有意识到泡沫破裂了。门突然被打开，艾利亚斯的小脑袋出现在门框中。他看见我，睁大了眼睛。

“不，不在这里！”他向看不见的对话者喊道，“这是一个死胡同，夏洛特负责这一切。”

门“砰”的一声关上，我听到走廊里有骑兵。太震撼了，我继续用枪指着一动不动的公爵。他死了吗？真的吗？哦不！我干了什么？反正我没有杀他！我杀了一个男人？

我不知道我一动不动地待了多久，我心里充满了痛苦。

“夏洛特？”亚当的声音从走廊里传来。

眼睛盯着没有生命迹象的尸体，我发出一声恐怖的打嗝声。亚当？真的是他吗？是幻觉吗？太可怕了！

门开了，亚当冲进了房间：“夏洛特！”

我吓坏了，我用枪指向他。我的心跳得很厉害，我的心脏就快爆炸了。如果不是他怎么办？

“别动！”我的声音非常尖锐。

亚当停了下来，他的目光穿过房间，在看到尸体时，他的目光似乎要燃烧起来。哦不！如果真的是他？

“没事了，夏洛特，是我。”

他平静地安慰我，但他严肃的脸显露出了他的不安。

“没事了，夏洛特，”看到我没有反应，他重复道，“没事了，好吗？”

我颤抖着，用枪指着他。即使我可以说话，我也不知道该对他说些什么。我很害怕。如果不是他怎么办?

他缓缓向我走来，我的震颤加倍。即使不是他，我也永远无法射杀他。

“亚当？”我呻吟着。

他伸出手，用手指盖住了在我手中颤抖着的武器。

“没关系，亲爱的，”他更坚定地补充道，“现在，由我来处理。”

我放开手枪，心里空落落的。我现在该做什么，我已经犯了罪?

“很好，夏洛特。”

他突然把手枪指向公爵并毫不犹豫地开火。我发出恐怖的叫声。

“亚当！”

“好了，”他平静地回答，“他刚刚并没死透，这次彻底了。”

“什么？”

“我杀了他，夏洛特。你不用再害怕了。”

“但是……但……”

我简直不敢相信。奥尔蒂斯没死?

亚当把我拉到他身边，很自然地环绕着我的腰。当他的气味儿撩着我的嗅觉，他的衬衫擦过我的脸，我的身体像往常一样在他的触摸下放松。

“结束了，夏洛特。”他低声说道，“你明白吗？你无须自责。是我杀了他。”

我眨了眨眼，懵了。那么……我没有杀人?

他退后了一点儿，抚摸着我的脸颊:“你好点儿了吗，亲爱的？”

“我想，是的。”但我并没有如愿以偿地恢复平静。

“我要检查这个房间。如果你愿意，我可以陪你到外面，然后再回来。”

“不！”我突然打断了他。

“不吗？”

“不！如果你和他待着……他会……公爵，他……”

他可能会醒来，将亚当囚禁在一个时间气泡中，将他切成碎片儿。亚当把我抱得更紧了。

“他死了，亲爱的。”

我没有回答,不清楚将会发生什么。亚当在我额头上吻了一下，放开了我，目光没有从我身上移开，好像他等着看我摔倒。他把手枪卡在腰带上，开始检查凌乱的办公室。

“这很奇怪，我看到守卫们在所有入口处等着我们，我信誓旦旦地认为我们遭到了伏击，但他们像稻草一样不堪一击。”

“我不认为公爵会期待你的到来，”我低声说，紧盯着公爵的尸体,“当他感觉到你们的时候，他试图通过警卫放慢你们的速度来止损，但……”

“你觉得他能感受到我们要来吗？”

“是的，他知道我藏在花园里，他了解天蝎……”

亚当的声音变得有点儿干涩。

“精灵的能力，”他说,“但那没用。那些警卫无法放慢我们的速度。”

我噘嘴。尽管如此，但这仍然足以将他们囚禁在时间气泡中。如果公爵动了……我又开始颤抖了。如果在我警告亚当之前，他把我俩都囚禁了怎么办？

“亚当？”我躲了起来。

“什么？”

“也许你应该把枪给我……”

我的高个子棕发爱人抬起头，皱着眉头：“为什么？”

“万一，我是说万一，公爵醒来的话……”

“他死了。”

“但是……他有巴西尔的器官！他可以复活！”

“不，亲爱的。他需要凤凰的神经元才能控制凤凰的器官。他的大脑像烂泥一样。他真的死了。”

我眨了眨眼睛。

“哦？”

“是的，也许你最好还是出去吧！”

“不！”

他眯起眼睛，看起来很担心：“夏洛特，你有些奇怪。你确定……”

“如果我离开，他可能会把你锁在时间气泡里！”

“怎么回事？”

“守卫！公爵让守卫拦住你时，他们只是为了防止你们逃脱。

公爵想要一个接一个地释放你们，用我来阻止你伤害他并杀死你们！他想从艾利亚斯开始！”

亚当僵住了。他看看地上的尸体，再看看我。

“你开枪阻止了他伤害艾利亚斯，”他低声说，“这就是真实的你。”

真实的我？他怀疑过我吗？像我怀疑他的身份一样？我感到窒息。

“让我们离开这里，”亚当补充道，“你不应该看到这一切。”

“但是……还有公爵？如果他复活了呢？”

“你要我切断他的头扔到火里才能安心吗？”

我想象了那个画面，我的腿开始发抖。太恐怖了！他这么说也是为了我好！

我的杀手未婚夫嘟囔道：“你想怎么做呢？”

“别担心，亚当。”一个深沉的声音说道，“我来处理。”

我转过头。原来拉扎尔出现在门口，他紧紧地盯着我。

“谢谢，爸爸。”亚当回答道，“我找到了一些东西，我们稍后一起研究。”

他把文件放在一个皮革袋里，然后向我伸出手，握住了我的手：“我们走吧，夏洛特。”

19

铁线莲

花园里有十来个人，我隐藏在那里似乎有一个世纪之久。艾利亚斯手持塑料剑向周围发号施令。矮妖们紧紧挽着他，眼睛里充满了恐惧。其他生物的长相看起来或多或少有些像人类，有的头顶长着角，有的是绿皮肤，他们边注意着艾利亚斯，边忧虑地监视着房子。

“一切都很好，”亚当大声宣布，“人类医生和警卫几乎都死了。巴拉尔警探正在询问幸存者，我父亲正在善后。”

我吞咽困难。公爵死了的想法还没能进入我的大脑。拉扎尔能独自一人摆脱困境吗？

“亚当？”一个脸颊凹陷、带着深深黑眼圈的年轻人突然问道，“是你吗？”

他的头发和黑色眼睛让我想起了某个人。难道是瑞吉斯的兄弟？

“巴西尔！”我的高个子棕发男人看到他后松了口气，“我很高兴看到你安然无恙！”

他给了凤凰一个激动的拥抱。

“我几乎没有受伤。”巴西尔脸一皱，“动作轻点！好几次我都险些丢了所有的器官，甚至连毛发也是。”

“毛发？”亚当恍恍惚惚重复道。

我记得奥尔蒂斯的秃头。他试图找回昔日漂亮的头发吗？经历了这些之后，我得说虽然这看起来荒唐，但非常有可能！

“亚当，公爵一直说，如果我不合作，他手上还有另一只凤凰，看起来很像我。告诉我瑞吉斯没有被囚禁。”

“他被囚禁了。”

“什么？可是……”

“在一群精灵和巨魔的保护下，他在庄园。他非常想成为今天下午的诱饵之一，但我们认为风险太大了。我最后一次见到他时，巨魔将他绑在枞树上，以防他逃跑。”

凤凰的脸放松了，唇边甚至露出一丝微笑。

“啊。”他低声说，“一切都很好。”

“回去时他肯定会对我们大发雷霆，然后严厉地谴责我们。”

巴西尔没有站起来。

“亚当！”艾利亚斯自豪地插话，“我用剑宰了地下室的所有守卫。”

我不知所措地眯着眼看他热情地挥舞着塑料剑。真的可以用它宰人吗？不，我不想知道。

“那很好，艾利亚斯，”亚当冷静地回答道，“你可以帮助一下夏洛特。”

“好吧，为什么？她一个人到了那儿！她甚至……”

“够了，我们稍后讨论。”听到亚当打断艾利亚斯的话时，我吃了一惊。这种事并不经常发生。

“哦，好吧，”这个小男孩儿结结巴巴地说，“那么，我们接下来做什么？”

“我们等，精灵应该一会儿就到。”

“我们不回去吗？”

“不能。大多数生物都无法行走，而且我不想让爸爸一个人待在这里。所以我们在这里等。”

艾利亚斯点了点头，但看起来很迷茫。

“我做错了什么，夏洛特？”他低声说。

我没有回答，我对身边的景象感到不安。尽管这些生物因为疼痛和疲劳而面部扭曲，但他们仍然试图重新站起来。我该怎么办？鼓励他们？帮助他们？得知是人类给他们造成了如此大的不幸，如果我走近，他们不会跳起来把我宰了吧？

菲尔曼和一帮仆人突然出现在我们身边。

“先生，您已经询问过精灵小队了？”菲尔曼问道。

“我父亲在里面，菲尔曼。我希望你们能帮他打扫房子。我们还需要人帮忙将伤员带回家。”

“当然，先生。”

他用低沉的嗓音下达命令，之后精灵仆人便各自分散了。

“还有别的吩咐吗，先生？”

“哦，是的。丹尼尔正在询问幸存者。他一定会阻止你们转移尸体，所以尽量小心翼翼地避开他完成你们的任务。”

精灵的脸上露出了一个狡黠的笑容 :“当然，先生。”

他随即便消失了。哦，是的，警探，他也在那里。

“他能对付守卫？”我小声问。

“当然，”亚当安慰我，“他在医生和护士那层楼。有些人试图阻止他，但丹尼尔不费吹灰之力就对付了他们。”

在我们周围，花园里的精灵们将受伤和虚弱的生物抬起来，仿佛他们是棉花糖。瞬间他们就消失了，草坪上没有留下一丝痕迹。只剩下亚当、艾利亚斯和我了。

“你要搜查房子吗？”我焦急地问道。

“我已经基本搜查完毕。”亚当向我展示了一个皮包。

“我已经掌握了很有用的信息。奥尔蒂斯真的没想到我们会打败他。这儿真的到处都是有趣的东西。”

我像平常那样把手放在总喜欢黏着我的艾利亚斯的头上。公爵没有想到会被击败。但如果我不在那里，如果他没有弄错我的身份，或者如果我没有扣下扳机，事情还会这样吗？艾利亚斯抬头看着我，担心地问："你还好吗，夏洛特？"

"啊……是的……"我回答说，"为什么这么问呢？"

"你的心跳得太快了。"亚当叹了口气。

"你太纠结了，夏洛特，"亚当轻声说道，"我会带你回去，你今天已经看得太多了。"

"但是……"我试图抗议，"如果还有什么可做的，我可以……"

"我晚点回来。放手，艾利亚斯。"

小男孩儿松开手，亚当把我拉到腰间，阴影笼罩在我们身上。

坐在园子里亚当最喜欢的垂柳之间，我紧紧抱着膝盖，凝视着夕阳。在我周围，像窗帘一样荡下来的柳条在夕阳的照耀下变成赭黄色。我脚边的湖水也染上了红色和黄色。我的手机铃声再一次响起。这已经是第30次了。是玛德莱娜。我觉得没有能力骗她。我甚至不知道该怎么编。那小小的熟悉的音乐响起了一次，两次，三次……我继续对着湖面发呆。手机铃声响了四声就结束了，我突然觉得有人出现在我身边。

"喂？"铁线莲如音乐般美妙的声音响起。

我睁大了眼睛。仙女坐在我旁边，看起来好像在认真听另一端说话。

"不，我不是夏洛特，我是她的姐妹铁线莲。"她打断了对方的话，"您还记得我吗？是的，那是……不，夏洛特现在无法接听。"

然后铁线莲沉默了很久。

"不，不，"铁线莲说，"她非常抱歉没有通知一声就离开了，但她的未婚夫发生了车祸。她去了医院……”

好吧……

“是的，您说得对，她本可以说一声，”铁线莲补充道，“但是您了解她，她一心烦意乱起来就……”

显然，当她无辜地微笑时，电话另一端就只能点头答应了。

“绿巨人走了？”她装作惊讶地问道，“好可惜！他本来可以赢的，对吗？最后谁赢了比赛？”

我耸耸肩。我本来想去参加颁奖典礼的，但不是今晚。

“可爱的仙女确实应该获奖。”铁线莲说道，“她看起来就像一个真仙女，她很漂亮。”

当然可以，特别是在妮科莱特旁边。

“我会转达给她，玛德莱娜……哦不，不需要来医院，他们应该很快就会出院。夏洛特非常担心，但只有磕磕碰碰……是的，明天她肯定会来协会。最迟后天……当然，整个活动的财务报表很重要……好的，我会告诉她……”

铁线莲的脸突然变成鲜红色。

“啊……我也吻你……”

哦，是的。不应该对我的朋友说“吻”，我已经注意到了。她挂断了电话，把手机给我。

“她不会再来烦您了，小姐。”

我把头缩回肩膀，并不开心。我现在的形象应该很糟糕。

铁线莲站在那里，和我一起盯着湖面。她的头微微向一边倾斜，双手优雅地抚过她白皙的丝绸裙子。我忍不住想知道她液态的样子。我赶紧把这个想法赶出了我的脑海。我没有忘记仙女可以看透人们的思维。

我的朋友笑了笑。

"啊，是的。"她低声说，"亚当先生告诉您了，您现在知道了。"

"你真的听到了我所有的想法吗？"

"恐怕是的，小姐。"

"但是，我来这里时，为什么你和勿忘我要那么吓我？你们知道这会令人毛骨悚然！比如你们为了给我梳头而吵得不可开交，或者你们硬要给我洗澡！"

铁线莲不赞成地噘嘴："我们并不认为帮您洗澡是一件令人毛骨悚然的事。照顾女主人是仙女的责任。我们觉得您会习惯。"

轮到我噘嘴了。

"这种能力比您想象的更有用，小姐。"铁线莲说，"即使在今天，它也可以帮我分析出您在房子里会遇到哪些没有魅术的生物，并帮助您远离他们。"

我呆呆地看着她。铁线莲原来是这样照顾我的？在这个庄园里居住着比妮科莱特更可怕的生物吗？

"是的，小姐。"仙女如是说。

"好吧，"我咕哝道，"我想我更喜欢以前你假装不知道我想法的时候。"

"好的，那我等您跟我说话。"

我垂下肩膀。

“天蝎家族并不担心你会读出他们的想法吗？”我还是问了这个问题。

“哦，我很谨慎的，小姐！我永远不会告诉任何人我知道他们的想法！当我们恳求天蝎给予我们保护时，拉扎尔先生的祖父不希望他的屋檐下有两个森林仙女，但他最终接受了我们，而我们从没让他为当初的决定后悔。”

我瞥了她一眼。一个那么漂亮的女孩儿，难怪他终于接受了。

“诚意为证，我们没有使用魅术。”她举起手指说，“而且他没有让我们服侍他，而是把我们派给了他的妻子。”

“他担心会爱上你们吗？”我开玩笑的声音听起来有些过于苍白。

“哦不。他只是知道我们可能是庄园中最强大的防御力量。我们可以听到来自远方的危险，就像精灵一样。只须迷惑他们，我们就可以轻而易举地控制住敌人。拉扎尔先生的祖父非常像亚当先生。尽管他自己也是影子生物，但他为了保障妻子的安全会不顾一切。所以他收留了我们。”

所以，亚当不是让两个年轻漂亮善良的女孩儿陪我，而是两只能够勾引男人的母老虎负责保护我。我应该猜对了，是吧？

铁线莲转向我，眼睛闪闪发亮。

“您会记在笔记本上？我非常喜欢这个称呼！”

“你知道我的笔记本？”我吃了一惊。

“当然，小姐！庄园里的每个人都竭尽全力以最好的方式向您展示自己，以便您能更好地描述他们。嗯……除了妮科莱特。”

哎呀！但是他们是怎么知道的？

铁线莲突然变得通红的脸颊给了我答案。

“我认为这能让我们更好地服侍您。”铁线莲解释道。

“我以为你不读我的想法了！”

“哦，对不起，小姐。”

沉默落在我们之间。我尽量不考虑任何事情，但没有奏效。我不敢想象铁线莲所能听见的一切。

她凝视着湖面。她还在听吗？她在想什么呢？我的目光回到湖面上——夕阳的余晖掠过水面，波光潋滟。真是太美了，我几乎要被催眠了。在远处，孚日山脉的线条分割开天空与大地。我总算理解为什么亚当每次心情沉重时都会来这里。

“我必须告诉您，小姐，”铁线莲喃喃道，“当您决定不回来的时候……”

我转过头对着她，惊讶于她声音中的悲痛。她的眼神变得如此痛苦，以至于我的心都要碎了。

“什么？”我很担心地问。

“当猎灵人开始监视您，而您决定不回来时，亚当先生异常生气，没有人敢打扰他。他不再费心去刮胡子，而这只是他反常行为的冰山一角。他花了好几个小时站在房子前面的柱子上，盯着道路，仿佛这样可以让您回来。连拉扎尔先生也无法让他从柱子上下来。他通过听您心跳的声音,试图猜测您每时每刻都在做什么。当他悲伤过度时，就让我告诉他我能读出的关于您的信息。我把注意力转向您，集中精力读取您的想法。有时候，当我告诉他您惹恼了猎灵人的时候，他笑了，但也只是短暂的一笑。我从来没有见过这么多的皱纹爬上他的额头。他的痛苦使我们所有人陷入混乱。如果最坏的情况发生，我们不确定亚当先生是否会在某一天恢复过来。”

我咬着嘴唇，失魂落魄。

“拉扎尔先生委托巨魔监视他的儿子,”仙女继续说,“他想确保亚当先生不会擅自离开庄园，做一些会让我们都处于危险之中的事。但面对亚当先生的痛苦，巨魔们在监视了他几天之后，对他突然消失飞去救您选择了视而不见。当然，拉扎尔先生立刻注意到了这一点，整个庄园都亲眼见证了拉扎尔先生训斥巨魔。然而，拉扎尔先生似乎已经默默下定了决心。虽然他永远不会向任何人透露，但他完全赞同亚当先生的行为。有些夜晚，当他儿子忍受的折磨让他感到悲伤时，他甚至考虑亲自去接您。所以最后，他对事态的转变感到非常满意。此外，亚当先生并没有毁掉贝尔福的一半市容来拯救您，所以他相信一切都会变得更好。”

啊——我需要表现得崩溃或是疲惫吗?

铁线莲微微一笑。

“您会习惯的，小姐。影子生物以他们自己的方式让人感动。”

她还在读我的想法。

仙女一下子脸红了："哦……对不起。"

"等等，我想到了！"我打断她，"是不是不管那个人在哪里，你都能读到他的想法？"

"差不多，小姐。只要我知道那个人的所在区域。"

"你能从这里感受到亚当的想法吗？"

"当然。"

"请告诉我……"

我转过头看着她的眼睛："谁杀死了公爵？"

铁线莲再次变得严肃起来："小姐，这个问题不是很复杂。自从您回来以后，亚当先生一直在考虑这个问题。"

我紧张起来。

"哦，您没有真的杀死他，小姐。杀人一直是天蝎的专长，恐怕他们始终如此。"

我的肩膀立刻垂下了："你确定吗？"

"当然，小姐。亚当先生甚至认为您绝对不会成为一个好杀手。"

我顿时感到了莫大的安慰。这是真的！继续说下去，我就会在柳树周围欢快地跳舞！

铁线莲向我微笑："小姐，我很高兴再次见到您。"

"谁说不呢！"我惊呼，高兴极了。

"既然您感觉好些了，我可以问一个问题吗？"

"当然！随便问。"

"您觉得我怎么样？"

我睁大了眼睛："怎么样？"

"啊……"她尴尬地动了动。

"一个仙女的魅术与其他生物的魅术并不十分相似，"她小声解释道，"我们不控制它。人们对我们有不同的期待，所以会有不同的看法。"

我茫然地从头到脚打量她。她代表了我想看到的东西？这意味着什么呢？

"那么？"她双手紧握住下巴问，"您觉得我看起来像什么？"

"嗯。你又高又瘦，漂亮至极。棕色长发，一双杏仁眼。"

"真的吗？"

她双臂交叉，做了个鬼脸。

"你很漂亮。"

"小姐，我知道您觉得我很漂亮。无论谁看，我的魅术都是美的体现。这就是问题所在。您是否意识到您在描述与您完全相反的人？"

我吃惊得下巴都要掉下来了："嗯？"

"您对自己的看法太消极了。"

"但……"

"亚当先生告诉过您，他觉得您很漂亮，对吗？"

"我……"

"您应该相信他。这是事实。"

我皱着眉头："结束了，是吗？"

铁线莲耸了耸肩。

“还有亚当，他怎么看你的？”我心中拧了一下，“他告诉过你吗？”

“当他小的时候，我看起来很像弗洛伦斯夫人，他的母亲。”她优雅地说，“棕色头发和蓝眼睛的高个子女人。然而，自从您来这里以后，一切都变了。在他眼里，我应该个子矮小，因为当他向我讲话时，他的视线很低。前几天他说他欣赏我的卷发，而我什么都没做。看来我的魅术让我看起来越来越像您了。”

我的脸颊开始升温。我非常爱他，我的亚当……

“那艾利亚斯呢？”我问道。

“啊，艾利亚斯先生……”

她带着明显的绝望叹了口气。我的好奇心开始发作。那会是什么呢？

“您看到厨师妮科莱特了吗？”她嘀咕着。

“当然！”

“他认为我们是姐妹……”

我看着她，惊呆了，然后我笑着试图想象出化身妮科莱特的森林仙女。

“别笑，小姐。”铁线莲喊道，“这是我的人生悲剧！”

“哇哦！”我惊呼。

“啊，如果您指的是我的腰，我只能说是的。”

“但为什么呢？她背着朱莉娅给了艾利亚斯饼干？所以艾利亚

斯觉得她很完美？”

“不是。她只是在他 6 岁时教他扔过刀。从那以后，艾利亚斯就很崇拜她。”

我温柔地微笑。我的小可爱。等一下，她刚刚说教他什么？

“朱莉娅呢？”我继续问，坚持不去想一个 6 岁的小孩儿在一个维京怪物的指引下扔刀，“你知道她的所有想法吗？”

铁线莲皱着眉头：“当她不隐藏想法时是的，小姐。”

“她隐藏想法？我们可以隐藏吗？”

“当然。你们可以思考别的事情，正如您刚刚想象亚当先生半裸的身体时就岔开了思维。”

“哦！”

我的脸颊泛红。她还是听到了！

“我只能听到您不间断流动的思绪，听不到隐藏得更深的东西。”她解释说，“更深层次的欲望只能被其他仙女捕获。只有精灵才会感受到真正的情感。”

哦，是的。她这么说，好像真有那么回事。

“然后，朱莉娅她在想什么？”我尽可能无辜地问。

仙女欲言又止：“请原谅我，小姐，我无法回答这个问题。”

“为什么？”

“我不会向任何人透露我从别人那里听到的想法。这太私密了。如果我向夫人透露您的想法，您会讨厌我。同样，如果夫人知道我向您透露她的想法，她也会恨我。所以，我不能回答。”

好吧！我从没想过我的朋友会对这个可怕的女人表现出这样的忠诚。

“当然，除非遇到危险，”她用柔和的语气说道，“如果夫人有任何伤害您的意图，我会立刻行动。”

“啊……很酷……”我咕哝道。

所以朱莉娅从没想过会宰了我，是吗？

一股冷空气吹起我的刘海儿，亚当出现在我们旁边。铁线莲踮起脚尖轻轻一跳。

“亚当先生，”她向他打招呼，“我没想到您这么快就会结束手上的活儿。”

“计划有变，”我的高个子棕发男人回答道，“我父亲需要你。”

“我？”仙女吃了一惊，随即面带愁容，“啊——很好。”

“发生了什么事，亚当？”我很担心。

“瓦尔德·德拉古尼斯出现在庄园的大门口。”

听到这个名字，我的脸色刹那间变得苍白。在今天之前，这个名字亚当只在我面前提起过一次，但我从未忘记。瓦尔德·德拉古尼斯，朱莉娅的父亲，保罗的叔叔，两个月前差点儿杀了我。

“他来这儿做什么？”我结结巴巴地问。

“他看起来挺友好，但我父亲需要铁线莲来确认。”

当然，因为她可以读取思想。

“我希望你和我们一起来，夏洛特，”亚当用柔和的声音补充道，“但如果你不想来，我也能理解。”

当我看到铁线莲灼热的目光时，我差点儿就要回答我想远离这个可怕的家伙。我脑海中突然闪过一个想法：如果我没有和亚当一起出现，那么当他杀死保罗以保护我是否还有合理性？瓦尔德会不会明确将我归为弱者，不适合嫁入天蝎家族？如果他认为我们已经分手了，他会再次伤害我吗？

“我和你一起去。”我尽可能用坚定的语气说道。

“谢谢，亲爱的。”

我用力握住他的手。我假装不害怕瓦尔德·德拉古尼斯，特别是当拉扎尔、亚当和铁线莲也在的时候。

仙女给了我一个会心的微笑。哎！这不好啊！

在挂着天蝎家族世代主人阴沉肖像画的走廊里，铁线莲颤抖着走在我们身后。我也没有多大胆。我们的脚步声在这个巨大的、灰色的、冷冰冰的、没有灵魂的走廊里惨淡回荡，这个走廊提醒着那些不受欢迎的来访者，他们将面对怎样的主人。走廊尽头的一扇黑色大门打开了。感觉好多了。没有什么会比把手放在恐怖的骷髅手柄上更让我感到兴奋的了。

“瓦尔德会试图让你放下戒备，夏洛特。”亚当低声警告我。

“你认为他会关注我吗？”我咕哝道，难以置信。

我高大的棕发男人笑了：“你说得对，希望不会。”

我们进入房间。这个封闭空间里没有装饰，也没有窗户，房间内部只有一个木台，拉扎尔坐在台子上的扶手椅中。朱莉娅在他身边，笔直地站立着。妮科莱特和小精灵厄塞布站在平台下，他们表情严肃。铁线莲绕过我们加入他们，并走到庄园主人面前行屈尊礼。

“谢谢加入我们，铁线莲。”拉扎尔欢迎她。

“先生，乐意为您效劳。”

她主动来到妮科莱特的左边，巨型仙女向她点点头，看起来几乎是慈爱的。厄塞布没动。我眯起眼睛看着他们。拉扎尔好像组建了一个必胜三人联盟：小精灵、仙女和森林仙女。还是说他指望妮科莱特的肌肉在他们发生打斗时能保护他？可能两者都有。

“我很高兴你也能和我们一起，夏洛特。”天蝎国王补充道，示意我们站在平台的另一边。

“我也是。”我声音沙哑，一点儿都不轻松。

朱莉娅露出嘲弄的笑容，但她没有发表评论。我深吸了一口气，尽可能挺直身子。笑到最后才是胜利！

门口响起三声敲门声。

“进来吧。”拉扎尔说。

菲尔曼打开了大门，神情比以往更严肃。

“天龙家族主人瓦尔德·德拉古尼斯请求见面。”他庄严地宣布。

“让他进来，菲尔曼。”

精灵转向走廊："先生同意了您的请求。"

"很好，我理解。"一个尖锐的声音说道，"精灵在这所房子里有太大的权力了。如果由我决定……"

一个身高平平的男人在菲尔曼犀利的眼神下走进房间。他的头上只有一小撮白发，他锐利地扫视着周围，好像在找东西。他细长的鼻子使他看起来像黄鼠狼。我紧握拳头，防止自己轻举妄动。

"你的庄园看起来仍像个棺材，拉扎尔。"

"你大可不必来这里，"拉扎尔礼貌地说道，"我可以带你出去。"

"算了，算了……"

他转向朱莉娅，给了她一个父爱的笑容："亲爱的女儿。"

"你好，爸爸。"

她离开座位亲吻他。瓦尔德双手捧着她的脸，盯着她看。

"你看起来不错，我的朱莉娅！你每天都变得更加美丽！"

朱莉娅脸红了，低头看了看。他的父亲温暖地握住她的手。我很困惑。他们的感情似乎简单而真诚。天龙也有心吗？

瓦尔德黄鼠狼般的目光停留在我身上。

"这位就是名字像甜点[①]的新成员吧。"他挺高兴地打量着我，"你是对的，朱莉娅。我很高兴你的继子找到了一个如此迷人，如此值得接管天蝎火炬的年轻女子。"

① 夏洛特也是一道法国甜点的名字。——译者注

我瞪大了眼睛。他在开我玩笑，对吧？

“毕竟，”他补充说，“她那么出色和勇敢地杀了冯·奥尔蒂斯公爵，不是吗？我不知道人类还有这么有杀手天分的人。”

我的肌肉僵硬了。好吧，他哪壶不开提哪壶，我讨厌他。显然，朱莉娅向她简要介绍了事情经过，好让他破坏我的冷静。幸运的是，亚当警告过我。

我自豪地抬起下巴。

“是的，”我尽可能自信地说，“我比看起来更危险。”

瓦尔德惊讶地张着嘴，然后他突然发出雷鸣般讨厌的笑声。我把头缩回肩膀里。如果不是为了保持风度，我会非常恼火。但现在，我不会。如果瓦尔德在我说这句话之前对我完全无害的一面尚有任何疑问，那么他现在就不应再有疑问了。

亚当交叉双臂，蔑视地抬起眉毛。他不喜欢别人取笑我。我从眼角看到拉扎尔脸上鬼鬼祟祟的笑容。是他首先暗示我为了自身安全要保持低姿态。他当然认为我做得很好。在平台的另一边，厄塞布、妮科莱特和铁线莲连眼睛都没有眨一下。

“你来这里的唯一目的就是嘲讽我未来的儿媳吗？”庄园的主人平静地问道，“如果是这样，我会请你立即离开。”

瓦尔德举起双手做出抚慰的动作。

“我不是来自杀的，天蝎。我来是因为我的女儿告诉了我该地区发生的事情。肮脏的故事……”

他沉默了，也没有人想继续听他说话。

“我想你应该调查一下。”他终于开口了。

“是的,”拉扎尔同意,“亚当已经开始了。”

“我希望我也能帮着你们调查。”

拉扎尔皱起眉头 :“为什么？”

“我知道你的方法，蝎子。你和你那帮温和派生物，你们说话办事都小心翼翼。你们宁可放走一个真罪犯，也不愿看到无辜的受害者。但是现在，我们正在谈论一个严重事件。人类知道我们的存在，他们已经杀死了数百种生物。这种情况需要你用更严厉的手段。”

庄园主人的脸沉了下来:“这种突然的支持对我有什么价值？”

“我的女儿生活在你的屋檐下，拉扎尔！”瓦尔德惊呼，看起来很恼火,“如果因为你的疏忽，走漏了什么风声，公爵把你们的信息传递给其他人，那么这座房子就会被了解你们能力的人类所攻击。你认为我会让这样的事情发生吗？”

这个论点让我大吃一惊。他没有放开朱莉娅的手。他是真诚的吗?

拉扎尔转向三个没有动静的仆人。

“你们的意见呢？”他简单地问道。

“他想的和说的一样。”铁线莲说道。

“他最强烈的愿望是消除笼罩在女儿身上的威胁，让她成为世界上最具影响力的影子生物。”妮科莱特补充道。

“我没察觉到他对您有威胁。”厄塞布总结道。

瓦尔德翻了个白眼儿。

“你真的需要这样做吗？森林仙女、仙女和小精灵，在他们面前是不可能用头脑、心灵和灵魂骗人的。坦率地说，我们在 14 世纪还彼此信任呢！”

我眯了眯眼。如果我们开玩笑打他呢？

拉扎尔耸了耸肩，轻描淡写地说：“我们祖先的智慧使我们能够长期生存，如果你觉得不合适，你大可……”

“我知道，我知道，”瓦尔德打断了他的话，“我明白，我可以离开。那么，你让我跟进调查吗？”

亚当在我旁边站得笔直。他前臂的肌肉紧绷着。拉扎尔没有说什么，只是盯着瓦尔德看。

“来吧，”瓦尔德还在坚持，“你也知道我是对的，所以让我做肮脏的工作。此外，你的合同已经推迟了。在这个巨大的棺材中待了两个星期，你的儿子和你最近一定不能工作，对吧？”

瓦尔德是对的。

“拉扎尔！”

“好吧，”天蝎国王闷闷地说，“亚当将与你们分享我们的信息。作为回报，你们必须告诉我们你们的每一步。”

瓦尔德的脸上露出了欣慰的笑容。他乖乖地鞠躬：“当然！相信我会一字不漏地告诉你们。”

拉扎尔皱起眉头，瞥了一眼铁线莲。

“他计划向您发送一份关于他每次审讯和执行任务的精确报

告。他甚至打算让手段尽可能血腥，只是为了跟您报告。”

“请不要把它想得太黑暗了，亲爱的。”瓦尔德说，“每个人都有自己的爱好。”

“还有别的吗？”拉扎尔不耐烦地问，“我不想再留你了。”

“来吧！让我和我的女儿一起待一会儿！我看她的次数那么少。”

“她不是囚犯，”庄园的主人反驳道，“如果你想更频繁地见到她，请邀请她去你家。”

朱莉娅眨了眨眼睛，仿佛拉扎尔打了她一巴掌。三个仆人打起了寒战。只有亚当仍然是冷冰冰的。嗯？究竟发生了什么？

瓦尔德眯起眼睛：“我明白了，我在这里仍然不受欢迎。”

“你永远不会受欢迎。”

“好吧，好吧。”他转向朱莉娅。

朱莉娅正脸色苍白地看着拉扎尔。

“我现在必须走了，我的女儿，”他说，“你想家的时候回家看看吧。”

“当然，爸爸。”她用颤抖的声音说道。

瓦尔德吻了朱莉娅的脸颊，但朱莉娅的反应像机器人。真离奇！

瓦尔德转向亚当说道：“亲爱的亚当，我等你的信息。”

他直接出去了，由菲尔曼护送他出门。房间里紧张的气氛减缓了不少。

朱莉娅低头看着拉扎尔。

“我先走了，”她低声说，“稍后见。”

她离开了房间。

“怎么了？”我在亚当耳边低声问。

“当她爸爸在一旁时，她总是这样。”他耸了耸肩，“我不认为她明确知道应该帮哪一方。”

当回想起她的反应时，我皱了皱眉头。朱莉娅刚刚在见面时没有多说什么。然而，她本可以利用她父亲的存在……好吧，我也不知道！也许可以炫耀一下，表明她也出身名门……为了报复什么的！毕竟，她骗她的父亲，说我杀了公爵，只是为了让我心里不舒服！那我为什么要为她感到悲哀呢？

拉扎尔坐在座位上叹了口气，用手捂住脸。亚当把手臂放在我的肩膀上。

“别再想她了，”他温柔地说，“你不能担心整个世界，我需要你做别的事。”

“啊？什么？”

“你刚刚听到我父亲说的话了，我必须将所有信息传递给天龙并完成合同。”

“你要我帮你吗？”我担心地问道，“不是要我杀人，对吧？”

“当然不是。我知道你不行。”

我的肩膀垂下来。这一点不值得反复强调！

“夏洛特，我需要你照顾丹尼尔。”

我睁大了眼睛。我又把警探忘了！

“他在哪儿？”

“在客厅里。他不久前回来了。勿忘我在陪他。”

是啊。她一定非常喜欢和人类玩耍。

“我很高兴她愿意负责照顾他，”看着我噘嘴，亚当争辩道，“娜塔莎也是一名志愿者！”

啊——那是自然的。

拉扎尔起身说道：“谢谢大家了。”

“乐意为您效劳，先生。”他们齐声回答。

“亚当。”拉扎尔疲倦地瞥了他一眼，“我的儿子，剩下的你来处理。我还有事要做。”

“好的，爸爸。”

拉扎尔给了我一个友好的手势，然后离开了房间。嗯。天蝎国王看起来心情不太好。

“他怎么了？”我对能得到回答没抱太大希望。

“他一定不喜欢现在这种必须依赖天龙的情况。”

好的，我明白了。这与朱莉娅无关，但这种奇怪的感觉来自哪里？

亚当转向仆人：“谢谢大家。现在，你们可以回到岗位上了。”

“好的，先生。”

“而你，甜心，”他担心地回到我身边，“我能留你一个人在这里吗？你一个人照看丹尼尔，没有问题吧？”

“是的，”我向他保证，“如果铁线莲愿意留下来陪我，我想我们会找到合适的话说服他不要挡你们的道。”

“我很乐意，小姐！”森林仙女突然高兴地惊呼。

“我们不是闹着玩的。”我警告她说。

“当然，小姐。只做应该做的。”

好，那么，现在……

亚当亲吻了我的额头：“你会处理得很完美的。”

他消失了。铁线莲来到我身边，而妮科莱特和厄塞布以更传统的方式离开了。

“他的父亲是对的。”森林仙女低声说，“他已经准备好了。”

“准备好什么？”

她对我微笑，她的头发在柔和的光线下闪着迷人的光泽。

“小姐，我们应该去照顾巴拉尔警探了。”

“铁线莲，已经准备好什么了？”

“不会立即发生的事。”

“那就是说？”

仙女笑道：“亚当先生准备好成为新一代天蝎国王了。”

20

三天之后

（妮科莱特·皮韦尔，天蝎厨房总管，仙女）

我坐在灌木丛的树枝上，面对庄园，看着太阳的第一缕阳光让整座庄园慢慢回暖。近来，庄园的夜晚格外寒冷。为了不受冻，我们不得不早早地“回屋”睡觉。我享受属于我的日出。我喜欢早上的时间，因为此时我不必使用魅术。在我周围，其他仙女仍躺在树叶下睡觉。她们比我长得更大些。对我们来说，体型也就决定了能量的大小。体型越小，能量反而越集中。因此，我的族人从没想过要挑战我天蝎厨房总管的地位。当然，这也是不可能做到的事！

暖阳照在我半透明的翅膀和绿色的皮肤上，真惬意。庄园仍然处于休眠状态，周围的一切都很平静、安详。庄园会与主人同时醒来。

像往常一样，强烈的愿望主宰着所有人。年轻的庄园主亚当，他的愿望非常明确——夏洛特小姐绝不能知道她是冯·奥尔蒂斯公爵死亡的唯一负责人。

他可以相信我能保守秘密。我和我的厨师学徒们绝对不会出卖这个秘密。这点上，我们和森林仙女一样可靠。除了对未来天蝎女王的尊重之外，我们还非常欣赏这位勇敢的女子。在她短暂的生命结束前，我们不会再让她做噩梦。她的愿望太有趣了！先是保护比她强大百倍的小艾利亚斯先生，然后是以各种方式避免与现任女王接触，或根据其心情教她人类的时尚。其实，与人类友好相处并非我们的本性。这个孩子内心有一束光，让我心情愉快。她渴望看到我们没有使用魅术的真实模样，这样她就可以记录在她的小本子上，但是她又恐惧看到我们不使用魅术的样子。她一直这样摇摆不定。不过，我很确定我不会吓到她。谁会害怕只有10厘米高的带翅膀的生物呢？

一种声音，如轻音乐，突然触动了我。我抬头看着庄园领主所在的塔楼。天蝎国王刚刚醒来。他的第一个愿望就像一股不冷不热的浪潮。他想喝上杯好咖啡。这是我的工作。我挥动了一下翅膀。灌木的抖动唤醒了其他仙女。我刚落在白色砾石路上，第二个声浪便轻轻震动了我的耳朵——小艾利亚斯也刚刚从睡梦中醒来。就像每天早上一样，他的一天仍旧是从希望成为世界上最好的杀手开始。这个愿望不会持久——5分钟后，他会想要一杯热巧克力。

其他人很快就会醒来。按照亚当先生的要求，我要特别照顾人类警官。如果夏洛特小姐设法成功说服他和我们一起生活一段时间，那么我们便会向他证明，我们是无害的。

我慢慢走在路上。我的腿越来越长，并且变得粗壮。我的手臂充满力量，我的眼睛变大了，巨大的金色辫子沿着我的脸颊生长。铁线莲有一次曾向我透露，夏洛特小姐认为我是维京人的后裔。这让我的厨师学徒们狂笑了好几个星期。

到达厨房门廊，我变成了妮科莱特，厨房里最胖、最庞大的生物。菲尔曼先生打开门，向我们点头致意。我回礼。很长时间以来，精灵和我之间已不需要语言就能互相沟通。我走向厨房，学徒们跟在我屁股后面，兴致高昂地喋喋不休。

我看着闪闪发光的厨房，流露出由衷的满意神情。夜晚负责打扫的生物已然完成了任务，剩下的就是由我来鼓励我的团队完美地开启这一天。

“嘿，学徒们！”我用嘶哑的声音低吼着，“一旦发现你们不是在给夏洛特小姐烤面包，而是在那里拖延怠慢，我一定会用夫人尖利的高跟鞋踢你们的屁股！”

厨师学徒们像一群麻雀一哄而散。我将交叉的双臂放在丰满的胸前，满意地微笑着。我喜欢这种高大又肥硕的感觉。当然，这只是一种假象。我很清楚我不是庄园里最令人印象深刻的生物。即便是巨魔，相对于庄园里仍在熟睡的某些生物来说，也如同白蚁一般。

但是，所有这一切，我们早已达成共识：绝不能告诉夏洛特小姐。

图书在版编目(CIP)数据

“天蝎幻想三部曲”天蝎．Ⅱ，奇隐迷踪 /（法）罗克珊・当布尔 (Roxane Dambre) 著；万姗译．—重庆：西南师范大学出版社，2021.1
ISBN 978-7-5697-0163-0

Ⅰ．①天… Ⅱ．①罗… ②万… Ⅲ．①幻想小说－法国－现代 Ⅳ．① I565.45

中国版本图书馆 CIP 数据核字 (2020) 第 195571 号

“天蝎幻想三部曲”天蝎Ⅱ：奇隐迷踪

“TIANXIE HUANXIANG SANBUQU” TIANXIE Ⅱ：QIYIN MIZONG

[法]罗克珊・当布尔（Roxane Dambre）著　万姗 译

总 策 划：卢　旭 闫青华
执行策划：何雨婷
责任编辑：何雨婷
特约编辑：姚敏怡 李炳韬
装帧设计：夏玮玮
出版发行：西南师范大学出版社
重庆市北碚区天生路1号　邮编：400715
http://www.xscbs.com　市场营销部电话：023-68868624
印　　刷：重庆紫石东南印务有限公司
成品幅面尺寸：148mm×210mm
印　　张：10.875　字　数：210千字
版　　次：2021年1月 第1版
印　　次：2021年1月 第1次印刷
著作权合同登记号：版贸核渝字（2020）第 188 号
书　　号：ISBN 978-7-5697-0163-0

定　　价：65.00元

读者 Readers 回函表

WIPUB BOOKS

电子回函表入口

姓名：________ 性别：______ 年龄：______ 职业：________ 教育程度：______

邮寄地址：________________________ 邮编：________

E-mail：________________ 电话：________________

您所购买的书籍名称：《"天蝎幻想三部曲"天蝎Ⅱ：奇隐迷踪》

您对本书的评价：

书名： □满意 □一般 □不满意 | 故事情节： □满意 □一般 □不满意
翻译： □满意 □一般 □不满意 | 书籍设计： □满意 □一般 □不满意
纸张： □满意 □一般 □不满意 | 印刷质量： □满意 □一般 □不满意
价格： □便宜 □正好 □贵了 | 整体感觉： □满意 □一般 □不满意

您的阅读渠道（多选）：

□书店 □网上书店 □图书馆借阅 □超市/便利店 □朋友借阅 □找电子版
□其他 ________

您是如何得知一本新书的呢（多选）：

□别人介绍 □逛书店偶然看到 □网络信息 □杂志与报纸 □新闻
□广播节目 □电视节目 □其他

购买新书时您会注意以下哪些地方（多选）：

□封面设计 □书名 □出版社 □封面、封底文字 □腰封文字 □前言、后记
□名家推荐 □目录

您喜欢的书籍类型（多选）：

□文学-奇幻小说 □文学-侦探/推理小说 □文学-情感小说 □文学-散文随笔
□文学-历史小说 □文学-青春励志小说 □文学-传记
□经管 □艺术 □旅游 □历史 □军事 □教育/心理 □成功/励志
□生活 □科技 □其他 ________

请列出3本您最近想买的书：________、________、________

请您提出宝贵建议：________________________

____

★感谢您购买本书，请将本表填好后，扫描或拍照后发电子邮件至wipub_sh@126.com，您的意见对我们很珍贵。祝您阅读愉快！